油炸绿番茄

Fried Green Tomatoes
at the Whistle Stop Cafe

FANNIE FLAGG

[美] 范妮·弗拉格 著
梁卿 译

北京时代华文书局

图书在版编目（CIP）数据

油炸绿番茄 /（美）范妮·弗拉格著；梁卿译 . -- 北京：北京时代华文书局，2023.1
（2025.9 重印）
书名原文：Fried Green Tomatoes at the Whistle Stop Cafe
ISBN 978-7-5699-4983-4

Ⅰ.①油… Ⅱ.①范…②梁… Ⅲ.①长篇小说—美国—现代 Ⅳ.① I712.45

中国国家版本馆 CIP 数据核字 (2023) 第 125856 号

Copyright © 1987 by Fannie Flagg

北京市版权局著作权合同登记号 图字：01-2023-1941

Youzha Lüfanqie

出 版 人：陈　涛
策划编辑：韩　笑
责任编辑：徐敏峰
执行编辑：韩　笑
责任校对：李一之
封面设计：汐　和　at　compus studio
内文设计：孙丽莉
责任印制：訾　敬

出版发行：北京时代华文书局 http://www.bjsdsj.com.cn
　　　　　北京市东城区安定门外大街 138 号皇城国际大厦 A 座 8 层
　　　　　邮编：100011　电话：010-64263661　64261528

印　　刷：三河市兴博印务有限公司
开　　本：880 mm×1230 mm　1/32　　成品尺寸：145 mm×210 mm
印　　张：13.25　　　　　　　　　　字　　数：290 千字
版　　次：2024 年 2 月第 1 版　　　　印　　次：2025 年 9 月第 18 次印刷
定　　价：59.00 元

版权所有，侵权必究
本书如有印刷、装订等质量问题，本社负责调换，电话：010-64267955。

献给汤米·汤普森

致 谢

我要感谢以下人士,他们的鼓励与支持对我写这本书具有无比宝贵的价值:首先,也是最重要的,我的经纪人温迪·韦尔,她从未失去信心;我的编辑萨姆·沃恩,感谢他对我的关心和照顾,让我即便在推倒重写的过程中也笑口常开;还有我在兰登书屋的第一个朋友玛莎·莱文。感谢格洛丽亚·萨菲尔、莉齐·霍克、玛格丽特·卡法雷利、安妮·霍华德·贝利、朱莉·弗洛伦斯、詹姆斯·"爸爸"·哈彻、约翰·尼克松博士、格里·汉娜、杰伊·索耶和弗兰克·塞尔夫。感谢德·托马斯·鲍勃协会在拮据时期陪伴我共渡难关。感谢巴纳比和玛丽·康拉德以及圣巴巴拉作家协会、乔·罗伊和伯明翰公共图书馆、杰夫·诺雷尔、伯明翰南方学院、安·哈维、约翰·洛克与奥克穆尔出版社。衷心感谢我的打字员兼得力助手莉萨·麦克唐纳,还有她的女儿杰西亚,我和她母亲工作时,她在安静地看《芝麻街》。我还要特别感谢亚拉巴马州那些可爱的人们,新交与故旧。我的心田。我的家园。

这会儿我虽然坐在玫瑰露台养老院，却恍惚觉得自己还留在汽笛站咖啡馆，正吃着一盘油炸绿番茄呢。

——克利奥·特雷德古德太太
1986 年 6 月

威姆斯周报

（亚拉巴马州汽笛镇的每周简报）

1929年6月12日

咖啡馆开业

  汽笛站咖啡馆上周开业了，就在我家隔壁邮局这里。老板艾姬·特雷德古德和露丝·贾米森说，开业以来生意很兴旺。艾姬对认识她的人说，别担心吃坏肚子，做饭的人不是她。饭菜由两位黑人妇女西普塞和奥泽尔烹饪，烤肉由奥泽尔的丈夫"大块头乔治"张罗。

  对于还没在店里用过餐的客人，艾姬说，早餐时间是五点半到七点半。花上二十五美分，就可以吃到鸡蛋、玉米粥、松饼、培根肉、腊肠、火腿和红眼肉汁，还有咖啡。

  午餐和晚餐可以点炸鸡块、肉汁裹猪排、鲶鱼、鸡肉汤团或者一盘烤肉。还有三种素菜，再从松饼和玉米面包中任选一样，外加饮料和甜点——价格为三十五美分。

  她说，素菜有奶油玉米、油炸绿番茄、油炸秋葵、羽衣甘蓝或芜菁甘蓝、黑眼豌豆、烤红薯、棉豆或青豆。

甜点是馅饼。

我和我的另一半威尔伯前几天在那里吃了顿晚餐,味道好极了。他说,他或许再也不吃家里做的饭菜了。哈哈。我希望他说话算数。我一天到晚给这个"大懒鬼"做饭,还是不能让他吃得心满意足。

顺便说一句,艾姬说,她的母鸡下了一颗蛋,里面有一张十美元的钞票。

多特·威姆斯

玫瑰露台养老院

旧蒙哥马利高速公路
亚拉巴马州 伯明翰

1985 年 12 月 15 日

伊夫琳·库奇随丈夫埃德来到玫瑰露台养老院。埃德前来探望母亲,她前不久不情不愿地搬到了这里。伊夫琳刚刚躲开他们母子二人,走进后面的访客休息室,想清清静静地吃一块糖果。不料她刚一坐下,旁边的老太太就开口说话了……

"嗯,你要是问我谁在哪一年结了婚……娶的是谁……新娘的妈妈穿了什么衣裳,我能跟你讲个八九不离十。可是,就是要了我的老命,我也没法知道,我竟然会活到这么大岁数。不知不觉就活了这么久。我头一回意识到这个事情是在今年六月。当时我因为胆囊问题住院,人家给我摘除了胆囊,可能这会儿已经扔掉了……谁知道呢。那个人高马大的护士又给我灌了一次肠,他们那里就爱给人灌肠,我发觉他们给我胳膊上绑了个东西。是一根白色的带子,上面写着'克利奥·特雷德古德太太……八十六岁的老年妇女'。想想看吧!

"我回到家,就对我的朋友奥蒂斯太太说,我寻思,留给我们做的事情就只剩下闲坐在家里等着咽气了……她说，她还是喜欢'到那边去'的说法。可怜的人，我没忍心对她说，不管怎么说，我们都要咽气，都是一回事……

"真有意思，小时候你以为时间永远过不完，到了二十来岁，时间过得飞快，就像坐上了开往孟菲斯的快速列车。我琢磨着，生活只是在每个人身上飞也似的掠过。对我来说肯定是这样。头一天我还是个小姑娘，第二天就长成了大人，胸脯发育了，私处长出了毛发。一切都让我怀念。不过，当年我在学校和其他地方，都不太机灵……

"我和奥蒂斯太太是汽笛镇人，那座小镇离这儿十六公里左右，挨着铁路站场……她跟我住同一条街，住了三十多年。她老伴去世以后，儿子和儿媳跟她发了一通脾气，让她入住这家养老院，他们让我陪她一起来。我对他们说，我愿意陪她住一阵子——她还不知道呢，等她好好安顿下来，我就回家去。

"这地方还不赖。前几天，我们都领到了别在外套上的圣诞节胸花。我的胸花上面缀着小小的红色圣诞球，亮晶晶的，奥蒂斯太太的胸花上有个圣诞老人头。不过，丢下我的小猫，让我心里很不好受。

"这里不让养猫，我很挂念它。我一直养猫，养了一只还是两只来着，反正养了一辈子。我把猫托付给邻居小姑娘，给我的天竺葵浇水的人也是她。我在前门廊摆放了四个水泥花盆，种的全是天竺葵。

"我的朋友奥蒂斯太太才七十八岁，她心眼真好。只是她这个人容易紧张。我把自己的胆结石装在配有金属盖子的玻璃瓶里，放在床头，她叫我收起来，说是那东西让她心里发慌。奥蒂斯太太个子娇小。你也看到了，我是个高大的女人。骨架大，什么都大。

"我没开过车……大半辈子没法来去自由。总是待在离家不远的地方。总是得等人家来接我去逛商店、看医生、上教堂。几年前我还能坐电车去伯明翰，如今电车已经停运很久了。要是能回到过去，我唯一要做的不一样的事情就是拿到驾照。

"你知道，离家在外时，想一想你心里念叨的东西，很有意思呢。就拿我来说吧，我惦记咖啡的味道……还有早上煎的培根肉。他们这里的饭菜一点儿味道都没有，吃不到一口油炸的东西。这里吃什么都是用白水煮，里面一丁点儿盐都不放！白水煮的东西，白给我都不稀罕，你呢？"

老太太不等她答话。"……以前，我下午喜欢吃点儿薄脆饼干配脱脂牛奶，要么脱脂牛奶配玉米面包。如今我喜欢把它们在玻璃杯里压碎，用勺子舀着吃，不过在公共场合不比在家里吃东西……对吧？我想念木头的味道。

"我家的房子只是铁路边的一座老旧小屋，一室一厅带有厨房。不过是一座木屋，里面装着松木墙板。我刚好喜欢松木墙板。我不喜欢灰泥墙。灰泥墙……噢，我说不好，有点儿冷清，有点儿凄凉。

"我从家里带了一张画，贴在我的房间里，画的是一个姑娘在荡秋千，背景是城堡和漂亮的蓝色泡泡。可是这里的护士说，姑娘上半身没穿衣服，不得体。你知道，这张画我保存了五十年，压根不知道她光着身子。要让我说，我可不认为住在这里的老头子们眼神那么好，看得见她露出了胸脯。不过，这是一家卫理公会的养老院，画和我的胆结石都被收在了柜子里。

"回到家里我会很高兴……当然，我家里乱得很。有阵子没法打扫了。我走出门去，用扫帚去赶几只打架聒噪的冠蓝鸦，你想不到吧，扫帚挂在树上了。我回去得找人帮我弄下来。

"不过，前几天晚上，奥蒂斯太太的儿子从教堂里的圣诞节茶会上接我们回了趟家。他开车带我们穿过铁轨，以前，咖啡馆就开在铁轨旁边。然后驶上第一街，正好路过特雷德古德家的老楼。当然，如今那栋房子要塌了，大部分都用木板钉了起来。我们沿着那条街往前走，车灯照在窗户上，有么一个瞬间，我觉得那栋房子好像又回到了七十多年前的那些夜晚，里面亮亮堂堂、热热闹闹。我听到大家说说笑笑，埃茜·鲁使劲地敲打着客厅里的钢琴，弹的不是《水牛女孩，今晚相约吧》，就是《巨石糖果山》。我好像看见艾姬·特雷德古德坐在那棵苦楝树上，一听到埃茜开口唱歌，她就像狗一样叫起来。她老说，埃茜·鲁唱歌唱得好，母牛跳舞跳得好。我想，开车路过那栋房子时，我回家心切，一个恍惚就回到了过去。

"我都记着呢，一切都像发生在昨天。而且，我不认为特雷德古德家有什么事情我不记得。上帝啊，我记着也是应该的。我一生下来就跟他们做了邻居，我还嫁到了他们家。

"他们家一共有九个孩子，其中三个女孩——埃茜·鲁和一对双胞胎——和我年纪差不多，我老跟她们在一起玩，开过夜派对。四岁时我母亲得肺结核过世了，我父亲在纳什维尔去世后，我就永远留在了他们家。我猜你可以这么说，过夜派对永不散场……"

威姆斯周报

（亚拉巴马州汽笛镇的每周简报）

1929年10月8日

陨石击中汽笛镇住宅

家住第一街401号的比迪·路易丝·奥蒂斯太太报告说，星期四晚上，一颗将近一公斤重的陨石击穿了她家的屋顶，差点儿砸到她，落在了她的收音机上。她说，她当时坐在沙发上，狗坐在椅子上，陨石降落时她刚刚打开收音机，正在收听《弗莱施曼的酵母时光》[①]。她说，她家的屋顶破了一个直径达一米二的洞，收音机断成了两截。

伯莎和哈罗德·维克在屋前草坪上庆祝结婚纪念日，请邻居们共同见证。祝贺"L与N"铁路公司管理人员老厄尔·阿德科克先

[①]《弗莱施曼酵母时光》（Fleischmann's Yeast Hour）是美国的全国广播公司在1929年至1936年间播出的开创性音乐综艺广播节目，由品牌商弗莱施曼酵母赞助播出。

生刚刚荣任"麋鹿仁爱保护会（第三十七号令）荣誉大统领"，我的另一半也是保护会的成员。

顺便提一句，艾姬说，如果你想吃烧烤，可以把食材送到咖啡馆交给大块头乔治去做。烤鸡肉十美分，烤猪肉按大小收费。

多特·威姆斯

玫瑰露台养老院

旧蒙哥马利高速公路
亚拉巴马州 伯明翰

1985 年 12 月 15 日

过了一个小时，特雷德古德太太还在说话。伊夫琳·库奇已经吃完了三块牛奶巧克力，正要打开第二袋巧克力花生糖，不知道旁边的老妇人什么时候才会闭上嘴巴。

"你知道，特雷德古德家的房子破败到那个地步，真是可惜。那栋楼里发生了多少事，多少个小宝宝在里面出生，我们度过了多少快乐时光啊！那是一栋白色的两层小高楼，前门廊宽敞大气，一直延伸到两侧……卧室里全都贴着玫瑰图案的墙纸，晚上把灯打开，好看极了。

"铁轨正好从后院穿过。夏夜，萤火虫在院子里飞来飞去，金银花香气扑鼻，金银花沿着铁轨生长，很是茂盛。爸爸在屋后种了无花果和苹果树，还给妈妈搭了个漂亮的白格子葡萄架，上面爬满了紫藤……房子后面长满了小巧玲珑的甜心玫瑰，粉粉嫩嫩的。噢，真希望你亲眼见到过。

"爸爸和妈妈把我当成自己的孩子抚养，我喜欢他们家的每一个人,特别是巴迪。但是我嫁给了巴迪的哥哥克利奥,他是一名按摩师。你还不知道吧,后来发现,我的背有点儿毛病,所以一切都是最好的安排。

"你看出来了吧,我一辈子牵挂着艾姬和特雷德古德一家。我告诉你吧,比电影都精彩……是的,真是这样。不过那时候,我就是个跟屁虫。信不信由你,我从不多话,直到五十多岁,然后就说个不停,没完没了。有一次,克利奥对我说:'妮妮……'——我的名字叫弗吉尼亚,但大家都叫我妮妮——他说:'妮妮,我每天听到的全都是艾姬说了什么,艾姬做了什么。'他又说:'除了整天泡在咖啡馆,你就没别的正事可做了吗?'

"我使劲地想了很久,说:'是的,我没有……'我绝对没有要跟克利奥抬杠的意思,这是实话。

"三十一年前的二月,我埋葬了克利奥。我经常想,我说这话是不是伤害了他的感情,我觉得没有。说一千,道一万,他跟我们大家一样深爱着艾姬,她做的一些事总是让他哈哈大笑。她是他的小妹妹,一个十足的活宝。她和露丝是汽笛站咖啡馆的老板。

"以前,艾姬经常单纯为了取乐,做出各种欠考虑的傻事。有一次,她把扑克筹码放在浸信会教堂的募捐篮里。她的确是个人物,可我实在搞不懂,怎么会有人认为是她杀了那个人。"

伊夫琳头一回停止咀嚼,瞥了一眼这位穿着褪色的蓝色印花连衣裙、一头银灰色波浪卷发、样貌慈祥的老太太。老太太泰然自若,不乱方寸。

"有些人认为,事情是从她遇见露丝的那一天开始的,但我认为是从一九一九年四月一日的星期日晚餐开始的。就是利昂娜嫁给约翰·贾斯蒂斯的那一年。我可以告诉你,那天是四月一日,因为那天艾姬来到餐桌前,给大家看一个小白盒子。她在盒子里放了一根人的手指,放在棉花上。她说,盒子是在后院捡到的。其实那是她自己的手指,她从盒子底部的洞里戳了进去。愚人节快乐!

"大家都觉得好玩,除了利昂娜。她是大姐,长得最漂亮,特雷德古德爸爸把她宠坏了……我想,大家都惯着她。

"艾姬当年大概十岁或者十一岁,她穿了一件崭新的白色蝉翼纱连衣裙。我们都对她说,她穿裙子好漂亮。我们玩得很开心,坐在一起吃脆皮蓝莓馅饼。突然,艾姬没头没脑地站起来大声宣布:'只要我活着一天,就再也不穿裙子!'亲爱的,她说着大步走到楼上,换上了巴迪的旧裤子和衬衫。到今天我也搞不懂她是怎么想的。大家都摸不着头脑。

"利昂娜号啕大哭起来,她知道艾姬一向说到做到。她说:'爸爸,艾姬会毁了我的婚礼,我就知道!'

"爸爸说:'宝贝女儿,不会的。你会是整个亚拉巴马州最美丽的新娘。'

"爸爸留着浓厚的翘八字胡子……他看着我们说:'对不对,孩子们?'为了让利昂娜好受点儿,让她别哭,我们都七嘴八舌地劝她。这当中不包括巴迪,他坐在那里笑个不停。艾姬是他的宠儿,他觉得她做什么都没关系。

"不管怎样,利昂娜快把她的脆皮蓝莓馅饼吃完了,我们以为她完全平静下来了,她却尖叫一声,吓得黑人妇女西普塞在厨房里失手掉了东西。'爸爸,'利昂娜说,'要是我们当中有人死了该怎么办?'

"……嗯，只是这样想一想，对不对？

"我们都看着妈妈，她把叉子放在桌上。'孩子们，等到那一刻真的来临，我相信你们的妹妹会做出小小的让步，穿上得体的衣服。毕竟，她虽然固执，但也不是不讲道理。'

"过了几个星期，我听到妈妈对婚礼女裁缝艾达·西姆斯说，她需要一套绿色天鹅绒西装搭配领结，给艾姬穿。

"艾达觉得好笑，抬头看着妈妈，说：'一套西装？'妈妈说：'噢，我知道，艾达，我知道。我使出浑身解数想让她穿得像个参加婚礼的样子，可那孩子有主意得很。'

"她小小年纪就有自己的主张。我猜，她想成为巴迪那样的人，我自己……噢，那两个人真让人没辙！"老太太笑起来。

"他们一度养了一只名叫库基的浣熊，我常常连着几个小时看它洗饼干。他们在后院里放了一小锅水，然后给它一块苏打饼干。它就一块接一块地洗饼干，始终不明白饼干为什么不见了。它看着自己空空如也的小爪子，每次都惊讶不已。到头来也没搞清楚它的饼干到哪里去了。它花了好多时间洗饼干。它也洗过曲奇饼，不过不太好玩……它还洗过一次冰激凌蛋卷……

"噢，我最好别再惦记那只浣熊，要不然他们会觉得我跟走廊尽头的菲尔比姆太太一样疯癫。祝福她，她以为自己正乘着爱之舟，驶向阿拉斯加呢。这里很多可怜的人连自己是谁都不知道。"

伊夫琳的丈夫埃德来到休息室门口，做了个手势。伊夫琳把糖纸包好收进手袋，站起身来。

"不好意思，是我丈夫。我想他准备走了。"

特雷德古德太太惊讶地抬起头，说："你得走了？"

伊夫琳说："是的，我得走了。他准备离开了。"

"嗯，跟你聊天很开心……你叫什么名字，亲爱的？"

"伊夫琳。"

"嗯，你要回来看我，听见了吗？我很喜欢跟你聊天……再见。"她在伊夫琳身后喊道，等着下一位访客。

威姆斯周报

（亚拉巴马州汽笛镇的每周简报）

1929年10月15日

陨石所有权引争议

维丝塔·阿德科克夫人及其儿子小厄尔声称，他们是陨石的合法所有人。她说，奥蒂斯一家向她租了被陨石击中的房屋，所以房屋和陨石都归她所有。

比迪·路易丝·奥蒂斯太太被问及此事，她认为陨石归自己所有，因为陨石击中的是自己的收音机。她的丈夫罗伊是南方铁路公司的司闸员，当时他值夜班不在家。他说陨石并不稀奇，一八三三年仅一个夜晚就有一万颗流星坠落，现在只是一颗陨石而已，没必要小题大做。

比迪说，不管怎样，她要留着它作为纪念。

顺便说一句，是我的想象还是如今世道越来越艰难？我的另一半说，上周共有五个素昧平生的流浪汉在咖啡馆露面，讨饭糊口。

多特·威姆斯

艾奥瓦州 达文波特

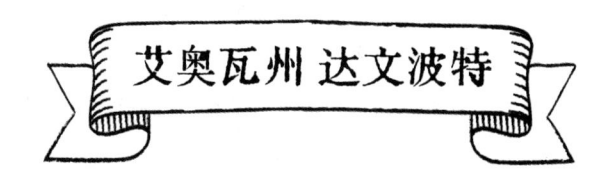

流浪汉营地

1929年10月15日

五个男人围坐在微弱的篝火旁，喝着锡罐里的淡咖啡。火光忽明忽暗，在他们脸上摇曳：吉姆·斯莫金·菲利普斯、埃尔莫·"墨水"·威廉斯、鲍·"象鼻虫"·杰克、"神枪手"·萨基特和查塔努加·"红色"·巴克——这一年估计有二十万青壮年男性在乡间村落游荡，他们是其中的五位。

斯莫金·菲利普斯抬起头来，一言不发，其余几人也没说话。这天晚上他们又困又乏，夜晚瘆人的寒气意味着凛冽刺骨的冬天再次来临。斯莫金知道，他很快就得跟着成群的大雁动身往南方去，这些年来，年年如此。

他出生在一个酷寒的清晨，家在田纳西州的大雾山。他父亲双腿粗短结实，是第二代私酒贩子。他犯了个致命的错误，娶了个"好女人"——一个相貌平平的村姑。她的生活围着"松林自由意志浸信会教堂"打转。

斯莫金的童年时光，多半跟年幼的妹妹柏妮丝形影不离，他们连着数个小时坐在硬邦邦的木凳上，整日唱歌、洗脚。

在教堂的常规仪式中，他的母亲偶尔会站起来胡言乱语，神神道道，谁也听不懂她在说什么。

后来，当母亲越来越频繁地迷信圣灵时，父亲却恰恰相反，他干脆不再上教堂。他对孩子们说："我相信上帝，但是我不认为一个人要用走火入魔来证明这一点。"

接着，在斯莫金八岁那年的春天，事态急转直下。母亲说，上帝告诉她，她的丈夫是个恶人，被魔鬼附了身。于是，她向税务局告发了他。

斯莫金记得，那天，他们把父亲从蒸馏器旁边抓走，带他上路，用枪顶着他的后背。他从妻子身边经过，瞪大眼睛看着她，说："你这个女人，你知不知道自己干了什么好事？你把面包从自己嘴边拿走了。"

这是斯莫金最后一次见到父亲。

父亲走后，母亲彻底放飞自我，跟一群荒郊野岭的摇喊教派[①]耍蛇人在一起厮混。一天晚上，脸色通红、头发蓬乱的传教士大吼大叫，把圣经捶打了一个小时，让光着脚的信众情绪激动起来。他们唱着圣歌跺着脚。突然，他把手伸进土豆口袋，掏出两条巨大的响尾蛇，在空中挥舞起来——圣灵充盈让他迷失了自我。

斯莫金呆坐在座位上，他攥紧了妹妹的手。传教士蹦来跳去，乱舞一气。他呼吁信徒拿起蛇，以亚伯拉罕的信念净化自己的灵魂。这时，斯莫金的母亲跑了过去，从传教士手中抓过一条蛇，直

[①] 摇喊教派（Holy Roller），成员在做礼拜时常常自发地表达激动兴奋的情绪。

直地瞪着它的脑袋。她叽里咕噜,语无伦次,目光始终盯着蛇的两只黄色眼睛。房间里,大家开始躲闪,嘴里发着牢骚。她举着蛇在房间里走来走去,人们纷纷趴倒在地,扭动着,尖叫着,在长凳下方和过道里翻滚。她嘴里念念有词:"霍萨……希拉姆娜……赫塞米娅……"房间里乱成一团。

斯莫金还没反应过来,年幼的妹妹柏妮丝就挣脱他跑向了母亲,拉住母亲的衣襟。

"妈妈,别这样……"

母亲依旧大睁双眼,神情恍惚,她低头看了一眼自己的孩子。那一瞬间,响尾蛇猛扑过去,咬了她的侧脸。她愣住了,转头看着蛇。它再次出击,这一次又快又狠,击中她的脖颈,毒牙刺穿了她的颈静脉。她啪的一声把愤怒的蛇丢在地上。蛇轻蔑地沿着过道爬走了。

母亲环顾四周,脸上流露出惊讶的表情。此刻房间里一片死寂。她的目光渐渐呆滞,身体慢慢地倒在地板上,顷刻间一命呜呼。

这时候,斯莫金的叔叔一把抱起他向门外走去。柏妮丝从此与邻居一起生活,斯莫金则留在了叔叔家。他十三岁那年沿着铁轨漫无目的地往前走,一去不回头。

斯莫金身上只带了一张他和妹妹的照片。他时不时地掏出来看一眼。在褪色的照片中,他们的嘴唇和脸颊涂成了粉红色:一个胖嘟嘟的小姑娘留着刘海,头上绑着粉色的丝带,戴着一串小小的珍珠项链;而他坐在妹妹身后,棕色的头发柔顺地垂下,脸颊紧贴着她的脸颊。

他经常想起柏妮丝,不知道她过得怎么样。他想,要是自己能重整旗鼓，早晚有一天会去看望她。

大概二十岁那年，铁路警察一脚把斯莫金踢下货车，他掉到佐治亚州一条冰冷浑浊的河里，弄丢了照片。现在他很少想起妹妹。除非他碰巧夜晚乘坐火车穿过大雾山，前往别的地方……

这天早上，斯莫金·菲利普斯在佐治亚州登上一辆开往佛罗里达州的客货混合列车。他已经两天粒米未沾。他记得朋友埃尔莫·威廉斯告诉过他，有两个女人在伯明翰郊外经营着一家餐馆，在她们那里总能吃上一两顿饭。在路上他看到闷罐车的车厢上写着咖啡馆的名称。于是，当他看到"亚拉巴马州汽笛站"的标牌，就从车上跳了下来。

埃尔莫说得一点儿不错，他穿过铁轨找到了餐馆。这是一栋绿色平房，可口可乐的商标下方，绿白相间的遮阳篷上写着"汽笛站咖啡馆"。他绕到后面，敲了敲纱门。一个矮个子黑人妇女正忙着做炸鸡，把绿番茄切成薄片。她瞅了他一眼，喊道："艾姬小姐！"

不一会儿，一个身材高挑、面容姣好、长着雀斑和金色卷发的女郎来到门口。她穿着干净的白衬衫和男式长裤，看上去只有二十岁出头。

他脱下帽子。"打扰了，女士。我想问问，你这里招不招零工，有没有别的我可以干的活儿？我最近接连走霉运。"

艾姬看着这个人，只见他穿的夹克衫又破又脏，皮鞋开裂，没有系鞋带，知道他没说假话。

她打开门，说："进来吧，伙计。我想我们可以给你找些事做。"

艾姬问他叫什么名字。

"斯莫金，女士。"

她转身望着柜台后面的女人。斯莫金已经数月未曾目睹干净整洁的女性,这位是他此生见过的最漂亮的女人。她穿着一件圆点瑞士蝉翼纱连衣裙,红褐色的头发用一根红丝带扎在脑后。

"露丝,这位是斯莫金,他要给我们干活儿。"

露丝看着他微笑。"很好。很高兴认识你。"

艾姬指了指男卫生间。"要不你先去收拾一下,再来吃点儿东西。"

"是,女士。"

卫生间非常宽敞,一只灯泡从天花板上垂下。他拉了拉灯绳,灯泡亮了,只见角落里竖着一只巨大的立式爪脚浴缸,浴缸的链条上拴着黑色的橡胶塞。水槽边已经摆好了剃须刀、剃须刷和一块剃须皂。

他看着镜子里的自己,为她们看到自己这么邋遢而自惭形秽,他已经许久不曾摸过肥皂。他拿起大块的奥克多牌褐色肥皂,使劲地擦掉脸上和手上的污垢和煤灰。他已经整整一天滴酒未沾,两只手抖得厉害,胡子怎么也刮不干净,但他尽了最大努力。他把欧仕派牌须后水扑在脸上,又用在水槽上方架子上找到的梳子梳了梳头发,然后走出卫生间,回到了咖啡馆大堂。

艾姬和露丝在餐桌旁给他准备了座位。他面对着一盘炸鸡、黑眼豌豆、芜菁甘蓝、油炸绿番茄、玉米面包和冰茶坐了下来。

他拿起叉子想要进食,但手还在抖,没办法把食物送到嘴里,还把茶全洒在衬衫上了。

他希望她们没有看见这一幕。过了一会儿,金发女人说:"斯莫金,来,咱们出去走走。"

他拿起帽子,折好餐巾,以为自己被赶出去了。"好,女士。"

她带他走到咖啡馆后面,那里有一块田地。

"你很容易紧张,对不对?"

"很抱歉,我刚才把东西弄洒了,女士,但是上帝做证,我说的全是实话……好吧……我会走的,不过还是谢谢你……"

艾姬把手伸进围裙口袋,掏出小半瓶威士忌递给他。

他万分感激,说:"上帝保佑你成为圣人,女士。"他们在平房旁边的一根木头上坐下。

斯莫金紧张的心情渐渐平息,她跟他说着话。

"看见那边的大块空地了吗?"

他望了一眼。"看见了,女士。"

"多年前,那里是汽笛镇最美的小湖……夏天,我们在湖里游泳、钓鱼,愿意的话还可以划船。"她伤心地摇摇头,"我真怀念它,真的。"

斯莫金眺望着那片空地。

"它怎么了,干涸了吗?"

她给他点了一支香烟。"不,还不如干涸了呢。有一年十一月,飞来一大群鸭子,大概有四十多只,乌压压地落在湖中央。它们浮在湖中央,当天下午就发生了一件蹊跷事。气温骤然下降,就在三秒钟内,整片湖就结了冰,冻得像石头那么硬。一、二、三,就这么快。"

斯莫金觉得这事太神奇了。"不是真的吧?"

"是真的。"

"嗯,想来鸭子一定都被冻死了。"

艾姬说:"当然没有。它们飞走了,带着湖一起飞走了。直到今天，那片湖还在佐治亚州某个地方呢……"

他转身注视着她，明白她在跟他开玩笑。他眯缝着蓝眼睛哈哈大笑起来，笑得忍不住咳嗽，她只好拍了拍他的后背。

他们回到咖啡馆时，他还在擦拭眼睛。饭菜默默地等着他。他坐下来吃饭，饭菜还是热的。有人帮他把饭菜放在烤箱里保温过。

啊，我流浪的儿，今夜你在哪里落脚？
母亲以你为骄傲……
啊，他在数结扣，
背上背着床褥，
他搭了便车……
啊，我的儿，今夜你在哪里落脚？

威姆斯周报

（亚拉巴马州汽笛镇的每周简报）

1929年10月22日

陨石将在咖啡馆展出

比迪·路易丝·奥蒂斯夫人今天宣布，她要把上周从她家屋顶坠落的陨石带到咖啡馆。人们不用再打电话询问，她正忙着搬家呢。她说，那只是一块灰不溜秋的大石头，有人想看就去看吧。

艾姬说，可以随时来咖啡馆参观，她会把它搁在柜台上。

抱歉，本周没有更多消息。我的另一半威尔伯得了流感，我不得不花费整整一周时间事无巨细地照料他。

还有比生病更糟心的事吗？很遗憾地告诉大家，伯莎的岳母、大家敬爱的贝西·维克于昨天去世，享年九十八岁。人们认为是寿终正寝。

多特·威姆斯

玫瑰露台养老院

旧蒙哥马利高速公路
亚拉巴马州 伯明翰

1985 年 12 月 22 日

又一个星期天,伊夫琳来到访客休息室,特雷德古德太太正穿着同一件衣服坐在同一把椅子上等着她。

老妇人像百灵鸟一样快乐,接着讲述特雷德古德家的事情,仿佛她们未曾分开过。伊夫琳无可奈何,只好剥开一块杏仁椰子巧克力糖,听任她讲下去。

"前院种着一棵高大的苦楝树。我记得我们一年到头采摘小小的苦楝子,到了圣诞节就把它们串起来,从上到下缠在圣诞树上。妈妈总是提醒我们,别把苦楝子塞在鼻子里。当然,艾姬刚学会走路后,第一件事就是走到院子里,把苦楝子塞到鼻子和耳朵里。后来妈妈不得不打电话请哈德利医生上门来。他对妈妈说:'特雷德古德太太,看来你跟前多了个淘气包。'

"嗯,当然,这话巴迪爱听。他事事鼓励艾姬。大家庭就是这样。人人都有自己的心肝宝贝。她的名字其实叫伊莫金,巴迪最早管她叫艾姬。她出生时巴迪八岁,他经常抱着她在镇上到处转悠,好像她是个洋娃娃。她会走路了,就像小鸭子一样摇摇摆摆地跟在他身后,牵着一只木头玩具公鸡。

"巴迪的品格千金难买,他眼睛明亮,牙齿洁白……能把人迷倒。我知道汽笛镇的姑娘们全都或早或晚地暗恋过他。

"人们说,你永远忘不了甜蜜的十六岁聚会,真是这样。我还记得那块粉色和白色相间的蛋糕,上面摆着旋转木马,妈妈把淡柠檬绿潘趣酒倒在大水晶酒杯里。院子里挂满了纸灯笼。不过,我脑海中记得最牢的是巴迪·特雷德古德在葡萄架后面偷偷地吻了我。啊,他吻了我!可我只是众多姑娘中的一位罢了……

"艾姬一天到晚忙着帮巴迪送字条传情。我们干脆叫她丘比特。艾姬留着短短的浅黄色卷发,蓝眼睛,脸上有雀斑。她长得像妈妈家的人。妈妈婚前名叫艾丽斯·李·克劳德[①]。她总是说:'我结婚前是一朵云。'妈妈的心眼最好。全家人都是蓝眼睛,除了巴迪和可怜的埃茜·鲁,埃茜一只眼睛是棕色的,一只眼睛是蓝色的。妈妈对她说,这就是她音乐天赋那么高的原因。妈妈总是看到事情好的一面。有一次,艾姬和巴迪从索克韦尔老汉那里偷了四颗大西瓜,把它们藏在妈妈的黑莓园里。亲爱的,第二天早上,他们还没来得及把西瓜弄走,就被妈妈发现了。妈妈坚信西瓜是一夜之间长出来的。克利奥说,后来她年年失望,西瓜再也没有长出来过。大家都不忍心告诉她,那几颗西瓜是偷来的。

"妈妈是浸信会教徒,爸爸是卫理公会教徒。爸爸说他讨厌被

[①] 人名中的克劳德英文是 Cloud,也有"云"的意思。

浸在水下。于是，每个星期日，爸爸去左边的第一卫理公会教堂，我们去右边的浸信会教堂。巴迪偶尔跟着爸爸，过一阵子就不去了，说浸信会的姑娘们更漂亮。

"人们总是在特雷德古德家歇脚。有一年夏天，妈妈接待了一名又高又胖的浸信会牧师，他来镇上参加露天集会，跟我们同住。牧师出去后，双胞胎走进他的房间，穿他的裤子玩。帕茜·露丝穿一条裤腿，米尔德丽德穿另一条裤腿。她们玩得正开心呢，突然听到他上楼的声音……两个人吓坏了，米尔德丽德朝一个方向跑，帕茜·露丝朝另一个方向跑，那条裤子就被撕成了两半。妈妈说，爸爸没有打她们的屁股，只因为那位牧师是浸信会教徒。不过这件事并没有造成严重的影响，因为从教堂回来后，我们都会回家吃星期日晚餐。

"特雷德古德爸爸并不富有，但是当时我们都觉得他很有钱。镇上唯一的商店是他开的，在那里什么东西都能买到。既能买到搓衣板、鞋带、紧身胸衣，也能买到桶里腌制的莳萝酸黄瓜。

"巴迪以前在爸爸店里的药品区干活。我愿意用天大的好处换一杯巴迪做的草莓冰激凌苏打饮料。汽笛镇附近的人来店里买东西。一九二二年商店竟然倒闭了，让我们大跌眼镜。

"克利奥说，商店倒闭的原因是爸爸不懂得拒绝别人，无论是白人，还是黑人。无论人们缺什么，需要什么，他都让人家赊账，把东西装在袋子里让人家拿走。克利奥说，爸爸的财富都被装在纸袋里散出去了。当年，特雷德古德家的人谁也不懂得拒绝别人。亲爱的，只要你开口，他们会把身上的衬衫脱下来给你。克利奥也没好到哪里去。我和克利奥没什么值钱的东西，不过拜仁慈的上帝所赐，我们需要的东西应有尽有。我相信穷人都是好人，除了卑鄙小人……那些人即便有钱，也很小气。住在玫瑰露台养老院的人多半都很穷，只有社会保障金，大部分人享受医疗补助。"

她转身对着伊夫琳。"亲爱的，有件事很要紧，一定要马上去办，那就是医疗补助，事到临头没办好可就糟了。

"这里住着几位富婆。几个星期前，维丝塔·阿德科克太太住了进来。我认识她，她来自汽笛镇，是个胸脯挺得老高的小个子女人。她穿着狐皮大衣，戴着钻石戒指。她是个有钱人。可是在我看来，有钱人并不开心。我再告诉你一件事情——他们的孩子来探视的次数不比别人多。

"奥蒂斯太太的儿子诺里斯和儿媳弗朗西斯每个星期都来看望她，风雨无阻。所以我才会每个星期日都来休息室，给他们留点儿私人空间，好让他们聊聊天……噢，看到有些人眼巴巴地等着别人来看望自己，真让人心碎。她们在星期六就把头发做好，星期天早上精心打扮，收拾停当，可是费了这么多工夫，却始终没有人来。我心里很不好受，可是能怎么办呢？生儿育女并不能保证有人会来看你……不，不能。"

威姆斯周报

（亚拉巴马州汽笛镇的每周简报）

1930 年 7 月 12 日

汽笛镇跨越式发展

朱利安的妻子奥珀尔·特雷德古德租下了邮局附近距离我家两道门的那栋房子，自己开了一家美发店。以前她一直在自家厨房里给人们美发，朱利安让她打住，因为女人们整天从后门进进出出，致使家里的母鸡无法下蛋。

奥珀尔说，价格保持不变：

洗发和吹干五十美分，烫发一块五

就我而言，我很乐于见到繁忙的街道上又多了一家店。想想看，如今你可以在一条街上搞定寄信、用餐和做头发。现在只要再开一家电影院，我们大家就不用再去伯明翰了。

罗伊·格拉斯夫妇在后院举行格拉斯家族年度聚会，格拉斯家的亲戚从四面八方赶来。威尔玛说，蛋糕吃着比看起来更美味。顺便说一句,前几天我的另一半钓鱼时,手指被鱼钩划破了,于是又待在家里哼哼呀呀地叫唤。

多特·威姆斯

汽笛站咖啡馆

亚拉巴马州 汽笛镇

1931 年 11 月 18 日

此时,咖啡馆的名字已经写在了从西雅图到佛罗里达的数百辆货车的车厢板壁上。斯普林特·贝利·琼斯说,他最远在加拿大都看见过。

这一年的年景格外不好。夜晚,汽笛镇周围的树林里,流浪汉营地篝火闪烁,没有一个流浪汉不曾在艾姬和露丝的店里讨过饭。

艾姬的哥哥克利奥忧心忡忡。他来咖啡馆接妻子妮妮和幼子阿尔伯特。他喝着咖啡,吃着花生。

"艾姬,我跟你说,你用不着谁到门前来都给他饭吃。你在这里是做生意。朱利安告诉我,前两天他顺路过来,看见七个流浪汉在吃饭。他认为,为了让这些无业游民吃饱,你会让露丝和孩子饿肚子的。"

艾姬对这个想法嗤之以鼻。"朱利安懂什么?要是没有奥珀尔那家美发店,他自己倒会饿死。你干吗听他的?他连上帝赐给山羊的见识都比不上。"

在这一点上,克利奥跟艾姬没有分歧。

"唉,不说朱利安了,亲爱的。我担心的是你。"

"我知道。"

"嗯,我只是希望你聪明些,别犯傻,把赚到的钱都给了别人。"

艾姬望着他,笑了。"克利奥,我知道一件事,这镇上一半的人已经五年没有给你付过钱。我也没见你把他们赶出去。"

一向安静的妮妮突然插话道:"没错,克利奥。"

克利奥吃了一颗花生。艾姬站起身来,搂着他的脖子跟他戏耍。"听着,你这辈子就没把饿肚子的人拒之门外过。"

"我用不着啊,这里到处都是饿肚子的人。"他说着清了清嗓子。"唉,说真的,艾姬,我不是要替你做生意或是怎么样,我只是想知道你有没有攒点儿钱,仅此而已。"

"攒钱干什么?"艾姬说,"听着,钱会要人的命,你知道吧。就在今天,有个人来这里给我讲了他叔叔的事情。他叔叔在肯塔基州的国家铸币厂干着一份收入很高的工作,给政府造钱。一切都好好的,突然有一天,他拉错了控制杆,七百磅硬币塌了下来,把他压死了。"

妮妮吓坏了。"天哪,太可怕了。"

克利奥望着妻子,好像她的精神出了问题似的。"天哪,女人啊。我这个疯妹妹跟你说什么你都信。"

"嗯,这种事是有可能发生的,对不对?他真的被硬币压死了吗,艾姬?"

"是真的。不是十美分,就是二十五美分的硬币,总共有三百磅重,我忘记是哪种硬币了。不管怎样,他是被钱压死的。"

克利奥对艾姬摇了摇头,无奈地笑起来。

玫瑰露台养老院

旧蒙哥马利高速公路
亚拉巴马州 伯明翰

1986 年 1 月 29 日

在每个星期日的探视日,埃德·库奇都陪母亲坐在局促的小房间里看一下午电视节目。今天,伊夫琳心想,要是她不赶快离开,她会忍不住尖叫。于是她借口说要去走廊尽头上厕所。其实她打算坐在车里,可是却忘记了车钥匙在埃德手中,她又返了回来……在休息室陪伴特雷德古德太太。她打开一包奶油巧克力椰蓉球,特雷德古德太太给她讲述玫瑰露台养老院昨天晚餐时的情形。

"亲爱的,她就坐在桌子的上首……满口大话,自以为了不起。"

"谁?"

"阿德科克太太。"

"阿德科克太太?"

"阿德科克太太!你还记得她吧?穿着狐皮大衣的阿德科克太太!"

伊夫琳想了一会儿。"噢,那个富婆。"

"没错,阿德科克太太,戴着花哨巨大的宝石戒指。"

"没错。"

伊夫琳把剥开的奶油巧克力椰蓉球递给她。

"噢,谢谢。我爱吃这个。"她咬了一口。过了一会儿,她说:"伊夫琳,你想不想喝点儿可口可乐把它顺下去?我房间里有些零钱,你要是想喝,我去给你买杯冷饮。大厅里有一台售卖机。"

伊夫琳说:"不用了,特雷德古德太太,我没关系。你想喝吗?"

"不,亲爱的。正常情况下我是喝可乐的,可是今天我感觉有点儿胀气。你不介意的话,我就喝点儿水吧。"

伊夫琳走出门外,用白色锥形杯给两个人倒了些冰水。

"太谢谢了。"

"阿德科克太太怎么了?"

特雷德古德太太看着她。"阿德科克太太?你认识她吗?"

"不,我不认识她,你刚才说她吹牛来着。"

"噢,对,我刚才……嗯,阿德科克太太昨晚在餐桌上告诉我们,她家里的东西都是古董真品……收藏了至少五十多年……她的东西都很值钱。我对奥蒂斯太太说:'我这辈子过的日子没什么价值,我自己却成了无价的古董。拿到市场上去卖的话,或许值一大笔钱呢。'"她被这个念头逗笑了,又沉思片刻。

"不知道那些小巧可爱的瓷盘和我们以前玩的羊拉小车到哪里去了?

"星期六,我们坐着爸爸给我们几个姑娘做的羊拉小车去兜风,我们觉得去兜风比去巴黎旅行都要好。要是那只老山羊还活着,我也不觉得奇怪。它的名字叫哈利……山羊哈利!它什么都吃!有一次,艾姬把一整罐腋下除臭剂喂给它,它就像吃冰激凌一样舔了起来……

"我们玩各种游戏——没有人比特雷德古德一家人更爱玩装扮游戏。有一年,妈妈把我们四个姑娘打扮成'四张纸牌',参加在教堂里举行的比赛。我是梅花,双胞胎是红心和方块,埃茜·鲁是黑桃。艾姬来了,她跟在我们身后,是我们这组扑克的王牌。我们得了一等奖!

"我记得有一年的七月四日,我们这群姑娘都身穿星条旗图案的裙子,头戴纸做的皇冠。我们聚在后院,一边吃着自制的冰激凌,一边等待放焰火。这时候,巴迪·特雷德古德从后楼梯走下来。他穿着一条利昂娜的水手领连衣裙,头上扎了一个硕大的蝴蝶结,一看见我们就搔首弄姿,忸怩作态起来。他在模仿利昂娜,看不出来吗?而且,更好笑的是,不知道哪个小伙子把维克多手摇留声机搬到了院子里,上好了发条,播放的恰好是《阿拉比酋长》。巴迪扭着身体满院子跳来跳去。这个场面让我们笑了好多年。后来,巴迪给了利昂娜一个大大的吻。不管巴迪做什么,你都会原谅他。

"天黑了,爸爸就雇那些放焰火的人来给全镇人表演……特劳特维尔的黑人全体出动。那个阵势!烟花爆炸,照亮整个天空。当然,小伙子们放炮仗都玩疯了。一切都结束以后,我们就回屋坐在客厅,听埃茜·鲁使劲地敲打钢琴。她演奏《听知更鸟歌唱》《诺拉》,反正是当年的流行歌……艾姬坐在树上冲她嚷嚷。

"艾姬好像总是穿着工作服,光着脚。这也是件好事。像她那样在树上爬上爬下,再漂亮的裙子也会被她糟践。她总是跟着巴迪和弟兄们去打猎和钓鱼。巴迪说,她的射击水平不比小伙子差。她是个漂亮的小家伙,巴迪把她的头发剪短以后,人们硬说她看着就是个小男孩。

"特雷德古德家的姑娘们都很漂亮。噢,她们也不是不打扮,特别是利昂娜。姐妹当中数她虚荣,也没有幽默感。

"当然,我的相貌只能说还过得去,我的个子太高了。因为个子高,我经常想把背驼起来。特雷德古德妈妈就说:'妮妮,上帝让你长得高,是为了让你离天堂更近……'现在我没有以前高了。人老了身体会缩小。

"头发是不是很好玩?很多人迷恋自己的头发。当然,我想这很自然。圣经里通篇说到头发:参孙、示巴女王,还有那个用头发给耶稣洗脚的姑娘……是不是很奇怪,黑人想要直发,我们想长一头卷发。我的头发以前是棕色的,现在我用丝银十五号洗发膏……以前用十六号,显得头发太黑,看起来像染过的。

"回到当年,我只是简单地把头发盘在脑后,该干啥干啥。利昂娜小姐可不这样。她的发型一直是她和艾姬的痛处。我估计那时候艾姬大概九岁或者十岁,她去特劳特维尔跟当地的孩子们玩耍,回家时染上了头虱。我们都得用硫黄、煤油和猪油混合起来的东西洗头发。我从没听过那么大声的尖叫和嘶吼。人家还以为利昂娜被绑在柱子上受火刑呢。打那以后,利昂娜再也不肯跟可怜的艾姬说话。

"那一阵子,巴迪放学回到家,看到艾姬没精打采。正好他要去参加足球比赛,晚上出门时就说:'走吧,小家伙。'于是他就带着艾姬去参加足球比赛,让她和别的球员一起坐在板凳上。巴迪就是这样……

"我认为利昂娜直到结婚以后才真正原谅了艾姬。利昂娜始终以美貌自负。有一回,她在《麦考尔》杂志上读到一篇文章,说生气和恼怒会让人长皱纹。后来，利昂娜总是威胁艾姬说要杀了她，每次放狠话的时候脸上都挂着笑容。

"当然，利昂娜确实找了一个富甲一方的丈夫，她的婚礼也很有排场。她生怕艾姬毁了自己的婚礼，其实根本没必要，因为艾姬大半天跟新郎的家人待在一起，把他们迷得团团转。一天下来，他们认为艾姬是天底下最可爱的小天使。她小小年纪就展示出特雷德古德家的魅力。世界上没有人比巴迪·特雷德古德更风度翩翩。"

特雷德古德太太停下来喝了口水，沉思道："你知道，这块椰蓉球让我想起了野餐会那天，那天可真倒霉。

"我当时已经跟克利奥订了婚，好像是十七岁左右。那是六月一个星期六的下午，我们刚刚参加过教堂的野餐会，玩得开心极了。安达卢西亚浸信会教堂的年轻人特意乘火车过来，妈妈和西普塞为这次聚会烤了大概十块椰蓉蛋糕。小伙子们穿着白色夏装，克利奥在爸爸的店里给自己买了一顶崭新的草帽，可是不知道为什么，那天巴迪把克利奥的新帽子要过去自己戴了。

"野餐会结束之后，我和埃茜·鲁把蛋糕盘带回家，特雷德古德家的小伙子们去火车站给安达卢西亚那群人送行，这都是惯例。妈妈端着锅在后院从树上摘无花果，出事的时候我跟她在一起……

"我们听到火车启动了，就在它驶出的那一刻，汽笛拉响了。接着我们就听到刺耳的刹车声，火车慢慢地停了下来。就在这时，我们听到姑娘们惊声尖叫。

"我看着妈妈，她一把抓住自己的胸口，跪下来喊道：'不，不是我的孩子！亲爱的上帝，别是我的孩子！'

"特雷德古德爸爸在店里听到动静，跑去了车站。人们从人行道走过来,我和妈妈站在前廊。我一看到爱德华手里拿着的草帽,就知道是巴迪出事了。

"那天他一直跟漂亮的玛丽·米勒调情。火车驶出时他走上铁轨,摘下帽子,向她露出了迷人的微笑,就在这时,汽笛响了。人家说他压根就没听到火车从后面驶来。我至今希望克利奥没把那顶草帽借给他。"

她摇了摇头。"你可知道,这件事要了我们所有人的命。不过最难过的人是艾姬。她当时大概十二三岁,出事时正在特劳特维尔打球。克利奥只好去把她叫回来。

"我没见过人会悲痛到那个地步。我觉得艾姬会追随巴迪死去。看着她简直让人心碎。巴迪葬礼那天,她跑了。她实在是受不了。艾姬回到家,径直上楼坐在巴迪的房间里,一坐就是几个小时,在黑暗中坐着一动不动。后来,她再也受不了待在家里,于是拔腿离开,去特劳特维尔跟西普塞在一起……可她始终没有哭过。她的心伤得太深,哭不出来……你知道,人的心碎了,还会继续跳动,像正常人一样。

"特雷德古德妈妈很为艾姬揪心,爸爸说,让她去做自己该做的事情吧。当然,打那以后艾姬就像变了个人似的,直到遇见露丝,才又渐渐变回原来的样子。我知道,她从来没有放下过巴迪……我们都没有。

"唉,我不想没完没了地念叨伤心事。这是不对的。况且,就像艾姬遇到了露丝,上帝关上一扇门,就会打开另一扇门。我相信,那一年,上帝派露丝来跟我们共度夏日,一定是有道理的……'他既看顾小麻雀,深知我必蒙眷佑。'"

威姆斯周报

（亚拉巴马州汽笛镇的每周简报）

1931年12月1日

汽笛镇的电台明星

我们不在乎好莱坞。我们本地的埃茜·鲁·利默韦是浸信会教堂的管风琴手，也是"快乐美女理发店四重奏"的伴奏师。本月每天早上六点半，在电台的《饼干王时间》栏目，可以听到她弹奏钢琴曲，这首钢琴曲也用在了她为斯坦利·查尔斯风琴与钢琴公司制作的广告中。听到查尔斯先生说完"各位请记住，我会把你们的风琴或钢琴保留到圣诞节"后，埃茜·鲁就开始弹奏背景音乐《铃儿响叮当》。敬请收听。

埃茜告诉我，今年斯坦利·查尔斯公司的风琴和钢琴库存太多，得赶快脱手。埃茜说，你进店提她的名字，老板会给你打折。商店位于伯明翰市中心，就在有轨电车站旁边，格斯热狗店对面。

顺便说一句，奥珀尔美发店招牌上的字母O掉下来，差点儿砸中比迪·路易丝·奥蒂斯的脑袋。

奥珀尔说，幸好她没有受伤，不过，奥蒂斯太太的名字以字母

O开头,这也太巧了吧?朱利安说,他会在本周抽空把它修好,但奥蒂斯太太说,今后她要从后门出入。

多特·威姆斯

附注:奥珀尔说,她刚刚拿到一些委托销售的真发发卷……如果你希望自己的头发浓密点儿,她说,欢迎惠顾……

罗兹环路212号

亚拉巴马州 伯明翰

1986年1月5日

伊夫琳·库奇把自己锁在缝纫室里，津津有味地吃着第二杯巧克力冰激凌。她瞪着桌子，桌上堆满了巴特里克牌服装缝纫纸样。她一时兴起地把它们买下后就束之高阁，再也没有碰过。埃德在书房里心无旁骛地观看足球比赛。她觉得这样很好。近日，每当她手边有一些容易使人发胖的零食，他就目不转睛地盯着她，佯装惊讶地说："你吃这个减肥？"

伊夫琳跟冰激凌店里的年轻店员编了瞎话。她对他说，冰激凌是为孙辈聚会准备的。其实她根本没有孙辈。

伊夫琳四十八岁，她在人生旅途上迷了路。

时代变化太快。她循规蹈矩地生养了两个孩子——"儿子归他，女儿归我"，时光荏苒，世界天翻地覆，让她觉得恍如隔世。

她再也听不懂人们的玩笑。如今玩笑似乎都很刻薄，措辞用语让她暗自震惊。而她年近半百，从来没说过脏话。于是，她大多数时候看些老电影和重播的情景喜剧《露西表演》。在越南战争期间，她全盘接收埃德的观点：这是一场正义的、必要的战争，反对战争的人都是共产主义者。后来，过了很久以后，她终于认定这或许不是一场正义的战争时，简·方达早已与时俱进，在教人做健身操了，反正也没人在乎伊夫琳的看法。时至今日，她依旧对简·方达心怀怨气，希望她能从电视里滚下去，不要一天到晚蹬着两条瘦伶伶的腿。

伊夫琳不是没有做过努力。她想把儿子培养得善解人意，体贴温柔，可是埃德吓唬她说，如果那样做，儿子长大后就会变成同性恋。她让步了，与儿子心生嫌隙。如今儿子对她形同陌路。

两个孩子都与她擦肩而过。女儿贾尼丝十五岁时对性的了解比伊夫琳这个岁数懂得都多。好像哪里不太对劲。

她读高中时，生活很简单。好姑娘、坏姑娘分得很清楚，人人都知道谁是好姑娘，谁是坏姑娘。你要么在圈内，要么不在。伊夫琳处在黄金圈：她是啦啦队的队员。高中乐队的成员，穿锥形裤的男生和他们身穿尼龙透视罩衫、戴着脚镯的女朋友，她一个也不认识。在她的圈子里，男生梳平头，穿系扣的格纹衬衫和熨过的卡其裤，女生穿船岸品牌的罩衫，佩戴圆形胸针。她和闺蜜们在女生联谊会上共抽一支箭牌香烟，在睡衣派对上可能喝一杯啤酒，仅此而已。还有，不要摩挲脖子以下的部位。

日后，她陪女儿去装子宫帽时，觉得自己像个傻瓜。伊夫琳直到新婚夜才破处。

多么令人震惊。没人告诉过她，那种事会那么痛。她依旧无法从性事中获得享受。每当她渐渐放松时，脑海中就会浮现坏女孩的形象。

她是个好女孩，总是一副端庄贤淑的样子，从不提高嗓门，说话做事总是顺从别人。她以为日后自己会因此得到回报——一份奖品。女儿问她有没有跟除了丈夫之外的男人发生过关系，她回答说："没有，当然没有。"女儿的回答是："妈妈，你真傻。你连他到底厉不厉害都不知道。太可怕了。"

确实。她不知道。

那么，长远来看，是不是个好姑娘根本不重要。那些招蜂惹蝶的高中女生并没有像她设想的那样蒙羞含垢地生活在偏僻的小巷。她们跟别人一样，要么幸福地结婚，要么不那么幸福地结婚。所以，守贞的挣扎，对被触摸的恐惧，对放电挑逗让男生意乱情迷的恐惧，以及终极的恐惧——怀孕，这一切所耗费的心力到头来都是无用功。如今，很多电影明星未婚生子，给孩子取名月光或日羽。

头脑始终清醒的回报是什么？她总听人说，再没有比女人喝醉更不像话的了，她从来不允许自己喝超过一杯威士忌酸酒。如今，精英人士大摇大摆地走进贝蒂·福特康复中心，让人拍下存档照片，等他们出来时，欢会宴饮的邀约纷至沓来。她经常好奇，康复中心收不收需要减掉二十斤的胖子。

女儿让她吸过一口大麻烟，可是，当台板上的隔热垫一片片向她飞来时，她心生恐惧，从此退避三舍。毒品被排除在外。

伊夫琳纳闷她们那帮人到哪里去了，什么地方适合她……

约莫十年前，埃德开始跟保险公司的女同事幽会时，为了挽救婚姻，她加入了一个名叫"完整女人"的组织。她不确定自己对埃德的爱是否矢志不渝，但她足够爱他，不想失去他。况且，她该怎么办呢？她和他生活的年头抵得上跟父母共度的岁月。这个组织信奉女性可以找到圆满的幸福，如果女性愿意奉献一生，让自己的丈夫快乐。

这个组织的领导人告诉她们，那些富足又成功的职业女性表面看起来风光幸福，其实都过得孤独又痛苦，私底下羡慕她们其乐融融的基督徒家庭生活。

想象芭芭拉·沃尔特斯会为了埃德·库奇放弃一切，实在有些勉为其难，但伊夫琳还是逼迫自己使劲地这么想。她虽然不信教，可是知道圣经支持她当个受气包，却依旧感到安慰。使徒圣保罗不是说过吗？女人不要篡夺权力凌驾于男人之上，而是要保持沉默。

于是，她希望自己找对了路，就照猫画虎从"美满生活十步走"做起。她尝试了第一步，在前门光着身子、裹着保鲜膜给埃德开门。埃德吓了一跳：他钻进屋里，砰的一声把门关上。"上帝啊，伊夫琳！万一敲门的人是送报纸的人怎么办？你疯了吗？"

结果她再也没有尝试第二步：打扮成妓女去办公室找他。不久，组织的领导人娜丁·芬格赫特离了婚，无奈出去工作，组织就此解散。过了一段时间，埃德跟那女人分手了，事情也就平息下来。后来，她继续寻寻觅觅，试着加入"妇女社会中心"。她喜欢她们倡导的理念，私下却希望她们稍微涂点儿口红，刮刮腿毛。房间里只有她一个人浓妆艳抹，穿着连裤袜，戴着耳环。她渴望融入，可是当那位女士建议大家下周带一面镜子来，研究一下自己的阴道时，她再也没有回去。

埃德说，那些女人不过是一群失意的老处女，而且长得太丑，本来就找不到男人。她就是这样，既厌倦已婚妇女的聚会，又害怕观察自己的阴道。

她和埃德去参加高中毕业三十周年聚会，那天晚上她想找个人倾诉一下自己的感受。可是大家都跟她一样困惑，她们紧贴着丈夫，举着手中的饮料，生怕自己消失。她们这代人似乎处在骑墙状态，左右为难，进退维谷。

聚会结束后，她一连数个小时坐着翻看学生时代的照片，还驾车驶过她曾经生活的地方，一遍又一遍。

埃德帮不上忙。最近，他的做派越来越像自己的父亲，竭力摆出一副他心目中一家之主该有的姿态。随着岁月流逝，他变得越来越封闭。周六他独自在家居装饰中心徘徊数个小时，东逛西逛，却不知道要买些什么。他像其他男人一样打猎、钓鱼、观看足球比赛，不过她疑心他也只是在装样子而已。

盯着空空的冰激凌盒，伊夫琳疑惑不解，学校照片中那个笑眯眯的姑娘到哪里去了。

威姆斯周报

（亚拉巴马州汽笛镇的每周简报）

1932年11月2日

汽笛镇养猪俱乐部成立

在亚拉巴马州农业技术指导的鼓励下，本地成立了养猪俱乐部。如果想要获取资讯，可以致电伯莎·维克太太家。伯莎说，北卡罗来纳州基特雷尔镇有一位名叫祖拉·海特的小姐，短短七天就赚到一头登记过的纯种土猪。伯莎说，只要用心，你也可以做到。

她说，拥有一头纯种土猪是你和你的社区脱颖而出的标志，会让你走上富裕之路。这意味着你在给自己的人生打下基础，在年老体衰时继续拥有可观的收入。

艾姬刚给咖啡馆添置了一台全新的飞歌牌收音机。她说，如果有谁希望收听《阿莫斯与安迪》等节目，欢迎惠顾，无须点餐。她说，晚间的收听效果格外好。

顺便问一下，有没有人知道怎么清除水泥地上狗的脚印？如果有的话，请给我致电或者到邮局来告诉我。

多特·威姆斯

玫瑰露台养老院

旧蒙哥马利高速公路
亚拉巴马州 伯明翰

1986年1月12日

伊夫琳打开手袋，递给特雷德古德太太一块她从家里带来的、用蜡纸包裹的甜椒奶酪三明治。

特雷德古德太太很开心。"噢，谢谢！我爱吃美味的甜椒奶酪三明治。其实，颜色漂亮的东西我都爱吃。你不觉得甜椒奶酪的颜色很漂亮吗？看着就让人高兴。我也爱吃红辣椒，我以前爱吃蜜饯苹果，现在不能再吃了，牙齿不行了。让我想想，红颜色的东西我都喜欢。"她思忖片刻说道。

"我们养过一只名叫希斯特的红母鸡。我每次到后院，都要说一句：'希斯特，不要啄我的脚趾，不然我就把你油炸了配汤团吃。'它就昂起头，从我身边绕开。除了我和我的儿子阿尔伯特之外，它啄每个人。就算在大萧条时期，我们也不忍心吃掉那只母鸡。它后来老死了。我和全家人上天堂的时候，我希望希斯特和浣熊库基也在。我知道老西普塞肯定在。

"我不知道西普塞是打哪儿冒出来的……黑人全都来路不明。

她刚开始给特雷德古德妈妈干活时约莫十岁或十一岁。她穿过铁轨，从黑人聚居区特劳特维尔走路过来，说自己叫西普塞·皮维，想找份活儿做，妈妈就收留了她。特雷德古德家的孩子都是西普塞帮忙带大的。

"西普塞瘦伶伶的，个子很小，性格很有趣。黑人那些老派的迷信，她都信以为真。她的母亲是个奴隶。西普塞对咒语怕得要死……她对妈妈说，她在特劳特维尔的邻居每天晚上都在一个人的鞋里放黄色的魔法粉，结果让那个人丧失了机能。不过，这个世界上最让她害怕的东西莫过于动物的脑袋。你交给她一只鸡、一条鱼，或是大块头乔治杀了的一头猪，她一定要先把它们的头在花园里埋起来，然后才肯收拾烹煮。她说，要是不把动物的脑袋埋掉，它们的魂魄就会进入人的身体，让人精神错乱。有一次爸爸忘了这茬，带了些猪头奶酪回家，西普塞像报丧女妖一样尖叫着跑了出去。直到她的一个朋友在原地作了法，她才肯回来。她埋在花园里的动物脑袋大概足有上百个了吧。你知道，因为这个缘故，我们种出了镇上最大的番茄、秋葵和南瓜！以前巴迪管它叫鱼头花园。

"不过，西普塞虽然神神道道，却是亚拉巴马州数一数二的厨师。她十一岁时，人家就说，她能做出最美味的肉汁松饼、水果馅饼、炸鸡、芜菁甘蓝和黑眼豌豆。她做的汤团轻得能飘在空中，你得赶紧吸溜才能吃到嘴里。咖啡馆用的菜谱全是她发明的。她把自己掌握的烹饪知识一股脑儿都教给了艾妮和露丝。

"我不知道西普塞为什么自己没有孩子。没有人比西普塞更爱小孩子了。特劳特维尔的黑人妇女要是想出去玩耍，就把自己的小宝宝交给西普塞照看一个晚上。她们知道，她会把孩子照顾得很好。

西普塞说，没有什么比摇着小宝宝更让她开心的事情。她摇着小宝宝，整夜唱着歌，有时同时照看两个宝宝，因为盼望自己有个孩子，盼得人都憔悴了。

"这时候，十一月的一个下午，就在感恩节前后——妈妈说外面严寒刺骨，树木一片光秃秃——西普塞正在楼上铺床，她在黑人教堂的一个朋友来到后院，向她大声喊话。这位朋友激动地告诉她，火车站有个伯明翰姑娘要把自己的孩子送人。她让西普塞动作快点儿，火车就要启动了。

"听到这话，西普塞飞快地跑下楼，身上只穿了件薄裙子，系着围裙，迫不及待地从后门跑了出去。特雷德古德妈妈说，她大声嚷嚷，叫西普塞穿上外套，西普塞回了一句'来不及了，特雷德古德太太，我要去抱养那孩子'后，一眨眼就没了人影。妈妈站在后门廊上等着她，很快就看到火车开走，西普塞回来了，笑得合不拢嘴，因为跑过荆棘丛，她的腿上布满划痕和血渍。她抱着一个又黑又胖的小男孩，身体裹在毛巾里，毛巾上写着'田纳西州孟菲斯迪克西酒店'的字样。西普塞说，那姑娘要坐火车回家，她告诉西普塞，她不敢把孩子带回去，因为她的丈夫已经坐牢三年了。

"我们始终不知道这孩子的真实姓名。西普塞说，既然他是从火车上捡来的，就管他叫乔治·普尔曼·皮维吧，用普尔曼卧铺车的发明者给他取名。不管他的生父是谁，一定是个大块头，因为乔治长大后，身高一米九，体重二百三十斤。

"小时候，爸爸带他去店里教他屠宰。乔治十岁就学着杀猪了，西普塞为他感到骄傲……哪怕他是她亲生的，她也不可能更爱他。她常常抱住他说：'宝贝儿，咱们只是没有血缘关系，可不能说你

不是我的儿。'

"后来，大块头乔治受审，西普塞穿戴齐整地去法庭，风雨无阻……她应该活了将近九十岁。当然，黑人的年龄很难从外表看出来。

"她整天唱福音歌……《在前方行李车里》《我要搭早班车回家》……总是唱跟火车有关的歌。她去世前一天晚上对乔治说，她做了一个梦，梦见耶稣穿着一身白衣服。耶稣是幽灵列车的售票员，要接她去天堂。

"我不妨大胆地说，西普塞在咖啡馆做饭做到八十多岁。大多数客人来咖啡馆，就是为了吃她做的饭，肯定不是看中咖啡馆的外观。艾姬和露丝买下它时，就只是一间宽敞的老房子。它坐落在铁轨正对面，从多特·威姆斯上班的邮局再往前走几步就到了。

"我记得她们搬家那天的情形。我们都去帮忙，西普塞埋头扫地，无意中注意到露丝要把那张《最后的晚餐》贴在墙上。西普塞放下扫帚，对着画端详片刻，问道：'露丝小姐，和耶稣先生坐在一起的是啥人？'

"露丝想表达善意，就说：'西普塞，那是耶稣先生和兄弟们。'西普塞转头看了她一眼，说：'噢，啊哈。我还以为马利亚小姐只生了一个儿子哩。'然后她就接着扫地了。我们差点儿笑死。西普塞完全清楚画上的那些人是谁。她只是喜欢逗人玩。

"朱利安和克利奥搭了四个木制的卡座，又在后面砌了个房间，这样艾姬和露丝就有地方住了。咖啡馆店面部分的墙壁用了多节松，地板铺的是普通的旧木头。

"露丝想把这地方装饰一下。她贴了一张画，一艘船在月光下航行。可是艾姬从露丝身后走过去，伸手把它揭下，贴上了她自己找到的一张画，几只狗围坐在牌桌边，抽着雪茄打扑克。她在下面写了一行字：莳萝泡菜俱乐部。这是她和朋友格雷迪·基尔戈创办的一家疯疯癫癫的俱乐部的名字。除了头一年她们张贴过一张圣诞节装饰画，后来艾姬也没有把它揭去，还有一张旧的铁路日历，就这些东西。

"屋里只有大概四张桌子，椅子任意搭配。"特雷德古德太太笑起来，"一不留神就会让你摔个屁股蹲儿。她们始终没有收银机。她们把钱放在一个雪茄盒里，从里面给人找零钱。她们在柜台的架子上放了薯片、猪皮、梳子、嚼烟、鱼饵和小玉米芯烟斗。

"艾姬一大清早就开门营业，用她的话说，直到'最后一只狗被绞死'[①]才打烊。

"巨大的'L与N'公司铁路调车场离这条街只隔两个街区，铁路工人都在这里吃饭，黑人和白人都一样。艾姬在后门接待黑人。当然，很多人不喜欢她卖饭给黑人，她这么做会惹来一些麻烦，但是艾姬说，没有人能吩咐她什么事能做，什么事不能做。克利奥说，艾姬单枪匹马抵抗三K党[②]，他们拦不住她。她的脾气很好，但是到了关键时刻，她表现得很勇敢……"

---

① 此处原文为一句俚语，意指无论时间多晚，艾姬都等到最后一位客人离开才打烊。
② 三K党：美国奉行种族主义的一个民间组织。

汽笛站咖啡馆

亚拉巴马州 汽笛镇

1933 年 3 月 22 日

艾姬一边喝咖啡,一边跟流浪汉朋友斯莫金闲聊。厨房里,西普塞和奥泽尔正忙着提前给午餐食客准备油炸绿番茄,午餐十一点半左右开始供应。奥西·史密斯敲了敲厨房的门,那时她们在收听电台播放的《飞越约旦福音时刻》。

西普塞走进咖啡馆大堂,在围裙上擦着手。"艾姬小姐,有个黑人小伙想跟你说句话哩。"

艾姬走向纱门,一眼认出了奥西·史密斯。他是她在特劳特维尔的朋友,在铁路调车场上班。

"嘿,奥西。你好吗?"

"我很好,艾姬小姐。"

"有什么需要我帮忙的事吗?"

"艾姬小姐,我们调车场有一大帮哥们,两个月来天天闻着烤肉的味道,快把我们馋死啦。我们想问问,你愿不愿意卖给我们一些烤肉三明治。钱都收齐了。"

艾姬叹了口气,摇了摇头。"我跟你说,奥西。要是我说了算,我会让你们从前门进来,大摇大摆地坐在餐桌前。但是你知道,我不能这么做。"

"我懂,女士。"

"镇上有一帮人会立刻把我烧死。我得赚钱生活。"

"我懂,女士,我明白。"

"不过,我要你回到调车场,告诉你那些哥们,他们想吃什么,随时都可以到后门来买。"

他咧嘴一笑。"好的,女士。"

"告诉西普塞,你们想吃什么,她会给你们安排。"

"好的,女士。谢谢你,女士。"

"西普塞,把烤肉给他,还有别的他们想吃的东西。再给他一块馅饼。"

西普塞低声咕哝道:"你会在三K党那里给自己惹大麻烦的,我待不下去了。你再也见不到我喽,女士。"

但西普塞还是给奥西做了三明治,准备好葡萄饮料和馅饼,把它们装进纸袋,还送了一块餐巾给他。

大约三天后,当地的警长兼业余铁路侦探格雷迪·基尔戈神气活现地走了进来。他身材魁梧,是艾姬哥哥巴迪的朋友。

像往常一样,格雷迪把帽子挂在帽架上,对艾姬说,他有要紧事跟她谈。她把他的咖啡端到卡座上,坐了下来。格雷迪斜靠在桌子对面,开始履行令人不快的职责。

"艾姬,你不该把饭菜卖给黑鬼,你不该不懂规矩。镇上有些家伙很不高兴。没人愿意在黑鬼出没的地方吃饭。这是不对的,你不该这么做。"

艾姬思忖片刻，摇了摇头，表示同意他的说法。

"你说得对，格雷迪，我该懂规矩，我不该这么做。"

格雷迪直起腰，看起来很满意。

她接着说："是啊，格雷迪，有意思的是，人们总要做自己不该做的事情。就拿你来说吧，我猜很多人可能会认为，星期天做完礼拜后，你不该去河边找伊娃·贝茨。我猜格拉迪丝可能就认为你不应该去河边。"

格雷迪目前担任浸信会教堂的执事。他的妻子婚前名叫格拉迪丝·莫茨，众所周知是个母老虎。格雷迪这下慌了神。

"噢，得了，艾姬，这可不好笑。"

"我想也是。就好比一帮大老爷们喝醉了酒，把床单蒙在头上，我想一想就觉得好笑。"

格雷迪对站在柜台后面的露丝喊道："露丝，你能过来一下，跟她讲讲道理吗？她不听我的。我只是想让她不要惹麻烦罢了。唉，我就不说是谁了，镇上有些人不喜欢她卖吃的给黑鬼。"

艾姬点了支骆驼牌香烟，微微一笑。"好吧，格雷迪，告诉你吧。下一次'某些人'到这里来，比如杰克·巴茨、威尔伯·威姆斯和皮特·蒂德韦尔，我倒要问问他们，你们这帮人发起那些愚蠢的游行，要是你们去参加时不想让别人知道自己是谁，怎么想不到换双鞋呢？"

"唉，等一下，艾姬——"

"噢，见鬼，格雷迪，你们骗不了别人。啊，我能认出那些十四码的大笨鞋，你们到哪儿都穿着那些鞋。"

格雷迪低头看着自己的两只脚。他眼看就要败下阵来。

"艾姬，我得跟他们谈谈。你到底要不要打住？露丝，过来帮我劝劝这头倔驴。"

露丝走到桌边。"格雷迪，在后门卖几个三明治能坏什么事呢？他们又不进来坐下吃。"

"唉，我不知道，露丝……我得跟那帮家伙聊聊。"

"他们又没有伤害别人，格雷迪。"

他想了想。"嗯……我想，眼下还没事。"他用手指着艾姬，"但是，一定要让他们只在后门活动，听到了吗？"

格雷迪起身要走，戴上帽子，又转头对着艾姬。

"星期五咱们还打扑克吗？"

"打啊，八点钟。多带点儿钱，我觉得我运气好着呢。"

"我会转告杰克他们……再见，露丝。"

"再见，格雷迪。"

艾姬目送他沿着街道走远，摇了摇头。

"露丝，我真希望你看到那个场面，这家伙在河边待了三天，醉得像条狗，哭得鼻涕都出来了，就因为乔死了，那个把他养大的黑人老头。我发誓，我怎么也想不通，人们长了脑子是用来做什么的。想象一下那帮家伙吧：他们害怕坐在黑人旁边吃饭，却肯吃刚刚从鸡屁股里下出来的蛋。"

"唉，艾姬！"

艾姬笑了。"对不起，不过有时候我真是生气。"

"我知道，亲爱的，可是你没必要这么烦心。人们就是这样，你就是使出吃奶的劲儿，也没办法改变他们。世道人心就是这样。"

艾姬冲她笑了笑，心里纳闷，要是没有露丝给自己开解会怎么样。露丝也对艾姬莞尔一笑。

两个人都明白，何去何从，必须做出决定。于是她们做了决定。那天之后，唯一的变化是挂在后门的菜单。饭菜一律比以前便宜五分钱或者十分钱。她们认为，说公平就要公平……

威姆斯周报

（亚拉巴马州汽笛镇的每周简报）

1933年4月6日

咖啡馆菜单有变

上周，咖啡馆的顾客看到菜单时大吃一惊，主打菜包括：负鼠肉片……上等臭鼬肋排……羊肝洋葱……牛蛙布丁和火鸡秃鹰馅饼。

一对不知情的夫妇看到菜单，从盖特市特意远道前来就餐。他们走过半个街区时，艾姬突然把门打开，冲他们大叫"愚人节快乐"。

这对来自盖特市的夫妇点了常规菜单上的菜肴，免费获赠一块椰蓉奶油馅饼。

顺便说一句，前几天我的另一半把他养的一只老猎狗放进屋里，猎狗带着自己的骨头。你们不知道吧，我踩在骨头上，弄断了脚趾。哈德利医生给我做了包扎，我只能穿着拖鞋去上班，不能如我所愿出去搜集新闻。所以，如果你有什么消息，请到邮局告诉我。

多特·威姆斯

罗兹环路 212 号

亚拉巴马州 伯明翰

1986 年 1 月 19 日

又到了星期天。伊夫琳和埃德·库奇准备出发去养老院。她关掉咖啡壶，心里很不情愿去，但是埃德对母亲的事情格外上心，她不敢拒绝，至少得向这位严厉刻薄、动辄怨天尤人的婆婆问声好。去养老院对她来说犹如酷刑，她讨厌疾病、消毒水和死亡的味道。它们让她想起自己的母亲，想起医生和医院。

伊夫琳四十岁时母亲病故，从此以后，恐惧绵绵不绝地袭来。如今，她看晨报时总是先翻到讣告栏，连星座占卜都退居其次。看到人们去世时七八十岁，她心里觉得欣慰；看到亲人亡故时已是耄耋之年，她满心欢喜；不知何故，亡者高寿让她感到踏实。如果她看到有人四五十岁离世，就会一整天心神不宁，尤其是如果讣告结尾处写着家属请求向癌症协会捐款。最让她不安的莫过于讣告对死因讳莫如深。

什么病？

突然辞世，什么原因？

哪种事故？

她希望所有细节都白纸黑字写得清清楚楚，无须揣测。她讨厌家属请求向动物保护协会捐款。什么意思？狂犬病……狗咬伤……猫瘟热？

近年来，有很多请求向癌症协会捐款的案例。伊夫琳很不解，她为什么必须活在一具即将衰老、崩溃并感到痛苦的躯壳里。她为什么不能栖身于桌子里，一张宽大结实的桌子，或者炉子，或者洗衣机？她宁可让一名普通的修理工——比如电工或水管工——而不是医生来拾掇她。当年她在分娩的阵痛中挣扎时，产科大夫克莱德医生站在那里，红口白牙地对她胡说八道。"库奇太太，你一看到自己的孩子，就会把这些痛苦忘得一干二净。再加把劲儿。你甚至不会记得这件事，相信我。"

大错特错！她记得每次疼痛，从头到尾，要不是埃德执意想要个儿子，她不会第二次生育……又一个谎言被揭穿：第二次分娩跟第一次一样疼，也许更疼，因为这一次她知道会发生什么。整整九个月，她都对埃德气不打一处来，感谢上帝，她生下了汤米，因为这对她来说，从此一劳永逸了。

伊夫琳一辈子害怕医生。当年是心怀戒备，如今，她讨厌、嫌恶、鄙视他们。自从那一天，那位医生拿着病历昂首阔步地走进她母亲的病房……

那个穿着涤纶西装和两斤重的皮鞋的得势小人，自命不凡，煞有介事，护士们像艺伎一样围着他团团转。他根本不是她母亲的主治医生。那天早上，他只是替另一名医生查房而已。伊夫琳站在旁边，握着母亲的手。他走了进来，不屑于做自我介绍。

伊夫琳说："你好，大夫。我是她的女儿伊夫琳·库奇。"

他的眼睛依旧盯着病历，大声说道："你母亲患有急速恶化的肺癌，癌细胞已经转移到肝脏、胰腺和脾脏，并有迹象表明已经侵入骨髓。"

在这一刻之前，她的母亲压根不知道自己得了癌症。伊夫琳不想让母亲知道，因为母亲非常害怕。她至死难忘母亲脸上惊恐的表情。而这位医生，他带着一群跟屁虫沿着大厅继续向前走去。

两天后，她的母亲陷入昏迷。

伊夫琳永远也忘不了那间灰色水泥墙的无菌重症监护候诊室，她在里面度过好几个星期，跟在里面等待的其他人一样既害怕，又困惑。大家知道，自己的亲人正躺在走廊尽头一间见不到阳光的冰冷房间里等待死亡。

大家萍水相逢，聚在这个狭小的空间里，共度可能是他们此生最私密也最痛苦的时刻，不知道该说些什么，该做些什么。没有礼仪规范。没有人让他们为经受此等考验做好准备。这群可怜人像伊夫琳一样害怕，却竭力做出一副勇敢的样子，若无其事地聊着日常琐事，明明吓得魂不守舍，却假装一切如常。

有一家人被吓到无法接受事实的地步：走廊尽头那个奄奄一息的女人是他们的母亲。他们总是称呼她为"他们的病人"，询问伊夫琳"她的病人"情况如何，尽可能地让自己远离真相，努力地平复痛苦。

他们每天都在一起等待，知道那个时刻即将到来，要求他们"决定"是否关掉仪器的那个可怕时刻……

"这样最好。"

"他会好受得多。"

"这是他的心愿。"

"医生说他已经走了。"

"这只是个技术问题。"

技术问题?

全都是成年人在冷静地商量。其实伊夫琳真正想做的是为母亲号哭,她亲爱的母亲,这个世界上她至亲至爱的人。

那个星期六,医生来到候诊室,探头向内张望。众人的目光齐刷刷地落在他身上,交谈戛然而止。医生环顾房间。

"库奇太太,请到我办公室来一下可以吗?"

她的心怦怦直跳,用颤抖的手抓起手袋,其他人同情地看着她,一个女人摸了摸她的胳膊。但他们暗暗地松了口气,医生叫的不是自己。

她认真地听医生说话,觉得自己好像在做梦。他把事情解释得简单明了:"没必要延长……"

医生说得很有道理。伊夫琳如行尸走肉般站起身回了家。

她以为自己已经准备好接受现实,让母亲离去。

可是,不管人们理智上如何认为,情感上都无法真正地做好准备,关掉仪器,放弃母亲的生命;熄灭自己童年的灯光,若无其事地走开,好比关灯离开房间。

她永远无法原谅自己没有勇气回到医院,陪在母亲身边。如今她半夜醒来,依然愧疚悔恨,泪眼婆娑,可是这个世界上没有后悔药可吃。

这番经历也许是伊夫琳害怕与医生或医院打交道的诱因。她不知道。她只知道一想到要去看医生,自己就会冒一身冷汗,浑身发抖。仅仅是听到"癌症"这个词，就让她胳膊上汗毛直竖。她不再触摸自己的乳房，因为有一次她摸到一个肿块，差点儿晕过去。幸好那个"肿块"原来是洗衣服时粘在胸罩上的一团面巾纸。她知道自己的恐惧莫名其妙，她其实应该去检查身体。人家说，应该每年做一次体检。她知道自己应该去做检查，哪怕不为自己，也该为了孩子们去做。这些她都知道，却无济于事。有时候她鼓起勇气预约了体检，却总在最后一刻取消预约。

伊夫琳上次看医生是在六年前，因为膀胱感染。她只想让医生在电话里给她口头开几盒抗生素，但是医生要她过去，执意要给她做盆腔检查。她呈截石位躺在那里，脚搁在脚架上，心里想，还有什么比让一个素昧平生的男人在你体内掏来摸去更难堪的事情，好像你是个垃圾袋似的。

医生问她，上次乳房检查是什么时候。伊夫琳撒了个谎，说："三个月前。"

他说："好吧，既然你来了，不妨再做个检查。"

她语速很快地说起话来，想分散他的注意力，可是才说到一半，他就说："我觉得不太对。"

等待检查结果的日子不堪回首。她在梦魇般的混沌状态中浑浑噩噩，度日如年。她根本不确定自己是不是信仰上帝，却向上帝祈祷，跟他讨价还价。她许诺，只要不让她得癌症，她再也不会发牢骚。余生她只要活着就感到幸福，她要为穷人做善事，每天上教堂。

可是，她一旦发现自己安然无恙，不会如想象中那样行将就木时，第二天就又故态复萌。不过，经历这场虚惊之后，她只要身体感到疼痛，就深信自己得了癌症；若是去找医生核实，不仅癌症会得到确诊，医生还会用听诊器听她的心脏，迫不及待地送她去做开胸手术，让她无处可逃。她开启了一只脚踏进坟墓的生活。她看着自己的手掌，恍惚间觉得自己的生命线逐日变短。

她明白自己再也无法忍受等待检查结果的日子，认定自己其实不想知道身体有没有出毛病。她宁愿稀里糊涂，让生命戛然而止。

今天早上他们开车去养老院时，她意识到，生活在一天天地变得不堪忍受。每天早上她都跟自己玩游戏，只为熬过这一天。比如她对自己说，今天会发生美好的事情……下次电话铃声响起，会听到改变人生的好消息……她会收到让自己惊喜的邮件。可是，除了垃圾邮件、误拨的电话号码和邻居求助之外，她一无所获。

伊夫琳终于慢慢地意识到，一切都不会改变，没有人会从天而降拯救她脱离苦境。于是，静默的歇斯底里和可怕的绝望席卷而来。她渐渐觉得自己仿佛坠入井底，她大声呼救，却无人应答。

近些日子，漆黑漫长的夜晚连着灰暗阴郁的白日，无休止地周而复始。失败感如巨浪一般裹挟着她，让她满心忧惧。她害怕的不是死亡。她低头凝望着死亡的黑洞，多少次想纵身跃下，一了百了。事实上，这个念头对她产生了越来越强大的吸引力。

她竟然想好了用什么方法自杀。用一颗银白色的子弹。圆润光滑，像一杯冰凉的蓝色马提尼酒。她会在动手前把枪在冰箱里冷藏数个小时，当子弹击中她的脑袋时，她会感到冷酷冰爽。她似乎感觉到冰冷的子弹穿透滚烫、混乱的大脑，把痛苦一劳永逸地冰封。枪声将是她在世间听到的最后的声音。然后……一切归于空无。也许万籁无声，只有鸟儿在清澈凉爽的半空中飞翔。在离地很远的高空。有甜美纯净的自由气息。

不，她害怕的不是死亡，而是她的生活，它日复一日地让她回想起那间灰扑扑的重症监护候诊室。

威姆斯周报

（亚拉巴马州汽笛镇的每周简报）

1934年5月16日

地鼠噬人报告

伯莎·维克报告说，星期五晚上，大约凌晨两点，她去卫生间，被一只顺着管道钻进马桶的地鼠咬伤。她说，她跑去叫醒哈罗德，哈罗德不相信她说的话。他进去一看，果然，那只地鼠正在马桶里游动呢。

我的另一半说，地鼠顺着管道爬进来，一定是因为洪水的缘故。伯莎说，她不在乎什么原因，现在她在任何地方坐下来之前，一定要四处查看一番。

哈罗德正把那只地鼠做成标本。

这个月还有谁家电费很高吗？请告诉我。我家电费很高，我觉得奇怪；我的另一半已经离家一个星期，跟哥哥奥尔顿去钓鱼，他在家时倒总是不关灯。

顺便说一下，埃茜·鲁在伯明翰找到一份工作，在电台为《保护生命保险公司广播秀》演奏主题为"保护生命"的风琴曲目,敬请收听。

多特·威姆斯

玫瑰露台养老院

旧蒙哥马利高速公路
亚拉巴马州 伯明翰

1986年1月19日

特雷德古德太太猜想，这个星期天伊夫琳大概没来养老院。她在侧面的走廊散步，养老院把助步车和轮椅存放在这里。她拐了个弯，赫然看见伊夫琳独自坐在一辆轮椅上吃巧克力棒，大颗的泪珠顺着她的脸颊滚落下来。特雷德古德太太向她走去。

"亲爱的，你怎么了？"

伊夫琳抬头望了特雷德古德太太一眼，说了句"我不知道"，接着眼泪汪汪地嘬着巧克力棒。

"来，亲爱的，拿好手袋，我们去走走。"特雷德古德太太握着伊夫琳的手，把她从轮椅上拉起来，陪她在走廊里踱步。

"告诉我，亲爱的，出了什么事？你怎么了？为什么这么难过？"

伊夫琳说："我不知道。"她再次泪流满面。

"噢，宝贝，事情不会那么糟。咱们一件一件来，把困扰你的事情讲给我听听。"

"嗯……好像自从我的两个孩子上了大学，我就觉得自己一无是处。"

特雷德古德太太说:"这完全可以理解,亲爱的,大家都有过这种经历。"

伊夫琳接着说:"还有……我好像总是吃个不停。我努力了好多次,每天醒来时都在心里想,今天我要减肥,可是每天都做不到。我把糖果藏在房子和车库里,藏得到处都是。我不知道这是怎么了。"

特雷德古德太太说:"嗯,亲爱的,吃块糖对你没有坏处。"

伊夫琳说:"吃一块没关系,吃六块、八块就不好说了。我倒希望自己要么有魄力干脆发胖,也算万事大吉;要么有毅力减肥,变得苗条。现在却只是不上不下,尴尬极了……卡在中间动不了。对我来说,妇女解放来得太晚了……等我发现自己不必结婚时,我已经结了婚,有了两个孩子。我本来以为人必须结婚。我懂什么呀?如今,要改变已经太晚了……我觉得自己这辈子好像白活了。"她转身对着特雷德古德太太,依旧泪水涟涟。"噢,特雷德古德太太,说我老吧,我还年轻;说我年轻吧,我又太老了。把我放在哪里都不合适。我真想自杀,可是又没有勇气。"

特雷德古德太太吓了一跳。"啊?伊夫琳·库奇,你千万不要这么想,这就好比用剑刺杀耶稣!亲爱的,别说这样的傻话,你得振作起来,向上帝敞开心扉。他会帮你的。唉,我来问问你。你的乳房疼吗?"

伊夫琳看着她。"嗯,有时候会。"

"你的后背和腿疼吗?"

"疼。你怎么知道?"

"很简单,亲爱的。你只是更年期反应很大罢了,这就是你的问题所在。你要做的是吃点儿激素,每天出去散散步,呼吸新鲜空气,让自己顺利度过这个阶段。我在更年期就是这么做的。我当年吃牛排,想到那头可怜的母牛都会掉眼泪。我一直哭,觉得没有人爱我,现在想一想,我当年差点儿把克利奥逼疯了。我让他烦得不得了的时候,他就说:'嘿,妮妮,该打维生素 B_{12} 了。'接着,他就在我的屁股上打了一针维生素 B_{12}。

"我每天都出门散步,沿着铁轨来来回回地走路,就像我们现在这样。很快我就度过那个阶段,恢复了正常状态。"

"可我觉得自己还年轻,没到更年期,"伊夫琳说,"我刚满四十八岁。"

"噢,不,亲爱的,很多女人更年期来得很早。佐治亚州有个女人才三十六岁,有一天她开着车径直驶上县法院的台阶,摇下车窗,把她母亲的脑袋丢向一名警察——她刚刚在厨房砍掉了母亲的脑袋。她冲着警察大声喊叫:'给,这就是你想要的!'然后又开车从法院的台阶上驶下。要是不小心的话,这就是更年期提前到来的后果。"

"你真的认为这就是我的问题?所以我才很容易发火?"

"绝对错不了。唉,更年期好比坐旋转木马,很烦心……一会儿上一会儿下,一会儿下一会儿上……至于你的体重,你不想变得瘦伶伶吧。看看这里的老人,大多数人都瘦成皮包骨了。要么你就去浸信会医院,参观一下癌症病房。那些人很想多长几斤肉呢。那些可怜人千方百计地想保住体重。所以,不要担心体重,要为身体健康感到庆幸!你要做的是每天早上做一做填字游戏,读一读圣经里的诗篇，对你会有帮助的，就像我当时一样。"

伊夫琳问特雷德古德太太，她有没有抑郁过。

特雷德古德太太如实相告。"没有，亲爱的，我不能说自己近来感到抑郁，我感谢上帝的恩典还来不及呢——我蒙受了太多恩典，数都数不过来。噢，请不要误解，人人都有伤心事，有些人比大多数人更难过。"

"可是你看起来很快乐，没有烦恼，没有忧愁。"

特雷德古德太太听她这么说，哈哈大笑起来。"噢，亲爱的，我把自己那份烦恼和忧愁埋掉了，难过的事情每次发生都一样让人难过。有时候我想，仁慈的上帝为什么要让我承受这么多悲痛的负担，我觉得再多一天都无法忍受。可是，他交给你的刚好是你能承受的，没有更多……我来告诉你吧：你不能老想着伤心的事情，它会很快让你生病的，比这世界上的任何东西都灵验。"

伊夫琳说："你说得对。我知道你说得对。埃德说，也许我该去看看心理医生。"

"亲爱的，不用去看心理医生。你什么时候想找人聊天，就来看看我吧。我很乐意跟你聊天。有你做伴就更美好了。"

"谢谢你，特雷德古德太太，我会的。"她看了看手表，"好吧，我得走了，埃德要生气了。"

伊夫琳打开手袋，取出纸巾擤了擤鼻子，这张纸巾早先包了一袋巧克力花生。"你知道吗，我感觉好多了，真的！"

"我很开心，我会为你祈祷，愿你放松心情，亲爱的。你要去教堂，请求上帝减轻你的负担，帮你渡过这次难关，就像他许多次曾帮助过我那样。"

伊夫琳说:"谢谢你……好吧,下周见。"然后她向大厅走去。

特雷德古德太太在她身后喊道:"别忘了再给自己弄些十号克补片①!"

"十号!"

"对!十号!"

---

① 克补片(Stresstab),补充多种维生素的营养补充剂。

威姆斯周报

（亚拉巴马州汽笛镇的每周简报）

1935年6月8日

戏剧俱乐部大获成功

周五晚上，"汽笛镇戏剧俱乐部"上演了年度戏剧。我想说，干得漂亮，姑娘们。这出戏的名字叫《哈姆雷特》，作者是英国剧作家威廉·莎士比亚。汽笛镇的居民对他并不陌生，去年上演的戏剧也是他的作品。

哈姆雷特由小厄尔·阿德科克扮演，他的心上人由哈德利医生的侄女玛丽·贝丝扮演，她从外地前来探亲。如果你错过了这出戏，那么结局是她最后自杀了。很抱歉告诉大家，我听不清她说话，还有，我认为这孩子年纪太小，不适合出门旅行。

哈姆雷特的父亲和母亲的角色分别由斯克罗金斯牧师和维丝塔·阿德科克扮演，后者是戏剧俱乐部主席，众所周知，也是小厄尔现实生活中的母亲。

这出戏的配乐由我们的埃茜·鲁·利默韦创作，击剑搏斗的场景因此更加精彩。

顺便说一句，维丝塔说，明年的表演将是一场盛会。她正在创作剧本，标题叫《汽笛镇发展史》。如果有人想要建言献策，请寄信给她。

多特·威姆斯

玫瑰露台养老院

旧蒙哥马利高速公路
亚拉巴马州 伯明翰

1986年1月26日

　　伊夫琳停下脚步,礼貌地向婆婆问了声好,就迫不及待地向休息室走去,她的朋友正等着她呢。

　　"亲爱的,今天你还好吗?"

　　"很好,特雷德古德太太。你还好吗?"

　　"嗯,我很好。你有没有听我的话买些克补片吃?"

　　"当然有了。"

　　"有效果吗?"

　　"你知道的,特雷德古德太太,我认为很有效果。"

　　"嗯,听你这么说我很开心。"

　　伊夫琳动手在手袋里翻找。

　　"嗯,今天你带了什么来?"

　　"三盒葡萄干,给咱俩吃,要是我能找到的话。"

　　"葡萄干?嗯,应该很好吃。"

　　她看着伊夫琳翻来找去。"亲爱的,你手袋里装着这些糖果和甜食，不怕招来蚂蚁吗？"

"嗯，我没想过这档事。"伊夫琳说。她找到了葡萄干，还找到一盒薄荷糖。

"谢谢你，亲爱的，我就爱吃糖果。我以前爱吃巧克力软糖，但是你知道的，要是一不小心，那东西会把牙齿粘掉——蜂蜜杏仁软糖也会把牙齿粘掉！"

一位名叫吉妮的黑人护士进来找达纳韦先生，要给他打镇静剂。不过像往常一样，房间里只坐着两个女人。

护士走后，特雷德古德太太说，在她看来，黑人呈现深浅不一的肤色，多么奇特。

"就拿大块头乔治的妻子奥泽尔来说吧……她的肤色是山核桃色，红头发，脸上长着雀斑。她说自己嫁给乔治的时候，妈妈伤心透了，因为乔治太黑了。可是她铁了心，说自己爱的是又高又壮的黑人，乔治绝对是你见过的最高、最壮的黑人。接着，奥泽尔生了一对双胞胎儿子，贾斯珀像她，肤色很浅；阿蒂斯则黑到了牙龈发青的地步。奥泽尔说，她不敢相信自己会生出那么黑的孩子。"

"牙龈发青？"

"噢，是的，亲爱的，黑得不能再黑了！后来奥泽尔又生了'威利小子'，跟她一样肤色浅，绿眼睛。当然，他的真名叫'奇妙策士'，直接翻圣经取的名字，不过我们都叫他'威利小子'。"

"'奇妙策士'？我不记得有这样的名字。你确定是圣经里的吗？"

"噢，是的……圣经里有。奥泽尔给我们看了原文：'他名称为奇妙策士。'奥泽尔很虔诚。她总说，要是什么事情让她心情低落，只要想一想亲爱的耶稣,精神就会振作起来,就像她烘焙的黄油牛奶饼干那样。后来奥泽尔又生了'淘气鸟',跟乔治一样黑,好玩的小卷毛蓬松头,不过牙龈不发青……"

"别跟我说这个名字也是圣经里的!"

特雷德古德太太笑起来。"噢,上帝啊,不是,亲爱的。西普塞说,'淘气鸟'看着像一只瘦小的鸟,小时候她总是跑到厨房偷几块妈妈做的酪乳饼干,跑到咖啡馆底下吃。于是西普塞就管她叫'淘气鸟'。仔细想一想,她看着倒真像一只小黑鸟呢……他们家就是那样,两个黑,两个白,都是一家人。

"说来好笑,我现在回想一下,除了打扫卫生的清洁工和几名护士,这家养老院里压根没几个黑人……其中一个也很聪明,是正式的注册护士。她的名字叫吉妮,是个可爱又时髦的小家伙,说话聪明又大方。她有点儿让我想起西普塞,很独立的样子。

"西普塞在家里独居到去世。我也希望像她那样在自己家里老死。我再也不想住医院了。到了我这个岁数,每次住院都会想,我还能不能活着出来。反正我觉得医院不安全。

"我的邻居哈特曼太太说,她有个表兄在亚特兰大住院,说那家医院有个病人走出病房去呼吸新鲜空气,结果他们过了六个月才找到他,那个病人被锁在六楼的屋顶上啦。他们找到那人的时候,他只剩一副穿着病号服的骨架,别的什么都没了。达纳韦先生告诉我,他住院时,趁他动手术的时候,他们从玻璃杯里偷走了他的假牙。什么人会偷老人的假牙?"

"我不知道。"伊夫琳说。

"唉,我也不知道。"

亚拉巴马州 特劳特维尔

1917年6月2日

西普塞把奥泽尔刚刚诞下的双胞胎儿子抱给她看时,奥泽尔简直不敢相信自己的眼睛。大儿子呈奶油咖啡的肤色,她给他取名贾斯珀;小儿子黑得像煤炭,取名阿蒂斯。

随后,大块头乔治见到他们,笑得前仰后合。

西普塞察看阿蒂斯的口腔内部。"看这里,乔治,咱娃的牙床发蓝哩,"她灰心地摇了摇头,"上帝保佑我们。"

可是大块头乔治还在狂笑不已,他不迷信……

十年后,他不觉得好笑了。阿蒂斯用铅笔刀刺伤了哥哥贾斯珀,乔治用鞭子抽打阿蒂斯,差点儿把他打死。阿蒂斯在哥哥的胳膊上刺了五刀,一个大孩子把他拉开,甩到院子另一边。

贾斯珀站起来,跑去咖啡馆,捂着流血的胳膊给妈妈看。大块头乔治正在后面烧烤,他先看到贾斯珀,抱着儿子去了医生家。

哈德利医生给贾斯珀清创,包扎好伤口。贾斯珀告诉医生,是他弟弟干的,大块头乔治觉得很丢脸。

这天晚上,两个孩子都疼得睡不着觉。他们躺在床上,望着窗外的满月,听到青蛙和蟋蟀在夜间鸣叫。

阿蒂斯转身对着哥哥，月光下，哥哥看起来简直像个白人。"我知道不该那样……可是那感觉很爽，我停不下来。"

威姆斯周报

(亚拉巴马州汽笛镇的每周简报)

1935年7月1日

圣经小组聚会

"汽笛镇浸信会教堂妇女圣经学习小组"于上星期三上午在维丝塔·阿德科克太太家中开会,讨论了学习圣经并使之通俗易懂的方法。主题是"挪亚和方舟",还有"为什么挪亚有机会把蛇永远除掉,却把两条蛇带上方舟?"如果有人能够给出解释,请致电维丝塔。

星期六,露丝和艾姬为她们的小男孩举办了生日聚会。客人们玩了贴驴子尾巴的游戏,吃了蛋糕和冰激凌,边吃边玩,不亦乐乎。大家还收到火车造型的玻璃制容器,里面装着小糖果球。

艾姬说,他们星期五晚上又要去看电影,要是有人想去的话,可以同行。

说到电影,一天晚上我从邮局下班回家,我的另一半急急忙忙地要在电影票涨价之前赶去伯明翰看电影,他抓起外套就拉着我跑出门去。结果我们去了以后,整场电影看下来,他一个劲地抱怨说,自己的后背生疼。回到家里才发现,原来他走得匆忙,忘记把衣架从外套里取出来了。我对他说,下次我们不妨多花几块钱买电影票,因为他在座位上动来动去,让我也没法好好看电影。

顺便问一下,有没有人想买个二手丈夫?价格低廉。

开个玩笑,威尔伯。

多特·威姆斯

玫瑰露台养老院

旧蒙哥马利高速公路
亚拉巴马州 伯明翰

1986年2月2日

伊夫琳走了进来，她的朋友特雷德古德太太说："唉，伊夫琳，你要是早来十分钟就好了。可惜你没见到我的邻居哈特曼太太，她给我带了这个。"特雷德古德太太指给伊夫琳看一株小小的虎尾兰，种在白色陶瓷小猎犬花盆里。

"她给奥蒂斯太太带了漂亮的石蒜。我真想让你见见她，你会喜欢她的。就是她女儿一直在帮我给天竺葵浇水。我把你的事情都跟她说了……"

伊夫琳说，很遗憾没有见到哈特曼太太，说着把今天早上在面包店买的粉色纸杯蛋糕递给特雷德古德太太。

特雷德古德太太由衷地向她道谢，坐下来一边吃，一边欣赏自己的绿植。

"我喜欢小猎犬，你呢？世界上再没有比小猎犬更缠人的。露丝和艾姬的小男孩养过一只，每次它一见到你，就满世界跳来跳去地使劲摇尾巴，好像你离开了好多年似的，哪怕你其实只是去街角遛了个弯。小猫会表现得好像压根不在乎你。有些人像猫,你知道……从你身边跑开,不让你爱它们。以前艾姬就是那样。"

伊夫琳很惊讶。"真的吗?"她说着咬了一口纸杯蛋糕。

"噢,是的,亲爱的。艾姬读高中时惹得人人恼火。大多数时候,她干脆不去上学,要是去上学,就只穿巴迪留下的那身破旧的工作服。她倒是有一半时间跟朱利安和他的朋友们在树林里打猎,在河边钓鱼。你知道,大家都喜欢她。男生和女生,黑人和白人都一样,大家都喜欢围绕着艾姬。她想笑的时候,就露出特雷德古德家那种灿烂的笑容,噢,她能让你哈哈大笑!我说过,她像巴迪一样有魅力……

"可是艾姬身上也有一股野性。她不让别人靠自己太近。她觉得有人对自己喜欢得太过了,就拔腿跑到树林里去。她到处让人伤透心。西普塞说,她之所以那样是因为妈妈在怀她的时候吃过野味,所以她才表现得像个野蛮人!

"可是等到露丝来跟我们共同生活,艾姬一眨眼就像变了个人,这么神奇的事你一辈子都见不到。

"露丝来自佐治亚州的瓦尔多斯塔,那年夏天,她来负责妈妈所在教堂的活动。她顶多二十一二岁,长着一头浅褐色头发,棕色眼睛,睫毛很长,说话温柔甜美,让人看一眼就忍不住爱上她。根本按捺不住,露丝就是那种甜到骨子里的姑娘,你越了解她,就越觉得她好看。

"她以前从没离开过家,起初她在众人面前很腼腆,有些怕生。当然,她没有兄弟姐妹。她父母生她时年纪已经很大了。她爸爸是个牧师,在佐治亚州,我想她的家教很严格。

"一见到她,镇上那些从不去教堂的小伙子们开始每个星期日都去教堂做礼拜。我认为她完全没有意识到自己有多漂亮。她对每个人都很友好,噢,艾姬对她着了迷……艾姬当时大概十五六岁。

"露丝到来的第一个星期,艾姬在那棵苦楝树周围转悠,露丝在房子里进进出出,艾姬就盯着她看。接着艾姬很快就炫起技来:倒挂在树上,在院子里投球,肩上扛着一大串鱼回家,正好赶在露丝从教堂穿过街道走回家的时候。

"朱利安说艾姬根本没去钓鱼,那些鱼是她向河边的几个黑人小伙子买的。他不该当着露丝的面戳穿艾姬,结果好端端的一双鞋子就被糟蹋了,当天晚上,艾姬给他的鞋里塞满了牛粪。

"后来有一天,妈妈对露丝说:'麻烦你去看一下,能不能让我那个最小的孩子像模像样地坐下来吃晚饭?'

"露丝去找艾姬,艾姬正在树上看《真实犯罪》杂志呢。她问艾姬愿不愿意今晚坐在餐桌前吃晚饭。艾姬没有看她,只说自己会考虑一下。我们各自就座,做完了祷告,这时候艾姬进门,走到楼上。我们听到楼上卫生间里传来水流声,大约过了五分钟,几乎从不跟我们一起吃饭的艾姬从楼上走了下来。

"妈妈看着我们,悄声说:'孩子们,你们的妹妹喜欢上了一个人,我希望大家不要笑话她。明白吗?'

"我们说,不会的。艾姬走进来,她的脸蛋擦洗得干干净净,头发也用她在药箱里找到的老油膏抹得顺溜溜的。我们憋着笑,她那样子真够瞧的。露丝只是问她要不要再来点儿四季豆,她就满脸通红,耳朵红得像番茄……帕茜·露丝最先笑起来,只是一阵窃笑,接着是米尔德丽德。我说过,我一向是个跟屁虫,也跟着笑起来，然后是朱利安，他扑哧一声，把嘴巴里的土豆泥喷了可怜的埃茜·鲁一身，埃茜坐在他对面。

"发生这种事情很可怕,这还只是其中的一件。妈妈说:'孩子们,你们可以走了。'我们大家跑进客厅,倒在地板上,笑得死去活来。帕茜·露丝尿了裤子。真正好玩的事情是,艾姬坐在露丝旁边,紧张得说不出话来,根本不知道我们在笑话她。她经过客厅,朝里张望一眼,说:'招待客人要有基本的礼仪。'当然,我们又一次笑岔了气……

"这件事过了不久,艾姬就越来越变得像一只温顺的小狗。我想,那年夏天露丝很孤单,她一个人……艾姬能让她笑,而且,艾姬会千方百计地逗她开心。妈妈说,艾姬一辈子只有这段时间对自己言听计从——妈妈只要让露丝跟艾姬说一声就行了。妈妈说,只要露丝开口,艾姬会背对着大家从山上跳下去。我相信她会的!自从巴迪死后,她破天荒地第一次去了教堂。

"露丝在哪里,艾姬就会在哪里。她们情投意合,你可以听到她们坐在门廊的秋千上,整晚傻笑个不停。连西普塞也拿艾姬开玩笑。她看到艾姬一个人,就说:'爱情降临到艾姬身上啦。'

"那年夏天我们过得很愉快。露丝本来有点儿矜持,后来也学着打打闹闹玩游戏了。很快,埃茜·鲁弹钢琴的时候,她也加入进来跟大家一起合唱。

"我们都好开心啊。可是,一天下午,妈妈对我说,她很怕夏天结束,露丝回家以后,不知道会怎样。"

亚拉巴马州 汽笛镇

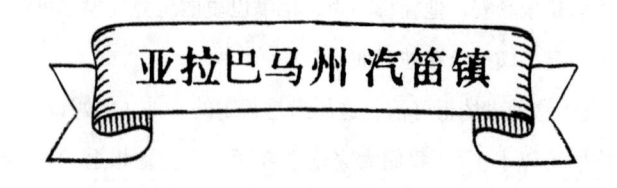

1924年7月18日

露丝在汽笛镇已经待了大约两个月。这个星期六的早上六点,有什么东西打在她卧室的窗户上。露丝睁开眼睛,看到艾姬坐在苦楝树上,示意她打开窗户。

露丝睡眼蒙眬地爬起来。"你这么早起来干什么?"

"你答应过我,我们今天可以去野餐的。"

"我知道,可是有必要这么早吗?今天是星期六。"

"求你了。你答应过我的。要是你不马上过来,我就从屋顶上跳下去,把自己摔死。看你怎么办?"

露丝笑了。"好啦,帕茜·露丝、米尔德丽德和埃茜·鲁呢,她们不跟我们一起去吗?"

"不。"

"你不觉得我们应该问问她们吗?"

"不,求你了,我只想单独跟你在一起。求你了。我想给你看样东西。"

"艾姬,我不想伤害她们的感情。"

"噢,你不会伤害她们的感情。她们反正也不想去。我已经问过她们了,她们想待在家里,万一她们的笨蛋男朋友要来呢。"

"你确定?"

"当然确定。"她扯谎道。

"那妮妮和朱利安呢?"

"他们说今天有事情要做。得啦,露丝,西普塞已经给我们做了午餐,就我们两个人。你要是不去,我就跳下去,我这条命就死在你手里了。我死了,埋在坟墓里,你会后悔没去参加一次小小的野餐。"

"嗯,好吧。至少让我穿好衣服。"

"快点儿!不用精心打扮,快点儿出来吧——我在车里等你。"

"我们要坐车去吗?"

"当然。为什么不呢?"

"好吧。"

艾姬绝口不提她早上五点悄悄地溜进朱利安的房间,从他裤兜里偷拿了那辆福特车的钥匙,所以一定要在他醒来之前开车出发。

她们驾车来到艾姬几年前发现的一个地方。在双泉湖边,一条瀑布汇入清澈的溪流,溪流里遍布美丽的褐色和灰色石头,石头像鸡蛋一样圆润光滑。

艾姬铺开毯子,从车里拿出篮子,一副神秘的样子。

终于,她说:"露丝,我给你看样东西,你能发誓永远不告诉别人吗?"

"给我看什么?"

"你愿意发誓吗?不告诉别人?"

"我发誓。到底要给我看什么?"

艾姬把手伸进野餐篮,掏出一个空玻璃瓶,说:"咱们走吧。"她们走了一英里,回到了树林里。

艾姬指着一棵树说:"就在那儿!"

"那儿有什么?"

"那棵大橡树。"

"噢。"

艾姬牵着露丝的手,领她走到左边约三十米远的一棵树后,说:"露丝,你就待在这里,不管发生什么,千万不要动。"

"你要干什么?"

"没什么,你只需要看着我,好吗?别出声。不管我做什么,你都别出声。"

艾姬光着脚向那棵大橡树走去,走到一半,她转身看露丝是不是看着自己。走到离大树约三米的地方时,她再次确认露丝仍在原地观望。这时候,艾姬做了一件奇特的事情。她慢慢地踮脚走到大树前面,轻声咕哝着,用手抓着罐子伸到橡树中部的洞里。

刹那间,露丝听到一阵宛如电锯的嗡嗡声,愤怒的蜜蜂成群结队地从洞里涌出来,遮天蔽日。

成千上万只蜜蜂顿时把艾姬从头到脚包裹得严严实实。艾姬站着不动,片刻之后,她小心翼翼地把手从树洞里抽出来,慢慢地走回露丝身边,嘴里仍然念念有词。艾姬回来时,身上的蜜蜂都飞走了,她从一个黑乎乎的身影恢复原貌。她站在那里,笑得合不拢嘴,手里拎着一罐野生蜂蜜。

她举起罐子,把它递给露丝。"给,女士,这是送给你的。"

露丝吓得失魂落魄,顺着树干瘫倒在地,放声大哭。"我以为你死了！你干吗这样？你差点儿就没命了！"

艾姬说："噢……别哭了。对不起。嘿，你不想要蜂蜜吗？我是特意送给你的……求你别哭了。没事的，我一直这样干，从来没被蜇过，真的。来，我扶你起来，你把衣服都弄脏了。"

艾姬从工作服口袋里掏出蓝色的旧手帕递给露丝。露丝还在发抖，她站起来擤了擤鼻子，掸了掸裙子。

艾姬想让她高兴起来。"想想看，露丝，我以前从来没有为别人做过这件事。现在全世界没人知道我能做到，除了你。我只是想让咱俩有个秘密，就是这样。"

露丝没有吭声。

"对不起，露丝，请不要生我的气。"

"生气？"露丝用胳膊搂着艾姬说，"艾姬，我没有生你的气。我只是不知道你要是出了事，我该怎么办。我真的不知道。"

艾姬听了这句话，心怦怦直跳，几乎要栽倒在地。

她们吃了鸡肉、土豆沙拉、饼干和大部分蜂蜜，露丝靠在树上，艾姬把头枕在她的腿上。"你知道吗，露丝，我愿意为你去杀人。只要有人伤害你，我会立刻杀了他，想都不用想。"

"噢，艾姬，这样的话说出来太可怕了。"

"不，不对。我宁愿为爱杀人，不愿为恨杀人。你不会吗？"

"我认为我们不应该以任何理由杀人。"

"好吧，那么，我愿意为你而死。怎么样？你不认为有人会为爱而死吗？"

"不。"

"圣经里说，耶稣基督就会为爱而死。"

"那不一样。"

"不，不对。我现在就可以死，我不介意。我会是唯一一具脸上带着笑容的尸体。"

"别犯傻了。"

"我今天就差点儿死掉，不是吗？"

露丝握着艾姬的手，笑吟吟地凝视着她。"我的艾姬是个御蜂人。"

"我是吗？"

"你就是。我听说有人能做到，可是在今天以前，我从来没见过这样的人。"

"不好吗？"

"不——太奇妙了。你不知道吗？"

"不知道，我认为这事很疯狂。"

"不——这是一件很奇妙的事情。"

露丝俯身在她耳边低语。"你是个御蜂人，艾姬·特雷德古德，你就是……"

艾姬对她粲然一笑，抬头望着清澈透明的蓝天，蓝天映照在她的眼眸中。她快乐得忘乎所以，如同每个在夏天坠入爱河的人。

亚拉巴马州 汽笛镇

1924年8月29日

说来有趣，多数人可能朝夕相处，日久生情，却始终不清楚爱意究竟何时萌生。露丝却知道发生在自己身上的那个瞬间。当艾姬冲她咧嘴一笑，把那罐蜂蜜递给她时，她一直竭力压抑的感情顿时排山倒海般涌出，就在那一刻，她知道自己全心全意地爱着艾姬。所以那天她才会号啕大哭。她以前从未有过这种感觉，她知道，自己以后可能也不会再有这种感觉。

现在，一个月后，恰恰因为她太爱艾姬了，所以才不得不离开。艾姬是个动了情的十六岁孩子，不可能理解她说的话。艾姬恳求露丝留下来跟他们共同生活时，对自己提出了怎样的要求根本一无所知；可是露丝知道，自己必须离开。

露丝不明白自己为什么想跟艾姬在一起，胜过世界上所有人，其实她又心知肚明。她为此祈祷，为此哭泣。可是除了回家嫁给弗兰克·本内特，那个跟她订了婚的年轻人，努力做一个贤妻良母之外，她别无选择。露丝深信，不管艾姬怎样海誓山盟，都会摆脱迷恋，继续生活下去。露丝在做自己唯一能做的事。

第二天早上，露丝告诉艾姬自己要回家去，艾姬彻底疯了。她在自己的房间里疯狂地摔东西,惊动了全家人。

露丝坐在床上,双手捏来捏去,妈妈走了进来。

"露丝,请你去跟艾姬谈谈。她不让我和她爸爸进去,别人都不敢去。求你了,亲爱的,我怕她会伤害自己。"

她们又听到哗啦一声。

妈妈看着露丝,央求道:"露丝,她在那儿,就像一只受了伤的动物。麻烦你去看看,能不能让她稍微平静一下?"

妮妮来到门口。"妈妈,埃茜·鲁说,艾姬把台灯砸了,"然后她抱歉地看着露丝,"我想艾姬不高兴,是因为你要走了。"

露丝在楼厅里兜了个大圈。朱利安、米尔德丽德、帕茜·露丝和埃茜·鲁都躲在卧室的门背后,只把脑袋探出来,等露丝经过时都瞪大眼睛望着她。

妈妈和妮妮站在大厅尽头的角落。妮妮用手捂着耳朵。

露丝轻轻地敲了敲艾姬的房门。

艾姬在房间里喊道:"别烦我,妈的!"顺手把什么东西摔了出去,砸在门上。

妈妈清了清嗓子,柔声说道:"孩子们,要不我们到客厅等着,给露丝一些私人空间?"

六个人匆忙下了楼。

露丝继续敲门。"艾姬,是我。"

"滚开!"

"我想和你谈谈。"

"不!别烦我!"

"求求你,别这样。"

"离门远一点儿,我是说真的!"又一件东西在门上摔碎了。

"请你让我进去。"

"不行!"

"求你了,亲爱的。"

"不行!"

"艾姬,马上把这扇该死的门打开,我是说真的!听见了没有?"

房间里顷刻间安静下来。门缓缓地打开了。

露丝走进去,随手把门关上。她看到艾姬把房间里的东西全都摔碎了。有的还摔了两次。

"你为什么要这样?你知道我总有一天要离开的。"

"那你怎么不让我跟你一起走?"

"我告诉过你。"

"那就留下来。"

"不行。"

艾姬扯着嗓子叫道:"为什么不行?"

"你能不能不要大喊大叫?你让我和你妈妈很是下不了台。整栋楼都能听到你大呼小叫。"

"我不在乎。"

"我在乎。你怎么表现得像个小孩子?"

"因为我爱你,不想让你走!"

"艾姬,你疯了吗?你已经是个大姑娘了,你看自己像什么样子,人家会怎么看你?"

"我不管!"

露丝把地上的东西捡起来。

"你为什么要嫁给那个人？"

"我告诉过你。"

"为什么？"

"因为我愿意，这就是原因。"

"你不爱他。"

"不，我爱他。"

"不，你不爱他。你爱我……你知道自己爱我。你知道自己爱我！"

"艾姬，我爱他，我要嫁给他。"

这时候，艾姬气不打一处来，她哭了，恨恨地叫嚷道："你是个骗子，我恨你！我希望你去死！只要我活着，我再也不想见到你！我恨你！"

露丝抓住她的肩膀使劲地摇晃。艾姬泪流满面，不停地喊着："我恨你！我希望你烂死在地狱里！"

露丝说："住口！听到了吗？"她没头没脑地使出浑身力气，扇了艾姬一个耳光。

艾姬愣住了，看着露丝说不出话来。她们站着不动，注视着对方。在这一刻，百感交集中，露丝只想把艾姬拉过来，紧紧地、紧紧地抱在怀里。可是她知道，若是那样，她再也不会放开手。

于是，露丝做了她这辈子最艰难的一件事：转身离开，随手关上了门。

玫瑰露台养老院

旧蒙哥马利高速公路
亚拉巴马州 伯明翰

1986年2月9日

伊夫琳从与她家相隔三个街区的塔可贝尔店买了一盒墨西哥夹饼带过来，特雷德古德太太兴味盎然。

"除了金宝汤的意大利面之外，这是我吃过的第一道外国菜，我很喜欢。"她看着夹饼，"大小好像跟水晶餐厅的汉堡差不多，对不对？"

伊夫琳急于了解露丝的情况，试着改变话题。"特雷德古德太太，那年夏天，露丝到底是离开汽笛镇，还是留了下来？"

"就像饼干那么大，上面撒了些碎洋葱。"

"什么？"

"水晶餐厅的汉堡。"

"噢，对，上面确实撒着洋葱粒，可是露丝怎么样了？"

"什么怎么样了？"

"我知道她后来一定回来了，可是，那年夏天她回去了吗？"

"噢，回去了，千真万确，她回去了。你知道，二十五美分可以买五个。现在还能买到吗?"

"我想买不到了。她什么时候走的?"

"什么时候?噢,让我想想,七月吧,要么就是八月。不对,是八月,没错。现在我想起来了。你真的想听她的故事吗?我根本不给你开口说话的机会,自己一个劲儿地说啊说的。"

"不是这样的,特雷德古德太太,没关系。你接着说吧。"

"你真的想听这些陈年旧事?"

"想。"

"嗯,八月底到了,爸爸和妈妈央求露丝留下来,帮他们让艾姬读完高中最后一年。他们对她说,无论她提什么要求,他们都会满足。可是露丝说,她做不到,她秋天就要跟瓦尔多斯塔的未婚夫结婚了。不过西普塞告诉我和妈妈,这姑娘只是嘴硬,心里其实不愿意回佐治亚去。西普塞说,她整晚哭泣,每天早上枕头都被泪水浸得湿漉漉的。

"我不知道露丝临走前那天晚上跟艾姬说了什么,我们听到艾姬回到自己的房间,过了几分钟就传来震天动地的响声——听着就像有人把摆满铁盒的货摊掀翻了。她举起巴迪的一座足球奖杯,打碎了每扇窗户,砸烂了她能找到的每样东西。太可怕了。

"就是给我天大的好处,我也不愿靠近那间屋子……第二天早上,艾姬连门都不肯出,没有在门廊上跟露丝道别。先是巴迪,接着又是露丝。她受不了。第二天,艾姬不见了。她再也没有回去上学。她离毕业还差一年。

"噢,她偶尔会在家里露个面,比如爸爸心脏病发作的时候,朱利安娶亲的时候,姑娘们嫁人的时候。

"只有大块头乔治知道她的行踪,他对艾姬忠心耿耿。妈妈需要艾姬的时候,就会告诉大块头乔治。乔治就对妈妈说,要是他碰巧遇到艾姬,会向她转告。她每次都能得到消息,回家一趟。

"当然,至于她在哪里,我有自己的理论……"

车轮河钓鱼俱乐部

亚拉巴马州 勇士河
承包人：J. 贝茨

1924 年 8 月 30 日

  开车从汽笛镇向南行驶十三公里，沿着河边的道路左转，再往前三公里，你会看到一块钉在树上的木板，木板上密密麻麻地布满铅弹留下的弹孔。上面写着"车轮河钓鱼俱乐部"，还画着一道箭头指向一条沙土路。

  艾姬从八岁起就跟着巴迪常来这里。事实上，是她到这里来告诉伊娃，巴迪死了，因为艾姬知道，巴迪爱她。

  巴迪第一次见到伊娃时，他十七岁，她十九岁。巴迪知道伊娃从十二岁起就跟男人上床，每次都乐在其中，但他不在乎。伊娃对待自己的身体就像对待其他事物一样随意，跟汽笛镇的浸信会姑娘们截然不同。巴迪把自己的第一次交给了她，她让他觉得自己是个男人。

  伊娃身材高大，体态丰满，生着一头浓密的铁锈色头发，一双青苹果般的绿眼睛。她总是佩戴彩珠，涂着鲜艳的口红，连去钓鱼时也不例外。她不懂羞耻为何物，跟男人打成一片。她不是被大多数男人带回家给妈妈过目的那种姑娘,但是巴迪打定主意要带她回家。

一个周日,巴迪带伊娃到汽笛镇吃晚饭,随后又带她去参观爸爸的商店,给她做了一杯冰激凌苏打。巴迪不是势利眼,利昂娜却不然。她看到伊娃,差点儿在桌子上晕倒。伊娃不傻,她后来告诉巴迪,自己很喜欢看看他的生活环境,但她还是更喜欢待在河边。

每逢提到伊娃的名字,镇上的小伙子们都拿她开涮,说些下流话,但是如果巴迪在场,人们就会闭上嘴巴。的确,她随心所欲地跟人上床,可是不管流言蜚语传得多么沸沸扬扬,她爱一个人时绝对是专一的。伊娃属于巴迪。虽然巴迪喜欢到处调情,但他属于伊娃。她知道,他也知道,这才是最重要的。

生活中的伊娃不在乎别人对自己的看法,在这一点上,她享受着极致的奢侈。这是她从父亲"大个子杰克·贝茨"身上习得的。他是个业余私酒贩子,体重将近一百四十公斤,喜欢寻欢作乐。他的饭量胜人一筹,还能把全县的男人都喝趴下。

艾姬经常恳求巴迪带她去河边,有时候他就带她同去。"车轮河钓鱼俱乐部"只是一间旧木屋,门廊上缠着一圈蓝色灯泡,门上钉着几块生锈的皇冠可乐广告招牌,还贴了一张褪色的固特异轮胎广告,后面是一排封闭式纱窗门廊的小屋——他带艾姬来,艾姬很开心。

周末总有一大帮人聚在这里,彻夜演奏乡村音乐、跳舞、喝酒。艾姬就跟巴迪和"大个子杰克"坐在旁边看伊娃跳舞,她手舞足蹈,跳得欢实。

有一次,巴迪指着伊娃说:"你看她,艾姬。她是个女人。她是让人生值得一过的人，那个红发女人。"

"大个子杰克"钟爱巴迪，他笑着拍了拍巴迪的后背说："小子，你觉得自己够爷们，能搞定我的姑娘吗？"

"我在努力尝试，"巴迪说，"我试了可能会死，但我一定要试一试。"

不一会儿，伊娃走过来跟巴迪会合，他们去她的小屋。艾姬跟"大个子杰克"坐着等他们回来。艾姬看着"大个子杰克"吃东西。有一天晚上，他吃了七份乡村炸牛排和四碗土豆泥。

过了一会儿，巴迪和伊娃回来了，他带艾姬回家。回去的路上他总是说："我爱那个女人，艾姬，千万不要怀疑我的爱。"艾姬从不怀疑。

这些都是九年前的事了。在今天这个日子，艾姬搭乘一群渔民的便车，在树上钉着标牌的地方下了车。昨天，露丝告辞返回佐治亚州，艾姬在家里再也待不住了。

她到达挂着两个硕大的马车轮的白色大门时，天差不多黑了。她走在路上就听到音乐声缕缕不绝，外面停了大约五六辆车，蓝色灯泡也已经亮了起来。

一只三条腿的小狗蹦蹦跳跳地向她跑来。艾姬相信这一定是伊娃的狗：她永远不会拒绝收留任何东西。大概总有二十只左右的流浪猫在附近游荡，伊娃会喂养它们。她会打开后门，把食物放在后院给它们吃。巴迪说过，如果方圆八十公里有只流浪猫或流浪狗什么的，它最后一定会跑到伊娃家。

艾姬有一阵子没来河边，一切看起来都是老样子。铁皮标牌略微有点儿生锈，蓝色灯泡烧坏了几只，但她听到人们在屋里欢声笑语，一如往日的情形。

艾姬走了进去。伊娃正坐在桌旁跟几个男人喝啤酒，她一眼看到艾姬，惊叫道："我的上帝！看看谁来了？"

伊娃穿了件粉红色安哥拉毛线衫，搭配珠子项链和耳环，涂着亮红色的口红。她对在厨房里忙碌的爸爸高声叫嚷："爸爸！艾姬来了！"

"快过来，你这只猎犬，你啊你！"伊娃跳起来搂住艾姬，搂得那么紧，差点儿让她喘不过气来，"这阵子你去哪儿了？妞儿，我们还以为你被狗吃了呢！"

"大个子杰克"从厨房走出来，他比艾姬上次见他时胖了约二十公斤。"哎哟，看看谁来了。原来是我们的小不点儿。很高兴见到你。"

伊娃搂着艾姬的肩膀，仔细端详。"嗯，见鬼，你离开这些天，长得又高又瘦。我们得把你养胖，是不是，爸爸？"

"大个子杰克"上上下下地打量她，说："该死，她长得越来越像巴迪了。你好好看看，伊娃，是不是？"

"妈的，可不是吗！"伊娃说。

她把艾姬拉到桌旁。"兄弟们，这是我的朋友。我想让你们见见艾姬·特雷德古德，巴迪的妹妹。坐下，亲爱的，咱们喝一杯。"

伊娃说："等一下，你到了可以喝酒的年龄吗？"她又想了想，说道："噢，管他呢！喝点儿酒不会伤害任何人，对不对，兄弟们？"

他们齐声附和。

伊娃见到艾姬兴奋不已，她渐渐回过神来，发现事情有些不对劲。过了一会儿，她说："嘿，兄弟们，要不你们换张桌子玩会儿？

我要和我的朋友聊一聊……亲爱的,你怎么了?看起来倒好像你刚刚失去了最好的朋友。"

艾姬矢口否认自己遇到了问题,她又点了些饮料,还强打精神,故意嘻嘻哈哈地笑。她喝得醉醺醺的,在房间各处跟跟跄跄地扭来扭去,活像个傻瓜。伊娃默默地看着她。

九点钟左右,"大个子杰克"让艾姬坐下来吃些东西,可是到了十点,她又站起来到处乱跑。伊娃转身望着爸爸,他显出忧愁的神色。"我们不妨随她去,让她想咋样就咋样。"

过了约五个小时,艾姬结交了一屋子新朋友,大家众星捧月般听她讲好笑的故事。这时候,有人播放了一首讲述失恋的伤感乡村歌曲,艾姬故事讲到一半突然停下,头趴在桌上哭了起来。伊娃自己也喝得迷迷糊糊,她整晚都在思念巴迪,这时候也跟着艾姬掉眼泪。众人离开她们,换去下一张热闹开心的桌子。

到了凌晨三点左右,伊娃说:"来吧。"然后扶着艾姬的肩膀,把她带回自己的小屋,让她在床上躺下。

伊娃受不了看到别人伤心欲绝。艾姬还在抹眼泪,她在艾姬身边坐下,说:"唉,宝贝,我不知道你在为谁哭泣,真的没事,你会没事的。别哭了……你只是需要有人爱你,就是这样……会没事的……伊娃陪着你……"她关上了灯。

很多事情伊娃都不懂,但她懂得爱。

在接下来的五年里,艾姬时断时续地住在河边。伊娃总在需要的时候陪在艾姬身边,就像她当年曾经陪在巴迪身边一样。

威姆斯周报

（亚拉巴马州汽笛镇的每周简报）

1935年11月28日

真朋友

前几天晚上，"铁路比尔"从政府的供应列车上抛下十七只火腿，我知道特劳特维尔的朋友们度过了一个美好的感恩节。

学校举行的"汽笛镇历史"古装游行让人想起印第安人，他们曾经生活在这里，来自勇敢凶悍的民族，尤其是维丝塔·阿德科克装扮的人物，她扮演夏卡佳酋长——曾经拥有这片土地的黑脚印第安酋长。

我的另一半声称他有三分之一的黑脚印第安人血统，不过他没那么凶悍……开个玩笑，威尔伯。

附注：如果你想知道游行队伍中坐在纸板火车里的人是谁，不是别人，正是"花生"利默韦。

艾姬说，西普塞——她家那位黑人妇女，在特雷德古德家的花园里种了一株秋葵，高两米。她把秋葵移栽到了咖啡馆。

此地众人还在为威尔·罗杰斯逝世伤心不已。我们都很爱他，不知道谁能取代这位敬爱的"苹果酱博士"。我们当中有多少人记得那些愉快的夜晚,大家聚在咖啡馆,听他在收音机里娓娓道来?在艰难岁月,他给我们带来欢笑,让我们短暂地忘记烦恼。我们要向他的妻儿寄予追思与祝福,西普塞还要寄一些自己做的山核桃馅饼,所以请大家到邮局来,在包裹单上签名。

多特·威姆斯

玫瑰露台养老院

旧蒙哥马利高速公路
亚拉巴马州 伯明翰

1986 年 2 月 16 日

伊夫琳买了各式各样的饼干带过来，想让婆婆高兴，可是她只是淡淡地道声谢，完全不以为意。伊夫琳就把它们带到大厅，送给特雷德古德太太，老太太很高兴。"当年我能吃一天姜汁饼干和香草薄饼干，你能做到吗？"

不巧的是，伊夫琳必须点头称是。特雷德古德太太嚼着饼干，低头看着地板。

"你知道的，伊夫琳，我讨厌油毡地板。这地方到处铺着难看的灰色油毡地板。考虑到这里这么多老人穿着毛毡拖鞋跑来跑去，很容易滑倒，摔坏屁股，他们就该铺几块地毯。我家客厅里铺了一块钩针编织地毯。我让诺里斯把我的黑色系带鞋拿去鞋店，换了猫爪牌的橡胶鞋底。我穿着这些鞋，从早上起床穿到晚上睡觉。我不会摔断骨盆。我不会摔坏屁股。要是摔了屁股，那就'拜拜了您哪'。

"这里的老人都是晚上七点半或者八点钟上床睡觉。我很不习惯。开往亚特兰大的火车晚上十点二十分驶过我家，以前在火车驶过前,我从不上床。现在我八点钟上床,关灯,这样不打扰奥蒂斯太太,但是我总要等听到十点二十分的汽笛声才能安心入睡。整个镇子都能听到汽笛声。或许我只是以为自己听到了,这没关系。我只有听到汽笛声才会踏实。

"我喜欢火车,这是件好事,因为汽笛镇无非是一座铁路小镇,特劳特维尔只是一簇棚屋,外加一座教堂——锡安山原始浸信会教堂,西普塞他们去那里做礼拜。

"铁轨就铺在我家门前。我要是有根鱼竿,伸出去就能碰到火车,离得就这么近。所以,过去五十年里,我总是坐在前门廊的滑翔秋千上看火车驶过,百看不厌。就像浣熊喜欢用水清洗饼干,我最喜欢在晚上看火车。我最爱的是餐车。如今火车上只是留出一块快餐区,供乘客坐着喝啤酒、抽烟。当年在高等列车取消以前,从纽约发出的74号银新月列车一路驶往新奥尔良,恰好在晚餐时间驶过汽笛镇,唉,你要是见过就好了。黑人侍者穿着浆洗过的白色夹克,打着黑色的皮革领结,端着精致的餐盘和银质咖啡壶,每张桌子上都插着一朵新鲜的玫瑰和满天星。每张桌子上都亮着一盏带灯罩的小台灯。

"当然,在那个年代,女人们打扮入时,戴着帽子,裹着皮草,男人们穿着蓝色西装,看起来好帅。列车竟然每扇窗户都装了小小的百叶窗。你可以坐着,就像在餐厅一样,度过整个夜晚。我以前常对克利奥说,既能吃饭,又能到达目的地,对我很有吸引力。

"艾姬总说:'妮妮,我觉得你乘坐火车只是为了吃饭……'她说得也对。我爱吃他们提供的上等腰肉牛排,火腿煎蛋没有比火车上做得更好吃的了。每当火车在沿途的小镇停下,人们就把新鲜的鸡蛋、火腿和鳟鱼卖给厨师。那时候,东西都是新鲜的。

"现在我不经常做饭了……噢,时不时地加热一罐番茄汤。不是我不喜欢好好吃顿饭。我喜欢。只是如今很难碰到。有一次,奥蒂斯太太给我们报名参加教堂举办的送餐上门活动,太差劲了,我没让他们来。说起来是送餐上门①,可是跟火车上吃到的东西根本没法比。

"当然,住得离铁轨太近也有弊端。我的餐盘全被震裂了。大萧条时期我们去伯明翰看电影,我赢了一套绿色餐具,连那套餐具也被震裂了。我告诉你当时放映的是什么电影:凯特·史密斯演的《大家好》。"她看了伊夫琳一眼,"唉,你可能不记得她,当年人称'南方夜莺'。一个又高又胖的姑娘,性格很好。你不觉得胖子的性情好吗?"

伊夫琳心虚地笑了笑,希望她说的话成立,因为自己已经在吃第二袋奶油脆饼干了。

"但是我不会用任何东西跟火车做交换。那些年我在做什么?当时还没有电视。我就猜想车上的乘客从哪里来,要到哪里去。每隔一段时间,克利奥好不容易攒够几块钱,就带着我和孩子去坐火车。我们最远去过孟菲斯,再坐火车回来。贾斯珀——大块头乔治和奥泽尔的儿子——当时是个卧车搬运工,他招待我们就好像我们是罗马尼亚的国王和王后。贾斯珀后来当上了'卧车搬运工兄弟联合会'的主席。他和弟弟阿蒂斯很小就搬到了伯明翰……后来阿蒂

---

① 送餐上门(Meals on Wheels),on wheel 的字面意思是"在车轮上"。

斯进过两三次监狱。真好笑，你永远不知道孩子长大以后会变成什么样……就拿露丝和艾姬的小男孩来说吧。有些人遭遇他那些经历，可能已经毁了，他却没事。你永远不知道一个人长了一颗什么样的心，除非受到考验，对不对？"

汽笛站咖啡馆

亚拉巴马州 汽笛镇

1936年6月16日

艾姬一听到铁轨旁人声嘈杂，就知道有人受了伤。她向外张望，看见比迪·路易丝·奥蒂斯朝咖啡馆跑来。

西普塞和奥泽尔从厨房里走了出来。这时候，比迪砰的一声，把门推开，大声叫道："你儿子被火车撞了！"

良久，艾姬的心脏停止了跳动。

西普塞双手捂着嘴巴："噢，上帝啊！"

艾姬转身对奥泽尔说："别让露丝出来。"说着拔腿向铁轨跑去。等她赶到时，六岁的小男孩仰面躺在地上，大睁双眼，惊恐地瞪着俯在他上方的人群。

小男孩看到艾姬，脸上露出微笑，她也挤出一丝笑容，以为他没事，紧接着就看到他的一条胳膊躺在一米开外的血泊中。

大块头乔治本来在咖啡馆后面的厨房忙着烤肉，这时候他跟在艾姬身后跑来，也看到了血泊。他一把抱起孩子，撒开双腿向哈德利医生家跑去。

奥泽尔挡在门口，不让露丝从里屋出去。"不行，唉，露丝小姐，你不能去。你就好好待在这里,宝贝。"

露丝既害怕,又不解。"怎么了?出了什么事?是宝宝吗?"

奥泽尔把露丝拉到沙发边,让她坐下,死死地握着她的手。"别说话,宝贝……你就坐在这里等着,亲爱的,会没事的。"

露丝吓坏了。"什么事?"

西普塞还在咖啡馆大堂里,她对着天花板晃动手指。"上帝啊,咋做出这样的事哩……咋对艾姬小姐和露丝小姐做出这样的事哩……咋会这样啊!听到了吗,上帝?别这样!"

艾姬紧跟在大块头乔治身后快步奔跑,他们隔着三个街区就冲那栋房子高声叫道:"哈德利医生!哈德利医生!"

医生的妻子玛格丽特最先听到了他们的叫声,走出房门来到前门廊。他们跑到拐弯处时,她一眼看到他们,立刻向丈夫大喊:"快出来!是艾姬,她带着小巴迪!"

哈德利医生从桌子旁边一跃而起,跑到人行道上迎接他们,手里还抓着餐巾。他看到鲜血从男孩的胳膊上喷涌而出,立刻把餐巾丢掉,说:"上车!我们得带他去伯明翰。他需要输血。"

医生一边跑向那辆旧道奇汽车,一边让妻子给医院打电话,告诉医院他们马上就到。她跑进屋去打电话。这时候,已经浑身是血的大块头乔治抱着孩子钻进了汽车后座。艾姬坐在前排座位上,一路跟孩子说话,给他讲故事,让他保持平静,虽然她自己的两条腿一直发抖。

他们到达医院的紧急入口时,护士和护理员在门口严阵以待。

他们要进去,护士对艾姬说:"很抱歉,你得让下人在外面等候,这是一家白人医院。"

小男孩始终没说一句话。他目不转睛地凝望着大块头乔治,看着他们带着乔治走向大厅,转过走廊,不见了踪影……

大块头乔治依旧血迹斑斑,他坐在外面的砖墙上,双手抱头等待着。

两个满脸粉刺的半大小子从他身边走过,其中一个人对大块头乔治龇牙咧嘴。

"看,又一个黑鬼打架斗殴,皮肉都裂开了。"另一个人大呼小叫道,"嘿!你最好去黑鬼医院,小子。"

他那豁了一颗门牙的斗鸡眼朋友吐了口唾沫,提了提裤子,大模大样地沿着街道往前走去。

威姆斯周报

（亚拉巴马州汽笛镇的每周简报）

1936年6月24日

咖啡馆前发生悲剧

我很遗憾地告诉大家，艾姬和露丝的儿子上星期在咖啡馆前面的铁轨上玩耍时被压断了一只胳膊。他跟着火车奔跑，不小心滑了一跤，摔倒在铁轨上。乘务员巴尼·克罗斯说，当时火车时速约六十多公里。

目前孩子还在伯明翰的医院里，虽然失血很多，但状况良好，很快就会回家。

算上他，我们汽笛镇今年失去了一只脚、一只胳膊和一根食指，还有那位死去的黑人。这些只告诉我们一件事：未来我们要加倍小心。我们受够了至爱亲朋失去四肢或生命。

就我而言，我很厌烦撰写这些消息。

多特·威姆斯

玫瑰露台养老院

旧蒙哥马利高速公路
亚拉巴马州 伯明翰

1986年2月23日

特雷德古德太太享用着伊夫琳带来的花生酱巧克力，回想起她心中最怀恋的时期，那时候火车从她家门前驶过。

她上星期讲过的故事让伊夫琳产生兴趣，好奇心爆表。

"特雷德古德太太，你说艾姬和露丝有个儿子？"

"噢，对，叫墩子，小家伙的男子气概没人比得上。哪怕他只有一只胳膊。"

"天哪，出了什么事？"

"他从火车上摔下来，胳膊被压断了，就在胳膊肘上方。他本来名叫小巴迪·特雷德古德，他们都管他叫'墩子'，因为他一只胳膊只剩下一小截。我和克利奥去医院看望他，他很勇敢，没哭，也不觉得自惭形秽。艾姬对他的教育就是这样，让他变得坚强，能够承受沉重的打击。

"她去见一个墓碑店老板朋友，让他做了一块少儿墓碑，上面刻着：

小巴迪的胳膊在此长眠

1929—1936

再见，老友

　　她把墓碑立在咖啡馆后面的田间。孩子回到家，她把他带到那里，她们大张旗鼓地给他的胳膊举行了葬礼。大家都来了。奥泽尔和大块头乔治的孩子阿蒂斯、贾斯珀、'威利小子'和'淘气鸟'，还有邻居们的孩子。艾姬请了几名鹰级童军来吹喇叭。

　　"艾姬第一个开口叫他墩子，露丝忍不住就要发作，说这个绰号太刻薄了。可是艾姬说，这是最好的做法，这样就不会有人在背后瞎议论。她认为，孩子不妨正视自己少了一只胳膊的事实，不要太敏感。事实证明她说得对，我没见过有谁能用一只胳膊做那么多事……他会射弹珠、打猎和钓鱼，想做什么都信手拈来。他是汽笛镇的最佳射手。

　　"他小的时候，一旦咖啡馆来了新面孔，艾姬就把他叫来，让他讲在勇士河里钓鲶鱼的故事。故事很长、很夸张。他让大家听得津津有味。这时候艾姬就问他：'多大的鲶鱼，墩子？'

　　"他就张开胳膊，像过去的成年渔夫那样，表示那条鱼有多长。他说：'大概有那么长。'艾姬和墩子看着众人的表情哈哈大笑，他们想搞清楚那条鱼到底有多长。

　　"当然，我不是说他是个圣人，他也发小脾气，跟别的小男孩一样。但是这辈子我只见他发过一次牢骚，心烦意乱。那是一个圣诞节的下午，我们都坐在咖啡馆里喝咖啡，吃水果蛋糕，他突然像疯了似的不管不顾，乱砸自己的玩具。他在后屋，露丝和艾姬走进去,我们说话间,艾姬就让他穿上外套出了门。露丝既发愁,又担心,追在他们身后,问他们要去哪里。艾姬说,没事,他们一会儿就回来。

"果然,大约一个小时后他们回来了,墩子笑呵呵的,心情变得很好。

"几年以后,他到我家给院子除草,我把他叫到门廊边,递给他一杯冰茶。我说:'墩子,还记得那年圣诞节吗,你气鼓鼓地用脚踩我和克利奥送给你的拼装玩具?'

"他笑着说:'噢,妮妮舅妈'——他就这么叫我——'妮妮舅妈,我当然记得。'

"我说:'那天下午艾姬带你去了什么地方?'

"他说:'噢,我不能告诉你,妮妮舅妈,我答应过不说出去的。'

"所以我至今也不知道他去了哪里,但是艾姬一定对他说了些什么,因为他再也没有担心过失去另一只胳膊。他是一九四六年野火鸡狩猎冠军……你知道射中一只野火鸡有多难吗?"

伊夫琳说她不知道。

"亲爱的,我来告诉你,你得射中火鸡的眉心,它们的脑袋还没有我的拳头大呢!啊,射得真准!

"接着墩子竟然参加了各种各样的运动……根本不让那只胳膊妨碍他……真没见过那么招人喜爱的男孩子。

"当然,露丝是个好妈妈,他很爱她。我们也是。但墩子和艾姬很特别。他们会丢下我们,出门去打猎、钓鱼。我猜,他们喜欢彼此做伴胜过其他人。

"我记得有一次,墩子把一块核桃馅饼装在口袋里,弄脏了新裤子。露丝小题大做,艾姬却觉得这是天底下最好玩的事情。

"艾姬有时也会对他不客气。在墩子五岁时,她把他丢进河里,教他游泳。我告诉你一件事,墩子从来没有像有些男孩那样顶撞过妈妈,至少艾姬在场的时候没有过。她绝对不允许。没商量。坚决不行。他体谅妈妈,跟奥泽尔的儿子阿蒂斯不一样。他们拿儿子没办法,能怎么样呢?"

伊夫琳说:"我想也是。"她注意到特雷德古德太太把裙子里外穿反了。

亚拉巴马州 汽笛镇

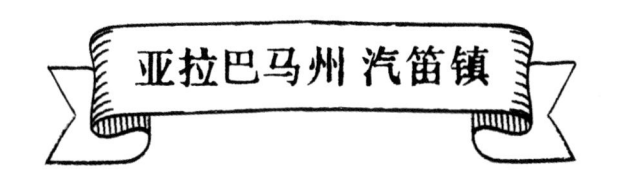

1937年圣诞节

镇上的孩子几乎人手一把玩具枪作为圣诞礼物。这天下午,大家聚在哈德利医生家的后院玩"枪战"。院子里弥漫着硫黄味,玩具枪一下午在清冷的空气中噼里啪啦地冒着火星。每个人都倒下了上百次。叭!叭!叭!你死了!

叭!叭!

"啊!你打到我了……啊!"

八岁的德万·基尔戈捂着胸口倒在地上,挣扎了三分钟才死掉。他最后一下蹬腿抽搐之后从地上一跃而起,飞快地装好子弹,重新推弹上膛。

墩子最后一个到达现场,他刚跟家人和"孤客"斯莫金在咖啡馆吃过圣诞节晚餐。他大步跑进院子,时间不早不晚,大家都严阵以待地准备开战。他跑到一棵树后,瞄准了弗农·哈德利。叭!叭!

躲在灌木丛后面的弗农跳了起来,喊道:"没打中,你这个卑鄙的坏蛋!"

墩子打光了子弹,忙着重新装弹,这时大孩子鲍比·李·斯克罗金斯向他冲过去，让墩子吃了颗子弹。

叭叭叭……"打到了！"

墩子来不及做出反应就被打死了……

但是墩子不屈不挠。他一次次重装弹药，又在装弹过程中一次次中弹身亡。

弗农的妹妹佩姬·哈德利跟墩子是同班同学。她穿着崭新的栗色外套，裹得严严实实，抱着崭新的布娃娃走出来，坐在后面的台阶上观战。一次次中弹身亡顿时变得不再那么好玩，墩子不顾一切地奋力消灭敌人，可是敌人实在太多，他装弹的速度不够快，无法保护自己。

叭叭叭叭……又中弹了！但墩子始终在挣扎求生。他拼命奔跑，躲到院子中间一棵大橡树后面，在这里他可以突然出击，再迅速地躲藏起来。他很幸运，一枪打死了德万，正要对付弗农时，鲍比·李从他身后的一堆砖头后面跳了出来——墩子转过身，却为时已晚。

鲍比·李朝他开了两枪，让他毫无还手之力。

叭叭叭叭叭叭叭叭叭！

鲍比·李喊道："你死定了！死定了！去死吧！"

墩子无可奈何，只好眼睁睁地让佩姬看着自己死去。

他死得又快又安静。然后，他马上站起来说："我得回家去取些子弹来。我马上回来。"

他有很多子弹，却觉得无地自容。佩姬一次次目睹他中弹身亡。

墩子走后，佩姬站起来对哥哥吼道："你这样做不公平。可怜的墩子只有一只胳膊，这不公平。我要向妈妈告状，弗农！"

墩子跑进里屋，把玩具枪扔到地板上，又一脚把电动火车玩具踹到墙上。他气急败坏，懊丧地哭起来。露丝和艾姬回来时，他已经把拼装玩具砸碎，正使劲地用脚踩来踩去。

他一见她们就哭起来，同时大声叫嚷："我用这玩意儿什么也做不了！"他挥手捶向自己失去的胳膊。

露丝抱住了他。"怎么了，亲爱的？怎么回事？"

"大家都有两支手枪，除了我！我赢不了他们，一下午都在挨枪子儿！"

"谁？"

"德万、弗农和鲍比·李·斯克罗金斯。"

露丝心疼地说："噢，亲爱的……"

她知道这一天早晚会来，现在已然来了，她不知道该说什么。有什么好说的？如何告诉一个七岁的男孩，这其实没什么？她向艾姬投去求助的目光。

艾姬对墩子凝望片刻，拿起外套，把他从床上抱起来，给他穿上外套，把他带到外面的车里。

"走吧，先生，跟我出去一趟。"

"我们去哪儿？"

"哪儿都行。"

她开车带墩子行驶在河边小路上，他坐在车里一言不发。他们来到写着"车轮河钓鱼俱乐部"的标牌前，拐弯。他们很快行驶到一扇由两个白色大车轮组成的大门前。艾姬下车打开大门，接着往前开，来到河边的一间小屋。她停在屋前，按了按喇叭。不一会儿，一个红发女人开门走了出来。

艾姬让墩子待在车里。她下了车，走上前去跟这女人说话。狗在屋里欣喜若狂，跳来跳去，狂吠不止。狗见到她，兴奋极了。

艾姬跟女人聊了一会儿，女人转身回屋，再出来时递给艾姬一只橡皮球。女人打开纱门时，一只小狗窜了出来。看到艾姬，它撒欢雀跃，跳来跳去，高兴得不知该如何是好。

艾姬从门廊边走下来说道："来，'姑娘'！'姑娘'，加油！"把球抛向空中。这只白色的捕鼠梗犬至少跳起来一米二高，在半空中接住球，跑回艾姬身边把球交给她。艾姬又把球投向房屋的方向，"姑娘"垂直起跳，再次把球接住。

这时候，墩子注意到这只小狗只有三条腿。

这只狗蹦蹦跳跳地追着球跑了约十分钟，始终不曾失去平衡。过了一会儿，艾姬把小狗送回屋里，顺便跟红发女人道别。

她坐回车里，沿着小路往前开，在河边把车停下。

"墩子，我想问你一件事。"

"好的，女士。"

"那只狗是不是看起来玩得很开心？"

"是的，女士。"

"它是不是看起来活得很快乐？"

"是的。"

"你觉得它为自己感到委屈吗？"

"不，女士。"

"你是我儿子，不管怎样，我都爱你。你知道的，对不对？"

"是的，女士。"

"可是你知道，墩子，我一想到你还比不上我们今天看到的那只可怜的小笨狗有头脑,就恨得牙痒痒。"

他低头看着脚下。"是,女士。"

"所以,我不想再听你说什么自己能做到、自己做不到之类的话,好吗?"

"好。"

艾姬打开仪表板上的杂物箱,取出一瓶绿河威士忌。"还有,我跟你舅舅朱利安下周会带你出去,教你用真枪射击。"

"真的吗?"

"真的!"她打开瓶盖,喝了一口,"我们要把你培养成这个国家最棒的神枪手,让他们试试,敢向你挑战……来,喝一口。"

墩子伸手去接酒瓶,眼睛睁得老大。"真的吗?"

"对,真的。不过别告诉你妈妈。我们要让那些小子懊悔早上从床上爬起来。"

墩子喝了一口威士忌,勉强克制着嗓子眼里火烧火燎的感觉,问道:"那女人是谁?"

"我的一个朋友。"

"你以前来过这里,对吗?"

"对啊,来过几次。不过别告诉你妈妈。"

"好吧。"

亚拉巴马州 伯明翰

（炉渣镇）

1934年12月30日

奥泽尔再三叮嘱儿子阿蒂斯，她不想让他去伯明翰，一点儿也不。可是今晚他还是走了。

阿蒂斯从八点左右驶抵终点站的货运列车后面跳了下去。他走进车站，惊讶地张大了嘴巴。

在他眼前，这座车站气势恢宏，面积足有汽笛镇和特劳特维尔加起来那么大，一排排奢华厚实的红木长凳，地板和墙壁贴着彩色瓷砖。

擦鞋摊……三明治柜台……雪茄……美容店……杂志……理发店……甜甜圈糖果……香烟……威士忌酒吧……咖啡……书店……西装熨烫……礼品店……冷饮……冰激凌……

这是一座城市，头戴红帽的搬运工、行李员和铁路乘客在二十二米高的玻璃天花板下熙来攘往。这个十七岁的黑人男孩从没离开过汽笛镇，眼前的一切让他目不暇接。他以为自己在一座大厦内看到了全世界。他踉踉跄跄地走出前门，晕头转向。

这时候他看到了它。它赫然矗立在眼前，世界上最大的灯牌——有二十层楼高,一万只灯泡放射出金黄色的光芒,在夜色中璀璨夺目:"欢迎来到伯明翰"……"神奇之都"……

恍如魔幻世界:伯明翰号称"南方发展最快的城市",匹兹堡至今都被人们称为"北方的伯明翰"……这里,摩天大楼高耸入云,钢铁厂溅射出暗红色的火光,把天空照得透亮;繁忙的街道上,成百上千辆汽车和挂着电线的有轨电车日夜不停地川流不息。

阿蒂斯恍恍惚惚地走在街上,走过圣克莱尔(伯明翰最新潮的酒店)、咖啡馆和终点站酒店。透过咖啡店窗户上的百叶窗,他看到清一色的白人坐在里面,享用盛在蓝色餐盘里的特色菜,知道这里不属于自己。他走过红顶酒吧烧烤店,穿过彩虹高架桥,经过梅尔巴咖啡馆,仿佛凭着某种远古的本能,他找到了第四大道北,在这里,街边风景随之一变。

找到了,就是这里,这十二爿正方形街区就是人们通常所说的炉渣镇……伯明翰本地的"南方哈莱姆区",他的梦想之地。

盛装打扮的情侣不时从他身边走过,有说有笑地前往某处。他被人流裹挟着往前走,像漂浮在浪尖的水花。悦耳的音乐在家家户户的门窗里律动,沿着楼梯飘到街上。贝西·史密斯[①]悲戚的歌声在高楼的窗口回荡:"啊,轻率的爱情……啊,轻率的爱情……"

他经过嬉闹剧院,热爵士乐和蓝调音乐在这里浑然交融,难分难解。这家剧院号称是南方最好的黑人剧院,只上演音乐剧和高雅喜剧。

[①] Bessie Smith(1894—1937),美国著名蓝调音乐女歌手,曾获格莱美奖终身成就奖。

人潮继续涌动……阿蒂斯沿着街区往前走,埃塞尔·沃特斯[①]唱着歌,用音乐提出问题:"我做了什么,让自己青一块、紫一块?"就在隔壁,玛·雷尼[②]大声疾呼:"嘿,狱卒,告诉我,我做了什么?"……银月蓝调俱乐部的人们随着阿特·塔图姆[③]的《红辣椒跺脚曲》跳着摇摆舞。

他在这里——周六晚上的炉渣镇——只隔一个街区的伯明翰白人对这块异域风情的黑色斑块的存在一无所知。这就是炉渣镇,下午还是高地街的女侍者,晚上就摇身一变成了街道女王;白天还是戴红帽的搬运工和擦鞋童,天黑以后就成了炉渣镇时装秀的弄潮儿。他们都在这里,长着发亮的漆皮似的黑发,从告示牌周围闪烁的彩灯下走过,露出亮晶晶的金牙。黑色的、黄褐色的、肉桂色的、黑白混血的、红色和樱桃色的,斑斑驳驳,参差不一,他们裹挟着阿蒂斯继续往前走。男人们穿着浅绿色和紫色的西装,脚踩黄色与褐色拼色短鞋,系着红白相间的薄丝绸领带;女人们涂着深红色或橘黄色的口红,鲜艳欲滴,扭动着腰肢,踩着高耸入云的高跟鞋,裹着抓人眼球的红狐皮草……

灯光璀璨,让阿蒂斯眼花缭乱。男士魔都台球室,圣詹姆斯

---

① Ethel Waters(1896—1977),美国歌手、演员。沃特斯经常在百老汇舞台和音乐会中演奏爵士乐。

② Gertrude Ma Rainey(1886—1939),美国蓝调歌手,美国早期的蓝调音乐艺术家。

③ Art Tatum(1909—1956),美国著名爵士钢琴家。

烧烤店,蓝色天堂酒吧兼烧烤店,阿尔玛·梅·琼斯美容文化学校……接着走过冠军剧院,快乐唾手可得,只需十美分……再过两道门,透过黑褐舞厅的窗户,他看到情侣们在跳舞,琥珀色的聚光灯懒洋洋地扫视着房间,灯光扫过时,给情侣们蒙上了一层浅紫色。拐过街角,他沿着拥挤的街道继续往前走,脚步越来越快,走过欢乐云团二手服装交换店、小德莉拉咖啡馆、潘多拉台球店和通往广告宣传语为"混合饮料之家"的星辰鸡尾酒廊的楼梯,走过消遣剧院,剧院本周上演《埃德娜·梅·哈里斯之黑人时事讽刺剧》。隔壁的大剧院即将上演杂耍节目《玛丽·马布尔与小不点儿》。他继续往前走,走过小萨伏伊咖啡馆,看到更多翩翩起舞的情侣,迪克西·卡尔顿舞厅的窗户映出他的身影,巨大的旋转镜面球把整个房间映照得银光闪闪……里面跳着狐步舞的夫妇对这个穿着工装裤的黑人男青年毫无察觉。他惊奇地睁大眼睛,忙碌蜜蜂牌手工烧烤店让他目不暇接,店里向男女顾客随时提供电烤华夫饼和热蛋糕,你最喜欢的烤三明治,搭配本市最好的咖啡,五美分的热狗,以及自制辣椒、汉堡、猪肉、火腿、瑞士奶酪三明治,售价一律只需一毛钱……他走过"彩虹上的中提琴"保险公司,这家公司专门从事葬礼保险,橱窗里的广告牌敦促潜在客户趁年轻多置办。他又走过了豪华酒店和男士客房。

在共济会圣殿旁边的赌场俱乐部附近,他身后一位丰乳肥臀的美女穿着华丽的米黄色缎面连衣裙,裹着柠檬黄色的羽毛围巾,尖叫着把抓在手中的小包投向一位快步走过的男士,却没有投中。男士笑了,阿蒂斯也笑了。他继续随着人群在街上行走,知道自己终于来对了地方。

炉渣镇新闻报消息荟萃

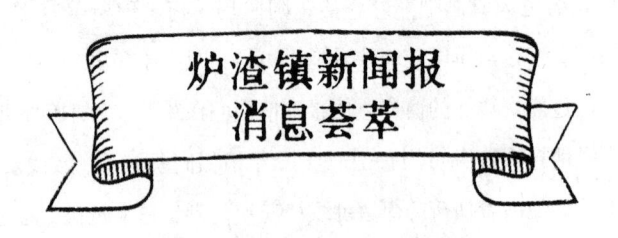

（伯明翰的黑人报纸）
作者：米尔顿·詹姆斯先生

1937年5月6日

阿蒂斯·奥·皮维先生的女伴说，星期六深夜他被送入大学医院。他在尝试开一瓶价格昂贵的葡萄酒时发生自残事故，身体多处受伤。葡萄酒的年份和标签未知。

这是我的想象，还是亲眼所见：前几天晚上我看到艾达·多伊泽小姐乘坐午夜电车去恩斯利区与塔士多区的交界处与本尼·阿普肖跳舞，事后却看到她跟 G.T. 威廉斯先生驾驶同一辆车回家？

必须让两三名伯明翰男孩出现在全国各地的流行乐队中，感谢我们敬爱的教授费斯·沃特利的音乐造诣。我们在音乐界广受欢迎。别忘了我们的老朋友凯博·卡洛韦很快就要光临这座神奇之都了。

本周嬉闹剧院的票价很划算……

周一至周四的五星级节目：厄斯金·霍金斯——二十世纪的加百列《魔鬼火腿》，还有纯黑人体育运动纪录短片

玫瑰露台养老院

旧蒙哥马利高速公路
亚拉巴马州 伯明翰

1986年3月2日

特雷德古德太太一边用木勺舀着吃香草冰激凌,一边给伊夫琳讲述大萧条时期的故事……

"死了很多人,死亡的原因各式各样。打击很严重,特别是对黑人,他们本来就没什么钱。西普塞说,要是没有'铁路比尔',特劳特维尔那一带半数人都会冻死或者饿死。

伊夫琳觉得这个名字很陌生。"'铁路比尔'是谁?"

特雷德古德太太好像很吃惊。"难道我没有跟你讲过'铁路比尔'吗?"

"没有,我想没有。"

"噢,他是个有名的强盗。他们说他是个黑人,晚上偷偷地溜上火车,把粮食和煤从政府的补给列车上扔下去,住在铁路沿线的黑人赶在天亮时去捡,飞快地把它们背回家。

"我相信他们始终没有抓住过他……始终没有查出他是谁……格雷迪·基尔戈是铁路侦探,也是艾姬的一个朋友。他天天在咖啡馆厮混。艾姬笑着说：'我听说"铁路比尔"还没被抓到。你们这些家伙干什么吃的？'他就气疯了。他们一度在火车上加派了二十个人，还用终身免费的铁路通行证做悬赏，让人们提供线索。可是没人当回事。艾姬为了这件事总嘲笑他！但他们俩一直是好朋友。格雷迪参加了'莳萝泡菜俱乐部'……"

"什么？"

特雷德古德太太笑起来。"'莳萝泡菜俱乐部'是艾姬、格雷迪和杰克·巴茨创办的一家疯疯癫癫的俱乐部。"

"这是一家什么样的俱乐部？"

"他们声称是一家早餐和社交俱乐部，其实只是艾姬跟一群狐朋狗友凑在一起：她、一些铁路工人、伊娃·贝茨，还有斯莫金。他们整天喝威士忌、编瞎话。他们会看着你的眼睛扯谎，其实说真话对他们倒更有利。

"编故事就是他们的乐趣。荒诞不经的故事。有一次，露丝刚从教堂回来，艾姬跟他们混在一起。她说：'露丝，很抱歉告诉你这件事，你出门以后，墩子把一枚子弹吞到了肚子里。'

"眼看露丝急得要死，艾姬说：'别担心，他没事。我刚刚带他去看了哈德利医生，医生给了他半瓶蓖麻油，说可以带他回家去，但是小心不要用他瞄准别人。'"

伊夫琳笑了。特雷德古德太太说："噢，你可以想象，露丝不太喜欢这家俱乐部。艾姬是主席，动辄召开秘密会议。克利奥说，所谓的秘密会议不过是热门的扑克牌游戏。但是他说，俱乐部做了些好事，但他们绝对不会说出口。万一说了，也会马上矢口否认。

"他们根本不把浸信会的斯克罗金斯牧师放在眼里，因为他是个禁酒主义者。每当某个可怜的傻瓜询问哪里能买到威士忌一类的违禁品,他们就打发他去牧师家。他们就喜欢让牧师气得发疯。

"西普塞是唯一的黑人成员,因为她能跟着他们扯谎。她告诉他们,她帮一个难产的女人接生,给了女人一勺鼻烟。那女人打了个喷嚏,就把宝宝生出来了,直接从床尾发射到另一个房间……"

伊夫琳说:"天哪,不会吧!"

"噢,她就是这样说的!西普塞又给他们讲她在特劳特维尔的朋友莉齐的故事。莉齐怀孕了,想吃淀粉。她说莉齐用手把淀粉从盒子里掏出来吃,结果宝宝生出来,皮肤白得像雪,硬得像木板……"

"天哪,上帝。"

"你知道,伊夫琳,这或许是真的呢。我知道有些黑人妇女从地上挖黏土吃,真有这事。"

"我不敢相信。"

"嗯,亲爱的,我也是听说。也可能是滑石块,我忘了是什么。不是黏土,就是滑石块。"

伊夫琳摇摇头,对她的朋友微笑。"特雷德古德太太,你真有意思。"

特雷德古德太太沉思片刻,对自己很满意,说:"噢,是的。我想也是。"

威姆斯周报

（亚拉巴马州汽笛镇的每周简报）

1938年12月1日

汽笛镇降雪了

一场鹅毛大雪，让我们喜出望外！汽笛镇完全可以充当北极。还有什么比白雪覆盖红色的冬青更美的景致？我想不出来，不过谢天谢地，每隔十年才下一场雪。我的另一半认为，任何天气他都可以驾车出行，于是决定载着几只老猎犬去兜风，结果汽车打滑，掉进了第一街的沟里。所以，在我们把车修好之前，下个月你们若是见到一位要搭车的小个子太太，那就是我。

是的，我的另一半就是我们这里遭遇冰雹天气，下了棒球那么大的冰雹，还出去兜风的那个人，我们花了三周才换好挡风玻璃。他就是那个坐在划艇上在河边钓鱼，被闪电击中的人。所以下次你们在天气变坏时见到威尔伯，请把他送回家，我要把他装进柜子锁起来。我担心龙卷风把他卷走，带到别处……那样的话，我还能跟谁干仗呢？

我听小道消息说"铁路比尔"一周内袭击了五列火车。我在美发店碰到格拉迪丝·基尔戈,她说自己在铁路上工作的丈夫格雷迪气得直跳脚。

顺便说一句,"铁路比尔"如果看到这条消息,趁格雷迪还没有抓住你,请你从火车上丢一辆新汽车下来好不好……我需要!

多特·威姆斯

汽笛站咖啡馆

亚拉巴马州 汽笛镇

1938年12月1日

太阳从咖啡馆后方冉冉升起，艾姬把墩子摇醒，喊道："起床了，墩子！快起来！你看！"她把他拉到窗前往外看。

整片田野一片雪白。

他张大了嘴巴。"怎么回事？"

艾姬笑了。"下雪了。"

"是吗？"

"是的。"

墩子上三年级，这是他生平第一次看到真正的雪。

露丝穿着睡衣走到他们身后，向外张望，也很惊奇。

他们仨飞快地穿好衣服，五分钟后来到院子里。积雪只有五厘米深。他们在雪地里打滚、扔雪球。可以听到镇上家家户户都开了门，孩子们兴奋地大喊大叫。到这天早上七点钟，墩子和艾姬堆了个又矮又胖的雪人，露丝用牛奶和糖给他们做了雪糕。

艾姬决定陪墩子走路去上学。他们抬头望着铁轨，只见眼前一片白茫茫。墩子仍旧兴奋难耐，他蹦蹦跳跳，摔了两次跤。艾姬打算给他讲个故事让他平静下来。

"我有没有告诉过你，有一次我和斯莫金跟'生铁'山姆打扑克这事？"

"没有，谁是'生铁'山姆？"

"你是说，你没听过'生铁'，亚拉巴马州最卑鄙的扑克牌手？"

"没有，女士。"

"我和斯莫金在盖特市通宵打牌，我马上要赢钱了。我赢了所有的赌注，估计赢了一个小时左右。'生铁'眼看着越来越生气，可是我能怎么办呢？我不能走，尤其是赢了那么多钱……那样不合礼仪。我赢得越多，他就气得越厉害。很快，他就火冒三丈，拔出枪放在桌子上说，要是再有人把不好的牌发给他，他就杀了那家伙。"

这时候墩子听得入了迷。"轮到谁发牌了？"

"嗯，这就是讽刺的地方。他忘了轮到自己发牌了，你瞧，他给自己发了两张二。于是他就举起枪在桌边自杀了……说话算数。"

"哇。你亲眼所见？"

"当然，亲眼所见。两张二，真真切切。"

墩子琢磨着这件事，突然看见有个东西从铁轨边的积雪中探出来。他跑去把它捡起来。"瞧，艾姬姨妈，是一罐鹿牌酸菜，还没打开！"

接着他犹如醍醐灌顶一般醒悟过来。他敬畏地举起罐头，悄声说道："艾姬姨妈，我敢打赌这就是'铁路比尔'从火车上扔下来的罐头。你觉得对吗？"

艾姬检查了一下罐头。"有可能，孩子，很有可能。把它放回原处，让别人来捡吧。"

墩子把罐头原封不动地在原处放好,仿佛它是一件圣物。

"哇。"

他看到了第一场雪,现在又看到了可能是"铁路比尔"丢下来的一盒罐头。信息量太大,他一下子消化不了。

他们继续往前走。过了一会儿,墩子说:"我猜'铁路比尔'大概是有史以来最勇敢的人,是吧,艾姬姨妈?"

"他的确很勇敢。"

"你觉得他是不是我们这辈子知道的最勇敢的人?"

艾姬想了想。"嗯……我不会说他是我知道的最勇敢的人。他是最勇敢的人之一,但不是最勇敢的。"

墩子吃了一惊。"谁会比'铁路比尔'还勇敢?"

"大块头乔治。"

"咱们的大块头乔治?"

"是啊。"

"他做过什么?"

"噢,首先,要不是他,我不会在这里。"

"你是说,今天,在这里?"

"不,我是说,还活着。没有他的话,我可能已经被猪吃掉了。"

"你是说真的吗?"

"是的。我想,大概两三岁时,我跟巴迪和朱利安在猪圈附近玩耍。我爬上栅栏,一头掉进了猪圈。"

"是吗?"

"是的。嗯,圈里的猪都向我跑来——你知道,猪什么都吃……大家都知道,它们吃过很多小孩。"

"真的吗？"

"当然。不管怎样，我跳下饲料槽，拼命逃跑，可是我摔倒了。我还没跑出去，它们差点儿咬到我。这时候，大块头乔治看见了我，他跳进猪圈，站在猪群中间，把它们赶走。我说的可是一百三十多公斤的猪。他抓起那些猪，一只接一只地丢到围栏外，就像扔一袋土豆似的。他给我们争取到足够长的时间，让巴迪能够从栅栏下方爬进去，把我揪出来。"

"真厉害！"

"没错。你有没有注意到大块头乔治胳膊上的伤疤？"

"注意到了。"

"噢，那就是被猪咬的。可是大块头乔治一个字也没跟爸爸说过，他知道爸爸会因为巴迪把我带到猪圈去玩，把巴迪打死的。"

"我压根不知道。"

"我知道你不知道。"

"哇……你还认识别的勇敢的人吗？朱利安舅舅上周射死一只十二叉角的雄鹿，这事怎么样？也需要很大的勇气。"

"勇气跟勇气不一样，"艾姬说，"用一支猎枪射死一只又呆又笨的动物，不需要太勇敢。"

"除了大块头乔治，你还知道谁很勇敢？"

"噢，让我想想，"她沉思着说，"除了大块头乔治，我得说你妈妈是我认识的最勇敢的人之一。"

"妈妈？"

"是的。你妈妈。"

"我不信。她什么都怕，连小虫子都怕。她做过什么事？"

"有件事情。她做过一件事。"

"什么事？"

"什么事不重要。你问我，我就告诉你。你妈妈和大块头乔治是我认识的最勇敢的两个人。"

"是真话吗？"

"我向你保证。"

墩子很诧异。"好吧……"

"这就对了。还有一件事我想让你永远记住。孩子，有些天使伪装成人类，生活在这个世界上。我希望你不要忘记这一点。听到了吗？"

墩子诚恳地望着她说："听到了，女士，我不会忘记。"

他们沿着铁轨继续往前走。一只鲜艳的北美红雀从积雪覆盖的树上冲出，在茫茫雪原展翅飞翔。圣诞节快到了。

玫瑰露台养老院

旧蒙哥马利高速公路
亚拉巴马州 伯明翰

1986年3月9日

以前,在漫漫长夜,伊夫琳汗涔涔地醒来,心中满怀忧惧,死亡、插管和癌细胞肆意蔓延的情景让她苦不堪言。埃德就睡在她身边,她想大声呼救。可她只是静静地躺在内心深处暗无天日的深渊里,直到天亮。

最近,为了不让自己的心思落在那支冰冷的手枪和扣动扳机的动作上,她闭上眼睛,强迫自己回想特雷德古德太太的声音。她只要深呼吸,集中注意力,很快就会恍如置身汽笛镇。她在街上行走,走进奥珀尔的美发店,几乎真切地感到有人用温水给她清洗头发,水温渐渐地变凉,又凉了一些。梳洗一番后,她顺道去邮局拜访多特·威姆斯,再去咖啡馆。在咖啡馆,她清楚地看到每个人的脸庞:墩子、露丝和艾姬。她点了一份午餐,威尔伯·威姆斯和格雷迪·基尔戈向她挥手致意。西普塞和奥泽尔对她微笑,她听到厨房里传来收音机的声音。大家向她问好,太阳始终普照,明天如约到来……最近她睡眠好转,想起手枪的次数越来越少……

今天早上伊夫琳醒来时,意识到自己其实很盼望去养老院。几个星期以来坐着听老太太讲述咖啡馆和汽笛镇的故事,已然比她自己跟埃德在伯明翰的生活更加真实。

伊夫琳到达时,她的朋友心情很好,像往常一样,很高兴吃到不含杏仁的好时巧克力,这是老太太特意要求的。

吃到一半,特雷德古德太太认真地回想起她多年前认识的一个流浪汉。

"上帝啊,不知道'孤客'斯莫金怎么样了。谁也不知道他现在在哪里,我猜他可能在什么地方死掉了。

"我还记得他第一次走进咖啡馆的样子。我正吃着一盘油炸绿番茄,他敲响后门,想找点儿吃的。艾姬进了厨房,很快就把这个可怜的家伙领进屋。这家伙扒火车来的,浑身上下邋遢得很,艾姬让他去卫生间洗一洗,她会给他一些吃的。艾姬给他弄了一盘饭菜,说,他是她见过的最孤苦伶仃的人。他说自己叫斯莫金·菲利普斯,艾姬管他叫'孤客'斯莫金。后来,每当她远远地在路上看到他走过来,就说老'孤客'斯莫金来了。

"可怜的老家伙,我猜他没有家人,露丝和艾姬为他难过,因为他已经半死不活了,就让他在咖啡馆后面那间旧棚屋住了下来。噢,他偶尔流浪癖发作,每年会离开两三次。但是他早晚会回来,往往喝得醉醺醺的,落魄潦倒,然后就回自己的小屋住一阵子。他这辈子没有过身外之物。他仅有的财产就是装在上衣口袋里的一把刀、一把叉子和一只勺子,还有他掖在帽带里的开罐器。他说自己不想受拖累。我想,咖啡馆后面那间小屋是他唯一能称之为家的地方。要是没有露丝和艾姬,他可能早就饿死了。

"我认为，他每次都回来的真正原因是，他爱上了露丝。他从来没有说出口，但是从他看她的眼神中能感受出来。

"你知道，我很欣慰克利奥死在了我前面。好像是男人离不开女人，所以大多数男人在妻子死后很快就死了。他们完全迷失了方向。真可怜……就拿这里的达纳韦老头来说吧，他的妻子去世还不到一个月，他就到处追着女人跑……所以才给他使用镇静剂，让他安静下来。他还以为自己是罗密欧呢，你能想象吗？你真该看看他长什么样，活像一只老秃鹫，两只大招风耳。不过我能说什么呢？不管长什么样，总有人会认为你是世界上最帅的男人。好吧，也许他会俘获一个老太太……"

西麦迪逊街

伊利诺伊州 芝加哥

1938年12月3日

芝加哥的西麦迪逊街与巴尔的摩的普拉特街、洛杉矶的南缅因街或旧金山的第三街别无二致：街上的福音会、出租公寓房、旅馆、二手服装店、施舍汤饭的苍蝇馆、当铺、酒类商店和妓院鳞次栉比，街道上挤满了人们口中善意称呼的"潦倒汉"。

对通常独自出行的"孤客"斯莫金而言，这一年的芝加哥与往年唯一的不同之处在于，他交了一个朋友。其实只是个孩子，但好歹也算有人做伴。他们一个多月前在密歇根结识。

这孩子长相俊俏，朝气蓬勃，在磨破了的褐色衬衫外面套了件薄薄的蓝灰色套头毛衫，下身穿一条褴褛的褐色短裤，皮肤白皙有弹性。他稚气未脱，在底特律招来很多麻烦，有人想强奸他，他问斯莫金能不能暂时带着自己一起走。

斯莫金跟他说了一句一位老人曾经对自己说过的话："快回家去吧，孩子，趁你还能回去。远离这种生活吧，因为一旦你从车厢里向外撒尿，就上瘾回不去了。"

可是没有用，就像当初这句话对他自己不起作用一样。于是斯莫金决定让这孩子跟着自己。

这孩子很好玩。他为了从裤兜里掏出一毛钱,差点儿把裤子拽得脱下来。海报上写道:萨莉·兰德要和着"月光下的白鸟"跳扇子舞。他想观看演出。他没有找到硬币,但是玻璃售票亭里的女人看他可怜,免费把他放了进去。

斯莫金在等他出来的工夫凑够了二十五美分,想着两个人待会儿去烧烤店点一份十美分的牛排。除了一罐维也纳香肠和几块发霉的饼干,他们这一天粒米未沾。他捡起别人丢弃的烟盒,找到一根踩扁的香烟,就抽了起来。这时候他的伙伴从剧院里飞跑出来,欢天喜地。

"噢,斯莫金,你真该去看看她!她是我见过的最美丽、精致的人。她像个天使,一个从天堂降临人间的天使。"

吃晚饭的时候,孩子滔滔不绝地谈论萨莉·兰德。

吃完牛排,想住旅馆还差三十美分,于是他们前往格兰特公园,希望能在一间棚屋里凑合一个晚上。棚屋用柏油纸、纸板和碎木条搭成,有时运气好的话能找到一间。这天晚上他们运气不错。

睡觉之前,孩子说:"给我讲讲你都去过什么地方,做过哪些事情,斯莫金。"他每晚都这么说。

"我给你讲过了。"

"我知道,再给我讲一次。"

斯莫金告诉他,他在巴尔的摩待过,在白塔楼汉堡店找了份差事。店里亮堂又干净,掉在黑白瓷砖地上的东西可以直接捡起来吃。他还在匹兹堡郊外当过矿工。

"你知道,很多人吃老鼠,我可做不到。我见过老鼠救了太多人的命,也救过我一命。老鼠最先闻到矿井里的沼气……

"有一次,我和老伙计在矿井深处挖掘,突然,两百多只老鼠从我们身边窜出来,跑得飞快。我不知道出了什么事,那个黑人老伙计把铁镐丢掉,大喊一声:'快跑!'

"我照办了,捡回一条命。直到如今,要是我看见老鼠,我就让它溜走。是的,先生,依我看,老鼠是最棒的。"

孩子睡意蒙眬地说:"你做过的最坏的营生是什么,斯莫金?"

"最坏的营生?让我想想……我做过许多体面人不会干的活儿。我想最坏的是一九二八年在亚拉巴马州醋湾的松节油厂揽到的活计。两个月来,除了猪肉和豆子,没别的可吃。我身无分文,看到一分钱,觉得它足有磨盘那么大,要不然绝不会接受那份工作。他们能弄去那里干活的白人只有卡津人,他们管卡津人叫松节油黑鬼。那份活计会要了白人的命。我只坚持了五天,那股味道就让我病了三个星期。它钻进你的头发、皮肤……我不得不把衣服烧掉……"

斯莫金突然停止说话,猛地坐了起来。他一听到外面人声喧哗,脚步杂沓,就知道是军团来了。过去数月,美国军团突袭流浪汉营地,所到之处寸草不留,一心要把降临本市的流氓痞子赶尽杀绝。

斯莫金对孩子喊道:"我们走!赶快离开这里!"

他们撒腿就跑。当天晚上住在这个胡佛村[①]的另外一百二十二

[①] 胡佛村(Hooverville),指美国大萧条时期无家可归者修建的棚户区,最先由民主党方面提出,用来讽刺来自共和党的时任美国总统胡佛应对金融危机时的束手无策。

人也在奔跑。只听到人们喊喊喳喳地踩着枝叶穿越树林,柏油纸被撕得粉碎,棚屋被铁棍和钢管砸烂。

斯莫金向左边跑,他一撞到矮树丛就躺倒在地。他知道自己肺气虚弱,根本跑不过他们。他直挺挺地躺在地上,一直躺到周围听不到动静。孩子跑得快,自己会在前面某个地方追上他。

后来,他返回营地,看看有没有遗落什么物品。曾经的棚屋小镇如今只剩下杂乱的柏油纸、纸板和木头堆散落在地,砸得比煎饼还扁。他正要转身离开时听到有人说话。

"斯莫金吗?"

孩子躺在离他们住过的小屋约六米远的地方。斯莫金吃了一惊,向他走了过去。"怎么回事?"

"我记得你告诉过我,睡觉时千万不要松开鞋带,可是我的鞋带绑得太紧了。我踩到鞋带绊倒了。"

"你受伤了?"

"我觉得自己要死了。"

斯莫金在孩子旁边蹲下,看到他右边的脑袋瘪下去一块。孩子抬头望着他。

"你知道,斯莫金……我还以为流浪是一件很好玩的事情……其实不是……"

他闭上眼睛,停止了呼吸。

第二天,斯莫金找来几个旧相识,把孩子埋在芝加哥城外的流浪汉墓地。埃尔莫·威廉斯总是随身带着一本红色的救世军歌曲集,他宣读了在第三百零一页找到的几行歌词。

为死难的同志感到高兴,
我们的损失是他无限的收获,
出狱的灵魂得到释放,
从身体的锁链中获得解脱。

他们不知道他姓甚名谁,于是只简单地用板条箱做了块木牌竖在坟前,上面写着"孩子"二字。

别人都散了,斯莫金留在后面跟他道别。

"好啦,小老弟,"他说,"至少你看过萨莉·兰德的表演。很了不起……"

然后,他转身走向站场,去扒向南驶往亚拉巴马州的火车。他想离开芝加哥。高楼大厦间狂风肆虐,冰冷刺骨,有时让人流泪。

威姆斯周报

（亚拉巴马州汽笛镇的每周简报）

1938年12月8日

小心雷管

告诉孩子们不要在准备爆破的铁路站场玩耍。我的另一半告诉我，几天前他在匆匆赶去纳什维尔的路上，听说有个家伙误咬了雷管，把嘴唇炸掉了。

奥珀尔说，这些天店里客人爆满，大家都准备去参加"东方之星宴会"，结果有人错穿走一件蓝色女士外套。如果是你，请把外套送回来。

浸信会教堂发起干草车骑行活动，不小心把佩姬·哈德利落在了停车场，她后来追上了大家。

上个星期六，艾姬和露丝带着一群孩子去埃文代尔公园观看"花俏小姐"。这头大象远近闻名，深受男女老少喜爱，孩子们很开心。大家挨个跟"花俏小姐"合了影，星期四在药店冲洗出来就可以拿到照片了。

克利奥·特雷德古德医生上个星期五晚上从梅奥诊所归来，他带小阿尔伯特去做检查。很遗憾,他没能给妮妮带回好消息。我们只能希望是医生犯了错。克利奥将于星期一回去上班。

多特·威姆斯

玫瑰露台养老院

**旧蒙哥马利高速公路
亚拉巴马州 伯明翰**

1986 年 3 月 15 日

今天她们一边吃着爆米花，一边聊天，一刻也不得闲。至少特雷德古德太太是这样。

"你知道，我真希望复活节能在家里过，可是看起来没戏。奥蒂斯太太还是不适应，不过她报名参加了这里的艺术和手工艺班。你婆婆也参加了。吉妮说，复活节时，他们要把复活节彩蛋藏起来，邀请一些中小学生来寻找。应该很好玩……

"我从小就喜欢复活节，喜欢跟复活节相关的一切。小时候，每年复活节前的周六晚上，我们都要全家出动，在厨房里给鸡蛋染色。那只金黄色的复活节彩蛋总是留给妈妈染色。

"复活节当天早上，我们穿上从爸爸店里买的新衣服，换上新皮鞋。从教堂回来，爸爸和妈妈送我们坐上有轨电车，让我们乘车去伯明翰兜一圈再回来。他们趁这个工夫在后院里藏了两百多枚复活节彩蛋。奖品各种各样——大奖由找到金蛋的人获得。

"我十三岁那年找到了金蛋。我们在院子里跑来跑去，找了整整两个小时，谁也没找到金蛋。我站在后院中央休息，随便扫了一眼，看到跷跷板下面有个东西亮闪闪的。果然，金蛋就在那里，藏在草丛中，正卧在那里等着我呢。埃茜·鲁气疯了。那一年她想找到金蛋，因为大奖是一枚又轻又薄的柠檬色复活节大瓷蛋，上面撒着晶莹剔透的荧光粉。蛋里有一个其乐融融的小家庭：爸爸、妈妈，两个小姑娘和一只狗，站在一栋看起来很像我们家的房子前面。我能看着那枚蛋，一动不动看几个小时……那枚蛋后来不知道去哪儿了。我想是第一次世界大战期间在家门口的旧物拍卖中给卖掉了。

"复活节向来是我的幸运日。仁慈的上帝让我知道，我要生下阿尔伯特，就是在复活节那天。

"有时我想到别人的烦恼，意识到自己嫁给克利奥实在是万幸。我不可能找到一个更好的丈夫，眼睛不到处乱瞄，不喝酒，而且聪明绝顶。我不是吹牛，我不喜欢吹牛，这是事实啊。他的头脑天生就很敏锐。从来不需要绞尽脑汁。我以前管他叫'我的字典'。每当我想写几行字，想不起来怎么拼写的时候，就冲他喊一声：'孩子爸，这个单词怎么拼，那个单词怎么拼？'他都能拼写出来。他懂历史。你问他哪一天发生了什么事，他随口就能说出来。我没见过有人比他还想当医生的……想当外科医生。我知道当爸爸去世，他不得不从医学院退学的时候，他的心都要碎了，可是我从没听他抱怨过一个字，一次也没有。

"他得到了爱。你去问问认识他的人，对方一定会告诉你，天底下没有人比克利奥·特雷德古德还要好心肠的。

"不过年轻姑娘很奇怪。她们寻找激情、浪漫、火花四溅。克利奥不太爱说话。他不是我刚开始想找的对象，我是他想找的人。

他说自己从大学回家那天晚上，看到我在厨房的白色大铁桌旁边帮西普塞切饼干，当下就打定了主意。他走进客厅，爸爸和妈妈都在。他说：'我要娶那个在厨房里切饼干的姑娘。'一念之间就下了决心。特雷德古德家的人都这样。我那年才十五岁，我告诉他，我不想跟人结婚，我还太年轻。他说自己第二年会继续求婚，他求婚了，但我依旧没有答应。我十八岁时嫁给了他，还是没有做好心理准备。

"噢，起初我担心克利奥不是我的真命天子，我向特雷德古德妈妈哭诉，说我觉得自己嫁错了人。妈妈说，别担心，我会渐渐地爱上他的。"她转身对着伊夫琳，"不知道有多少人从来没有找到自己心仪的对象，只是跟众人眼里般配的对象搭伙过日子。不管怎样，我跟克利奥幸福地生活了很多年，回首往事，一想到我完全有可能拒绝他，我就觉得后怕。

"当然，嫁给克利奥的时候，我嫩得很。"她咯咯地笑了，"我没法跟你讲自己有多嫩。我对性一无所知，也不懂背后的前因后果和来龙去脉，我以前也没接触过男人。亲爱的，要是没有做好准备，简直会吓死你。可是克利奥对我很温柔，渐渐地，我摸到了门道。

"婚后这些年，说句老实话，我们从没发生过口角。他是我的母亲、父亲、丈夫、老师，满足了我对男人的所有期望。我们不得不分离的时候，噢，简直难分难舍。先是世界大战，接着他去读书，学习脊椎按摩，我不得不搬回家跟妈妈同住。克利奥是白手起家，没有得到过帮助。他任劳任怨，勤勤恳恳。克利奥就是这样的人。

"多年来我们想生个孩子，却始终没有动静，他从没说过一句让我难过的话，我知道他多么盼望有个孩子。最后，医生告诉我，问题在我，我的子宫倾斜，这辈子都生不了孩子。克利奥只是搂着我说：'没关系，亲爱的，这个世界上我只要有你就够了。'他从没让我觉得自己跟别人不一样。可是，啊，我多想给他生个孩子。我虔诚地祈祷，我说：'上帝啊，要是我做错了什么事，你让我不能生育，请你不要惩罚克利奥，让他受苦。'噢，我为这事愁了好几年。

"后来，一个复活节星期日，我坐在教堂里，听斯克罗金斯牧师给我们讲述我主升天的故事。我闭上眼睛，心里想，要是我能举起双臂随同耶稣一起升天，给克利奥带个小天使回家，那该有多好啊。我苦苦地祈祷，一束阳光从屋顶的彩色玻璃窗射进来，像聚光灯一样打在我身上。那道光太亮了，晃得我睁不开眼睛。在接下来的布道中，那道光一直照耀着我。事后，斯克罗金斯牧师说，讲道时，他没办法把眼光从我身上移开，我的头发像火焰燃烧一样明亮，我浑身放射着光芒。他说：'这个星期日你实在是选对了座位，特雷德古德太太。'

"我心里立刻明白，这是上帝显灵了，他告诉我，他对我的祈祷给出了回应。哈利路亚。基督复活了。上帝复活了。真的。

"阿尔伯特出生那年，我三十二岁。没见过有人当了爸爸比克利奥·特雷德古德还要开心的。

"阿尔伯特是个大胖小子，得有十一斤重。那时我们还住在大房子里，特雷德古德妈妈和西普塞在楼上陪着我，克利奥他们在楼下的厨房里等着。下午，艾姬和露丝从咖啡馆回来，艾姬带了一瓶威士忌，倒在茶杯里悄悄地递给克利奥，好让他情绪稳定些。我知道克利奥只喝过这一次酒。艾姬说，她懂得他的心情。露丝生孩子时，她的体验一模一样。

"他们说，西普塞把阿尔伯特抱给克利奥时，他喜极而泣。后来我们才发现宝宝有些不对劲。

"我们注意到宝宝怎么也坐不起来。他费了很大的劲，可还是栽倒在床上。他二十一个月大时才学会走路。我们带他看遍了伯明翰的医生，他们不知道孩子哪里出了毛病。最后，克利奥说，他认为应该带阿尔伯特去梅奥诊所，看看有没有救。我给孩子穿上海军服，戴好小帽子。我记得当时是一月，天气又湿又冷，克利奥抱着孩子上了火车。火车开了，小阿尔伯特在克利奥怀里转过身，张开胳膊要我抱。

"眼睁睁地看他们走了，我心里好难过。我一路走回家，觉得就像有人把我的心掏走了。他们让阿尔伯特在医院住了三个星期，给他一遍又一遍地做检查。他们走后，我无时无刻不在祈祷：'求求你，上帝，别让他们查出我的孩子有毛病。'

"克利奥带着阿尔伯特回家的当天，只字不提检查结果，我也没问。现在想想，我不想知道检查结果。克利奥给我带回一张可爱的照片，是他在室内游乐场制作的。照片上他和阿尔伯特坐在半个月亮上，背景是星星。这张照片现在还贴在我的梳妆台上，给我一百万美元也不换。

"直到吃过晚饭，克利奥拉我在沙发上坐下，握着我的手说：'孩子妈，我希望你勇敢些。'我觉得自己的心都要跳出来了。他告诉我，医生发现我们的孩子出生时发生了脑出血。我问他：'孩子会死吗？'克利奥说：'噢，不，亲爱的，他的身体非常健康。他们给他彻底做了检查。'听到这句话，我顿时觉得好像千斤重担从胸口卸了下去。我说：'感谢上帝。'然后就站了起来。可是克利奥说：'等一下，亲爱的，还有些事情得让你知道。'我对他说，只要孩子身体健康,其他的事我都不在乎。他又拉我坐下,对我说:'孩子妈,这件事情很严肃,我们得商量一下。'他接着告诉我,梅奥诊所的医生说,虽然阿尔伯特身体很棒,可能会度过健康长寿的一生,但是极有可能他的智力水平会永远停留在四五岁。他将永远是个孩子。有时候,养育这样一个孩子,一个需要持续关注的孩子,负担太重了。克利奥说,有些特殊机构……我打断他的话。'负担!'我说,'这么可爱的宝宝怎么会成为负担?'怎么会有人这么想?从阿尔伯特出生的那一刻起,他就是我生命中的快乐源泉。人世间再也没有比这更纯洁的灵魂。后来的年月,每逢我觉得情绪低落时,就看一眼阿尔伯特。我这辈子每天都得努力让自己保持善良,可是对他来说,善良是自然而然的事情。他从来没有起过刻薄的念头。根本不知道恶是什么。

"宝宝在分娩时受了伤,很多人可能会无法接受,可是我想,这是上帝的旨意,这样他就不会受苦了。他根本不知道人世间有卑鄙小人。他爱每个人,大家也都爱他。我由衷地相信,他是上帝派到我身边的天使,有时候我恨不得早点儿上天堂跟他会合。他是我的伙伴,我很想他……特别是在复活节。"特雷德古德太太低下头看了看自己的双手。

"好啦,现在看来我还得在这里待一阵子。我在想家里卧室的那张画,一名印度少女在月光下划着独木舟顺流而下。她穿戴很整齐,我要看看诺里斯愿不愿意抽空过去一趟,把它给我送来。"

特雷德古德太太从爆米花盒里取出一样东西,突然眼睛一亮。"噢,伊夫琳,你看!这是我的奖品。一只迷你鸡玩具……正合我意!"她把它拿给朋友看。

威姆斯周报

(亚拉巴马州汽笛镇的每周简报)

1939年12月30日

宗教缝纫机是个骗局

几周前有人在镇上售卖宗教缝纫机,声称它能在缝纫的同时起到治病的效果,此人在伯明翰被捕。这些缝纫机似乎不是产自法国,而是在田纳西州的查塔努加城外制造,与宗教无关。比迪·路易丝·奥蒂斯很不高兴,她认为自己买的那台机器对关节炎大有帮助。

汽笛镇的童子军杜安·格拉斯和弗农·哈德利获得了荣誉徽章,鲍比·李·斯克罗金斯荣升为鹰级童子军。作为奖励,童子军领队朱利安·特雷德古德带他们参观了伯明翰红山顶公园的铁铸火神雕像……

朱利安说,火神雕像巨大无比,它的耳朵里足够站一个人。

我的问题是:谁愿意站在别人的耳朵里?

维丝塔·阿德科克为她的"东方之星"小姐们举办下午茶聚会,奉上花色小蛋糕。

顺便说一句,奥珀尔请邻居们不要给她的猫巴茨喂食,虽然猫看起来好像很饿,到处向人乞食。家里猫粮很多,猫在节食,医生说它太过肥胖。

多特·威姆斯

附注:有没有人看到我的另一半的十二月号的《国家地理》杂志?他说自己把杂志遗失在镇上,他还没读完,正发脾气呢。

亚拉巴马州 特劳特维尔

1938年1月8日

自从艾姬把大象"花俏小姐"的画贴在咖啡馆的墙上,奥泽尔和乔治的小女儿"淘气鸟"就为它深深着迷。她经常央求爸爸带她去埃文代尔公园看大象。今天,这是"淘气鸟"心里唯一的念头。

她已经病了一个多月。哈德利医生刚刚告诉他们,她的肺炎发作,要是他们无法劝她吃饭,他不知道她能不能多活一个星期。

大块头乔治端着一碗没有动过的燕麦粥倚在床边,恳求她。"求你了,你不愿意为了爸爸吃一口吗?只吃一小口,为了爸爸,宝贝。你想要啥,宝贝?你想不想让爸爸给你弄一只可爱的小猫咪?"

"淘气鸟"六岁,体重只有二十七斤。她躺在床上萎靡不振,目光呆滞地摇了摇头。

"要不要妈妈给你做几块饼干?"奥泽尔说,"想不想吃饼干和蜂蜜,宝贝?"

"不,妈妈。"

"艾姬小姐和露丝小姐来了。她们给你带了些糖果……你不吃一口吗?"

小女孩把头转向贴满杂志图片的墙壁,咕哝着什么。

奥泽尔俯下身。"啥，宝贝？你是说要吃饼干？"

"淘气鸟"虚弱地说："我想看'花俏小姐'。"

奥泽尔回过身，眼里含着泪水。"懂我的意思了吧，露丝小姐。她脑子里只想去看大象，没办法，看不到大象她就不吃饭。"

艾姬和大块头乔治走到门廊边，坐在褪色的绿色铁椅上。他向外凝望着院子。

"艾姬小姐，我不能让自己的孩子没见过大象就死掉。"

"唉，乔治，你知道的，你不能去埃文代尔公园。前几天晚上，三K党刚刚在那里开过一次大会。你前脚进门，他们后脚就会开枪射爆你的脑袋。"

大块头乔治认真地想了想说："那就让他们杀了我。我的宝贝女儿在这里，我宁可躺在坟里，也不能让她出事。"

艾姬知道他说到做到。

这个男人身高一米九五，体形魁梧，他抱起一头成年猪像拎起一袋土豆般轻松，却偏偏对自己的小女儿疼爱有加，每次奥泽尔鞭打她，他都受不了，必须出去躲避。晚上他回到家，"淘气鸟"跑过来，像爬树一样攀到他身上，搂着他的脖子。她是他的绕指柔，就像理发店标志里的红色条纹那样。

有一年，大块头乔治乘坐有轨电车去伯明翰，给女儿买了一件雪白的复活节礼服，还有与礼服搭配的鞋子。复活节早上，奥泽尔好不容易把"淘气鸟"松软的头发编成小辫，用白丝带扎起来。西普塞看到她一袭白裙，笑着说她看起来像奶锅里的一只苍蝇。大块头乔治不在乎她的肤色像漆黑的午夜，头发松软卷曲。他抱着她去教堂，让她坐在自己怀里，就好像她是玛格丽特公主。

随着"淘气鸟"病情加重,艾姬很是为大块头乔治揪心,不知道他会怎么做。

两天后,下过一场大雨,天气阴冷潮湿。墩子沿着铁轨从学校走路回家,一路上闻着附近人家的屋顶上升起浓烈的燃烧松木的炊烟。他穿着褐色灯芯绒裤子和半新不旧的皮夹克。他感觉冷得刺骨。

回到咖啡馆后,他坐在后面的柴炉旁听妈妈说话,冻僵的耳朵渐渐变得灼热起来。

"亲爱的,你怎么不戴帽子?"

"我忘了。"

"你不想生病吧?"

"不想,女士。"

看到艾姬走进来,他很开心。她走到衣柜前拿了外套,问他想不想开车去伯明翰,跟着她和斯莫金去埃文代尔公园。墩子欣然从命。"想,女士。"

"好,那就来吧。"

露丝说:"等一下。你有作业吗?"

"就一点点。"

"我放你去,你能保证回来做作业吗?"

"能。"

"艾姬,你们马上就会回来,对不对?"

"当然。我只是想和那人谈谈。"

"那好吧。戴好帽子,墩子。"

他跑出了门。"再见,妈妈。"

露丝把他的帽子递给艾姬。"尽量赶在天黑以前回来。"

"好的,放心吧。"

他们挤进汽车,向伯明翰驶去。

晚上十二点,心急如焚的露丝接到了斯莫金打来的电话,说别担心,他们都没事。露丝还没来得及问他们在哪里,电话就挂断了。

第二天早上五点四十五分,露丝和西普塞在厨房给客人准备早餐。奥泽尔和"淘气鸟"留在家里,"淘气鸟"病情越发严重了。露丝担心得几乎要神经崩溃,墩子、艾姬和斯莫金迟迟没有回来。

"她会回来的,"西普塞说,"她就是这个样子,说跑就跑啦。你知道,她不会让儿子有事的。"

过了一个小时,格雷迪·基尔戈和小伙子们正喝着早餐咖啡,突然听到汽车喇叭声,声音离咖啡馆越来越近。接着,他们听到远处的圣诞钟声叮当作响,声音越来越大。大家都起身向窗外望去,不敢相信自己的眼睛。

在隔壁美发店,奥珀尔刚把一杯鲜绿色的高露洁棕榈洗发水抹到六点半光临的顾客的头发上。她看了一眼窗外,大叫一声,把可怜的比迪·路易丝·奥蒂斯吓了个半死。

"花俏小姐"盛装打扮,脚踝戴着镯子,脑袋挂着铃铛,头顶插着亮紫色的羽毛,慢悠悠地从咖啡馆旁边走过。它伸出鼻子在空中挥舞,怡然陶醉于周围的风景。它跨过铁轨前往特劳特维尔。

西普塞从厨房里出来,看到这只巨兽漫步走过窗前。她跑进女厕所,把门锁上。

片刻之后,墩子冲进咖啡馆。"妈妈!妈妈!快来!"他跑了出去,身后拽着露丝。

"花俏小姐"慢吞吞地走在特劳特维尔的红土路上。家家户户的房门全都打开，空气中顿时充斥着孩子们欢蹦乱跳的嬉闹声。他们的父母目瞪口呆，说不出话来。许多人还穿着睡衣，蓬头垢面。

"花俏小姐"的驯兽师莫尔德沃特走在大象身边。昨晚他跟老伙计进行威士忌比赛，结果败下阵来。他现在希望孩子们安静些。他们围在他身边跑来跑去，像墨西哥跳豆一样上蹿下跳，喊叫声尖锐高亢，把人的耳朵都要震聋了。

他转身问走在旁边的艾姬。"她住在哪里？"

"跟着我走就行。"

奥泽尔从屋里跑出来，腰上还系着围裙，向大块头乔治高喊。乔治在劈柴，他拎着斧头绕到房子旁边，站立片刻，不敢相信眼前的一幕。他望着艾姬，柔声说道："谢谢你，艾姬小姐。谢谢你。"

他把斧子搁在墙角，走进屋里。他小心翼翼地用被子把瘦弱的小女孩裹起来。"今天早上，有人大老远从伯明翰来看你，宝贝……"他把她抱到了前廊。

他们走出来了，莫尔德沃特用棍子轻轻地点了点浑身皱皱巴巴的朋友。这位马戏团老手用两条后腿蹲坐在地，大叫一声，跟"淘气鸟"打招呼。

"淘气鸟"眼睛一亮，院子里的景象让她惊奇不已。她说："啊，爸爸，是花俏小姐……是花俏小姐。"

露丝挽起奥泽尔的胳膊，注视着宿醉的驯兽师把大象领到门廊边上。驯兽师递给"淘气鸟"一袋五分钱的花生并告诉她，如果愿意，可以把花生喂给大象吃。

"威利小子"只敢隔着窗户向外张望。别的孩子也都跟这个灰色的庞然大物保持距离。面对足有一栋楼高的"花俏小姐"，"淘气鸟"无所畏惧,她一颗一颗地喂它吃花生,像老朋友似的跟它说话,告诉它自己几岁了,读几年级。

"花俏小姐"眨了眨眼睛,好像在仔细倾听。它从小女孩手里接过花生,一次一颗,轻柔得就像戴着手套的女人从零钱包里掏出一枚一毛钱的硬币。

二十分钟后,"淘气鸟"跟大象挥手告别,莫尔德沃特起身踏上漫长的归途。他发誓再也不喝酒,再也不跟陌生人玩通宵扑克游戏了。

"淘气鸟"回到屋里,吃了三块蘸了蜂蜜的酪乳饼干。

佐治亚州 瓦尔多斯塔

1924年9月15日

露丝·贾米森返回家乡去结婚，过了两个星期，艾姬开车驶入瓦尔多斯塔，把车停在报社门前、理发店旁边的主街上。约一个小时后，她下车走到街对面，走进街角的杂货店。这家店看起来很像她爸爸的商店，只是店面宽敞些，铺着木地板，天花板很高。

她到处闲逛，东看看、西看看。很快，一个系着白围裙、谢了顶的男人说："小姐，要我帮忙吗？今天想买点儿什么？"

艾姬告诉他，自己要买几块咸饼干，再买几片柜台上陈列的奶酪。男人切奶酪时，艾姬问道："你知道弗兰克·本内特今天进城了吗？"

"谁？"

"弗兰克·本内特。"

"噢，弗兰克。没有，他通常只在星期三来银行一趟，有时在街对面理发。怎么？你要找他？"

"不，我不认识他。我只是想知道他长什么样。"

"谁？"

"弗兰克·本内特。"

他把饼干和奶酪递给艾姬。"想喝点儿什么吗?"

"不,就这些吧。"

男人收了钱。"他长什么样?让我想想……唉,我不知道,我想应该跟别人差不多吧。身材高大……黑头发,蓝眼睛……当然,有只眼睛是玻璃的。"

"一只玻璃眼?"

"是啊,他在战争中失去了一只眼睛。除了这只眼睛,我得说他长得挺好看。"

"他多大岁数?"

"噢,我猜大概三十四五岁,差不多是这个岁数。他爸爸在城南十六公里处给他留下了大概三千多公顷的地,他现在不常到这边来了。"

"他人好吗?我的意思是,人们喜欢他吗?"

"弗兰克?噢,人还不错。怎么问这个?"

"我只是好奇。我表姐跟他订了婚,我想了解一些情况。"

"你是露丝的表妹?噢!露丝可是个好人。人们对她的评价很高。露丝·贾米森,我打小就认识,总是那么客客气气……她是我孙女主日学校的老师。你要去看望她?"

艾姬换了个话题。"我想,我还是喝点儿什么吧,光吃饼干有点儿太干了。"

"我就说嘛。想喝什么?牛奶?"

"不,我不爱喝牛奶。"

"想不想喝冷饮?"

"有草莓饮料吗?"

"当然。"

"给我来一杯。"

男人去饮料箱给她拿饮料。"露丝要嫁给弗兰克,我们都很高兴。自从她父亲去世后,她和母亲过得很艰难。去年,我们教堂有几个人想提供救助,可她一分钱都不收,很要强……不过,我跟你讲的都是你已经知道的。你要跟她们同住?"

"没有。我还没见到她们呢。"

"嗯,你知道她们家在哪里吧?再往前走两个街区就是。愿意的话,我可以陪你过去。她知道你要来吗?"

"不,没关系。我跟你说实话吧,先生,她们不知道我来过这里,反倒更好些。我只是出差路过,我是玫瑰花蕾香水公司的旅行推销员。"

"噢,是吗?"

"是的。我回家前还得跑好几个地方呢,我得走了……我只想确定这个弗兰克人还不错,我不想让她知道,家里人很担心她。她知道了可能会不高兴。嗯,我要回家去告诉她的叔叔和婶婶,也就是我的爸爸和妈妈,一切都很好,我们全家可能都会过来参加婚礼,要是她知道我们四处打听,只会让她难过。现在我要回家了,谢谢。"

店主目送这个穿着铁路工作服的陌生年轻女人走出商店。

他喊道:"喂!你的冷饮还没喝完呢!"

瓦尔多斯塔信使报

1924年11月2日

本内特与贾米森的婚讯

星期日,露丝·安妮·贾米森小姐成为弗兰克·科利·本内特先生的新娘,婚礼由詹姆斯·多兹牧师主持。新娘身穿白色蕾丝连衣裙,手捧小巧的甜心玫瑰花束。新郎的弟弟杰拉尔德·本内特担任伴郎。

新娘是伊莉萨白·贾米森夫人和已故的查尔斯·贾米森牧师的女儿。贾米森小姐以优异的成绩从瓦尔多斯塔高中毕业,又在奥古斯塔面向女青年的浸信会神学院就读,是本地区知名且受人尊敬的教会工作者。新郎弗兰克·科利·本内特先生毕业于瓦尔多斯塔高中,后来在军队服役四年,于服役期间受伤并荣获紫心勋章。

这对新婚夫妇在佐治亚州塔卢拉弗欢度蜜月两个星期后,将在城南十六公里处的新郎家居住。本内特夫人归来后将继续在主日学校授课。

佐治亚州 瓦尔多斯塔

1924年11月1日

这一天是露丝举行婚礼的日子。早晨,艾姬借了朱利安的汽车,从七点钟起就把车停在街边正对哀鸽浸信会教堂的地方。四个小时后,她看到露丝母女从侧门走进教堂。露丝穿着新娘礼服,看上去就像艾姬想象中那么漂亮。

晚些时候,她看到弗兰克·本内特兄弟到达。她坐在车里望着客人挨个走进去,直到教堂里坐满了人。戴着白手套的司仪把门关上,她的心沉了下去。《婚礼进行曲》奏响时,她听到了教堂里传出管风琴声。她恶心得想吐。

这天早上,艾姬从六点起就举着一瓶劣质威士忌灌个不停。新娘准备说"我愿意"的时候,教堂内众人心中纳闷,是谁在外面的车里不停地按喇叭。

不一会儿,艾姬听到管风琴再次响起。教堂的门突然打开,露丝和弗兰克手牵手欢笑着跑下台阶,众人欢呼着向新人身上抛撒大米。他们跳进早已在外等候的汽车的后座,车一溜烟地开走了。

艾姬再次按响喇叭。拐过街角时,露丝环顾四周,转瞬间,没有看清是谁在按喇叭。

在返回亚拉巴马州的路上，艾姬阵阵作呕，终于在朱利安的车里吐得稀里哗啦。

玫瑰露台养老院

旧蒙哥马利高速公路
亚拉巴马州 伯明翰

1986 年 3 月 30 日

埃德·库奇在复活节早上从养老院把妈妈接回家，让她跟他们共度佳节。伊夫琳本想邀请特雷德古德太太，但埃德说，这会让妈妈不高兴，上帝知道，我们不想惹她生气。事实是，她可能不会再回养老院了。于是伊夫琳做了一顿丰盛的晚餐，吃完后，埃德陪妈妈去书房看电视。

伊夫琳原计划陪着丈夫一起把妈妈送回养老院，她至少能向特雷德古德太太问声好，可是他们正要出门时，儿子给她打来了长途电话。在晚餐期间，埃德的妈妈不停地发牢骚，说自己多么讨厌玫瑰露台养老院，此刻却穿戴停当准备出发了。伊夫琳只好让埃德自己去送母亲。

因此，她已经两个星期没有见到自己的朋友了。再见到她时，伊夫琳大吃一惊……

"为了欢度复活节，我去美发店做了头发。你觉得怎么样？"

伊夫琳不知道该说什么好。特雷德古德太太的头发竟染成了亮紫色。

"嗯，你做了头发。"

"是啊。我总想在复活节打扮得漂亮点儿。"

伊夫琳坐下来，脸上挂着微笑，做出一切都好的样子。"谁给你做的头发，亲爱的？"

特雷德古德太太说："唉，信不信由你，是伯明翰美容学院的学生做的。有时候他们来这里免费给我们做头发，就为了练习一下。给我做头发的是个娇小的姑娘，干活很卖力，我给了她五十美分小费。现在，世界上还有什么地方只花五十美分就能洗染烫做全套的？"

伊夫琳很好奇。"这姑娘多大年纪？"

"噢，她是个成年女人，只是个子很矮，得踩着箱子给我烫头。说实话，她要再矮一截就是侏儒了。当然，生理缺陷对我不会造成困扰，我喜欢侏儒……不知道那个卖烟的小侏儒后来怎么样了？"

"哪里的侏儒？"

"广播和电视里。他们把他打扮成服务生，叫卖莫里斯牌香烟。你记得吧？"

"噢，记得。现在我知道你说的是谁了。"

"噢，以前我从他那里得到莫大的乐趣。我总是盼着他来汽笛镇，我可以让他坐在怀里，跟他玩耍。"

伊夫琳带来了彩蛋、玉米糖和复活节巧克力。她告诉特雷德古德太太，这个星期她们要重新庆祝一番，因为复活节当天她们没有在一起。特雷德古德太太觉得这是个好主意。她对伊夫琳说，玉米糖是自己的最爱，她喜欢先把白色的尖头咬掉，剩下的留着慢慢吃。

她一边描述复活节的情形，一边这样吃着玉米糖。

"噢，伊夫琳，我真希望你在这里。护士们把彩蛋东藏西藏的。我们把彩蛋装在口袋里，藏在房间里。伍德劳恩社区的三年级学生全体出动，他们可爱极了，在大厅里跑来跑去。噢，他们度过了多么美好的时光！这对养老院里的老人意义重大，多数老人眼巴巴地盼着见到年轻人。我想大家都打起了精神。老人需要时不时地见到孩子们，"她悄悄地吐露心声，"让老人心情振奋。有些岁数很大的老太太坐在轮椅上，弓腰驼背……护士给她一个玩具娃娃让她抱，她抱着娃娃一下子就直起腰来了，真让人惊讶。大多数老太太以为抱在怀里的是自己的孩子。

"猜猜复活节还有谁来过这里？"

"谁？"

"电视台那个预报天气的姑娘……我忘了她叫什么名字，但她很有名。"

"噢，那敢情好。"

"噢，是啊……可是，你猜怎么着？"

"什么？"

"我刚刚才醒悟过来。没有名人光临过汽笛镇……除了富兰克林·罗斯福之外，只有平托先生——那个罪犯。可他们当时都已经死了，不算数。可怜的老多特·威姆斯，一辈子没有过振奋人心的东西可写。"

"这人是谁？"

特雷德古德太太很意外。"你没听说过富兰克林·罗斯福？"

"不，我是说平托先生。"

"你没听说过平托先生?"

"平托?你是说白斑马①?"

"不是,亲爱的,倒像斑豆②似的。塞莫尔·平托。他是个臭名昭著的杀人犯!"

"噢……不,好吧,我猜,那时候我还没出生。"

"唉,你很幸运,他是个坏心眼的人。我认为他有一半印第安人血统,也可能是个意大利佬。我告诉你吧,不管他是什么人,你绝不愿意在漆黑的夜晚遇到他。"

特雷德古德太太吃完玉米糖,咬掉一块巧克力兔子的脑袋。她看着兔子。"对不起,兔子先生。"她说,"你知道,伊夫琳,我想这里只有我一个人过了两次复活节。这也许是一种罪过,要是你不告诉别人,我也不会说出去。"

---

① 平托先生(Pinto)和白斑马(pinto pony)中,都有 pinto,此处为伊夫琳听错误解。

② 斑豆(pinto bean)一词中也有 pinto,此处是特雷德古德太太的调侃。

威姆斯周报

（亚拉巴马州汽笛镇的每周简报）

1940年3月28日

臭名昭著的罪犯来到汽笛镇

臭名昭著的杀人犯平托先生早上七点十五分乘坐从莫比尔驶来的火车途经汽笛镇。火车只停留了十分钟，墩子和佩姬·哈德利拿到了这名死囚的照片。照片冲洗放大后，艾姬会把它挂在咖啡馆里。

艾姬带着幼童军到伯明翰，去儿童乐园玩耍，又去五点剧院观看了电影《亡命者》，大家看得津津有味。

艾姬说，她有一颗从南美洲的猎头部落成员手中弄到的真正的干缩人头，你们要是想看，她就摆放在咖啡馆的柜台上。

有人能治打鼾吗？如果有，请到我家来。我的另一半快把我逼疯了。我恨不得把他丢出去喂狗。他的一只老猎犬居然也打鼾，跟他一样。前几天我跟他说，这一定是家族遗传。哈哈。

对"铁路比尔"的悬赏金额又提高了。有些人认为他可能就在方圆之内。重要的问题是：谁是"铁路比尔"？我甚至疑心是威尔伯，只是他太懒惰，不会半夜三更爬起来行动。

"麋鹿俱乐部"把斯克罗金斯夫妇的儿子鲍比评为年度最佳男孩,我们知道他们为此感到骄傲。

多特·威姆斯

附注:我的另一半参加"莳萝泡菜俱乐部"的钓鱼之旅,再次两手空空地归来,还因碰到毒藤而起了皮疹。他说这要怪艾姬,是她让他坐在藤蔓中的。露丝说艾姬的皮疹也很严重。

亚拉巴马州 汽笛镇

1940年3月25日

墩子关掉后屋的灯,在收音机旁的地板上躺下,聆听故事《阴影》。他玩赏着自己抛出去的圆环,它在黑暗中莹莹闪烁;他把它环在手上转圈,幽暗诡异的绿光让他着迷。

收音机里传来一个低沉的声音。"犯罪的野草酿造……苦果……犯罪没有好报……"接着一阵狂笑,"哈!哈!哈!!!"

这时候,艾姬从咖啡馆大堂走进来,打开灯,把墩子吓得一个激灵。

"你猜怎么着,墩子?格雷迪刚刚跟我说,平托先生要在早上从这里经过,七点十五分,一路驶往下葬点。他们要在站场换车。"

墩子一跃而起,他的心还在怦怦直跳。"平托先生?平托先生本人?"

"是的。格雷迪说平托先生在这里只停留几分钟,刚好够把他抬到另一列火车上。我很想陪你,但是我得开车送你妈妈去伯明翰参加教堂的活动。你要是想见平托先生,格雷迪说,你得在六点半前到达。他让你不要告诉别人,要不然镇上的人可能会一哄而上。"

"好吧,我不说出去。"

"还有,墩子,看在上帝的分上,别告诉妈妈是我跟你说的。"
"行。"

墩子收到一只布朗尼相机作为生日礼物,他问艾姬,能不能给平托先生拍张照片。

"除了他的棺材,你什么也看不到,不过你要是想拍棺材,我觉得没问题。先问问格雷迪,听到了吗?"

"好的,女士。"

他向佩姬家跑去,想用这条有关平托先生的独家消息打动她。经过漫长而艰苦的枪战,平托先生在亚拉巴马州北部一栋小屋内被捕,三名警察殉职。平托先生和女友同时落网,他的女友号称"铁石心肠的红发女杀手黑兹尔",在鲍德温县,她赤手空拳杀死了一名警官。他被判死刑时,亚拉巴马州的头条新闻纷纷用醒目的标题宣告:"平托先生将在'黄妈妈'就座。"

"黄妈妈"指的是福尔森监狱里那把巨大的铁制电椅。多年来,它剥夺了数百条生命。但这一次,情况很特别。

他到了佩姬家。哈德利医生坐在前院的滑翔秋千上告诉墩子,佩姬在屋里帮妈妈洗碗呢。于是他就走到后院等她。

佩姬出来了,墩子把这个消息告诉了她。如他所愿,她果然来了兴致。他紧接着向她发出指示。

"早上,我会来到这棵树前面,就在这里,像这样给你发信号……"

他模仿鹌鹑鸟的声音吹了三声口哨。

"你听到口哨就赶快出来,要在五点钟前后做好准备,万一火车早到,我们还得赶时间。"

第二天早上,他到达时佩姬已经穿好衣服,站在外面的树下等着他。这件事让他很是恼火,因为他喜欢吹口哨学鸟叫。他当时在读《会说话的麻雀谋杀案》,受到启发想到这个点子。而且,他整晚通宵练习吹口哨,直到艾姬对他说,要是再不消停,她就杀了他。

这是计划第一个出错的地方。第二个错误是火车晚点了一个钟头,他们在火车站足足等了三个小时。

墩子想必把照相机装卸了上百次,只为确保相机的功能正常。

又过了半个小时,又大又黑的火车终于隆隆地驶来,到站停车。格雷迪和四名铁路工人从调度室走出来,拉开闷罐车,抬出一只五针松大木箱,政府认为它适合用来装运平托先生的尸体。

火车又隆隆地开走,把箱子留在装卸站台上。其他人去把另一列火车开进来,格雷迪站岗守卫,他身穿卡其布衬衫和裤子,皮革枪套绑在腰间,一副煞有介事的样子。

他看见墩子和佩姬从站台上向自己跑来。"你们好,孩子们!"他用脚踢了踢木箱,"好吧,就是这个,我跟艾姬说过——塞莫尔·平托先生,真名实姓,已经死翘翘。"

墩子问他能不能拍张照片。

"当然,请便。"

墩子歪着脑袋变换角度拍照时,格雷迪回忆起自己在亚拉巴马州阿特莫尔的监狱当看守的时光。

佩姬负责收好多余的胶卷,并询问格雷迪见没见过真正的杀人犯。

"噢,当然,见过很多。我们住在阿特莫尔时,甚至有两口子在家里给我和格拉迪丝干活呢。"

"你家里有过真正的活着的杀人犯?"

格雷迪看着她,觉得奇怪。"当然啦。怎么不行?有些真正优秀的人还是杀人犯呢。"他从额头上摘下帽子,诚恳地说,"是的,先生。我瞧不起小偷,他们一文不值。杀人往往是一锤子买卖——多数是为了女人,不是重复犯罪。可是,一日为贼,终生是贼。"

墩子在拍第二卷胶卷,格雷迪继续跟佩姬说话,佩姬听得入了迷。"不,我不对杀人犯另眼相看。一般来说,大多数杀人犯都很温和、友善。"

墩子在拍个不停,他突然抛出一个问题。"你见过执行电刑吗,格雷迪?"

格雷迪笑了。"见过不下三百次……噢,那场面值得一看。他们去坐'黄妈妈'之前,脑袋被剔得像台球那么秃,身上一根毛也不剩,光溜溜、赤条条,像刚出生的婴儿。然后把海绵浸泡在冷盐水中,放在火帽下面。这样水导电更快。我上一回看执行电刑,他们搞了七次。阿特莫尔人都很生气,因为电刑干扰了镇上的用电,扰乱了广播节目。后来医生还不得不在那个黑鬼的心脏上扎一针,确保他真的死了……"

格雷迪看了看表,说道:"怎么去了这么久?我得过去看看他们在搞什么鬼。"他留下他们守着木箱。

墩子马上行动起来。"帮我把盖子掀开,我现在要给他的脸拍张照片。"

佩姬吓坏了。"你不要瞎胡闹,这可是一具尸体!对死者必须保持尊重!"

"没有，不是瞎胡闹，他是个罪犯，没关系的。不想看就让开。"

墩子吭哧吭哧地撬着木箱，佩姬走到旁边，在柱子后面躲起来，说："你会惹麻烦的。"墩子掀开箱盖，一动不动地瞪着里面，"过来。"

"不，我害怕。"

"过来吧。啥也看不见，上面蒙着布单。"

佩姬走过来，小心地向尸体瞥去。果然，尸体被遮盖得严严实实。

因为担心时间来不及，墩子心急火燎，说："你得帮帮我。我要你把他脸上的布单掀开，我才好拍照片。"

"不，墩子，我不想看见他。"

墩子其实也不想看见死人的脸，但他打定主意要拍一张照片。于是他灵机一动，想出个办法，让两个人都不用看见平托先生。

他把相机递给她。"来，你把相机对准他的脑袋，我数一、二、三。你闭上眼睛，我数到三，把布单掀开，你按下快门，我再把他盖上，你压根不用看他。拜托了，好吗？格雷迪马上就要回来了……"

"不，我害怕。"

"拜托啦……平托先生要来的消息，全镇我只告诉了你一个人。"

佩姬不情愿地说："好吧，行，但是在我闭上眼之前，你一定要把布单盖起来。你能向我保证吗，墩子？"

墩子做了个童子军表示追求真理和荣誉的手势。"我保证。好了，快点儿。"

佩姬颤颤巍巍地把照相机对准布单遮盖的脑袋。

"准备好了吗？"

"好了。"

"很好。现在,闭上眼睛,我数到三,你就按快门,不要看,等我发话。"

佩姬闭上了眼睛,墩子也一样。他小心翼翼地掀开布单,说:"好了,一、二、三,拍!"

按照计划,佩姬听到命令按下快门。格雷迪从身后向他们走过来,大声叫道:"嘿!你们这俩孩子在搞什么名堂?"

他们猛地睁开眼睛,直愣愣地瞪着塞莫尔·平托先生的面孔,尸首还留有"黄妈妈"的余温。

佩姬惊呼一声,把相机丢进了棺材,朝一个方向撒腿就跑。墩子发出高亢的尖叫声,朝另一个方向逃之夭夭。

平托先生躺在棺材里,烧得焦黑,嘴巴和眼睛张得老大,假如头发还在,一定会根根直竖。

这天下午晚些时候,佩姬盖着被子躺在床上,平托先生的面容在她的脑海中毫发毕现。墩子蹲坐在后屋的柜子里,系着"独行侠"夜光腰带,浑身发抖。他知道,只要自己活着一天,就绝对忘不了这个人的脸孔。

晚上,格雷迪在六点左右来到咖啡馆。他把墩子的照相机送了回来。

他朗声大笑。"你们不会相信的,"他把之前发生的事情告诉他们,"孩子们砸断了那个死掉的浑蛋的鼻子!"

露丝一脸骇然。斯莫金低头盯着咖啡,免得笑岔气。艾姬正要把一杯葡萄饮料从后门交给朋友奥西·史密斯,她笑得前仰后合,把饮料全洒在了自己身上。

佐治亚州 瓦尔多斯塔

1924年9月30日

弗兰克·本内特在长大成人的岁月里挚爱自己的母亲，达到了惹父亲嫌恶的地步。他的父亲壮得像牛，要么动辄满不在乎地把弗兰克一拳从椅子上打倒在地，要么一脚踢下楼梯。母亲是他童年时唯一温柔甜蜜的依恋，他全心全意地爱着她。

有一天，他装病提前放学回家，发现母亲和父亲的兄弟躺在厨房的地板上。五秒钟后他大叫一声跑出房间，此前的绵绵爱意瞬间化为刻骨的仇恨：这五秒钟将纠缠他一生。

三十四岁的弗兰克·本内特自视甚高，爱慕虚荣。黑皮鞋总是擦得锃亮发光，头发纹丝不乱，衣服笔挺有型。每周去理发店修指甲的男人寥寥无几，他是其中之一。

他是个花花公子，相貌英俊，带点儿黑人和爱尔兰人混血儿的味道，头发浓密，眼睛碧蓝。他的一只眼睛是玻璃做的，另一只眼睛同样闪着寒光，很难分辨哪只是真，哪只是假。

最重要的是，他总能如愿得到自己想要的东西。他想得到露丝·贾米森。方圆之内能够到手的姑娘们几乎被他一网打尽，包括黑人女孩，他更偏爱黑人女孩——朋友们把姑娘按住，他霸王硬上弓。他一旦得手，就不再稀罕她们。市郊住着一个淡金色头发的女人，她有个年幼的女儿长得跟他很像。在他把她揍得鼻青脸肿，又威胁过她的女儿之后，她不再提及跟他的瓜葛。很明显，他对失贞的女人兴趣不大。特别是如果夺走她们贞洁的人正是他自己的话。

可是在镇上，人们公认他身体健壮，精神抖擞。他打定主意要多生几个儿子来继承本内特的姓氏。这个姓氏对别人毫无意义，无非是此人在城南拥有大量土地罢了。

露丝年轻、漂亮、纯洁无瑕，她们母女二人需要一个家。还有更好的结果吗？露丝受宠若惊，她按捺不住。他何尝不是最合适的人选？难道他不曾彬彬有礼地追求过她，讨她的母亲欢心吗？

露丝渐渐相信，这个英俊的小伙子爱她，她也应该爱他，并且的确爱上了他。

可是谁能想到，锃亮的皮鞋，俗艳的三件套西装终究无法掩盖这些年来在他心头弥漫的苦涩……

镇上的人全然蒙在鼓里，要靠一个素昧平生的外乡人来识破他的真面目。在弗兰克举行单身派对的这天晚上，他专门从亚特兰大叫了三个妓女到一栋小楼。路上他带着一帮男人路过一家酒吧，就进去喝几杯。一个老流浪汉路过酒吧，从街上溜达着走了进去，在房间另一头看着这群年轻人。弗兰克对陌生人做惯了一件事：他向显然需要喝一杯的老人走去，拍了拍他的后背。"听我说，老家伙，要是你能说出我哪只眼睛是玻璃做的，我就请你喝一杯。"

他的朋友们哈哈大笑，因为两只眼睛根本区分不出来。可是老人看了他一眼，不假思索地说："左眼。"

朋友们一阵狂叫。弗兰克大吃一惊，却只当自己运气不好，一笑了之,把钱扔在吧台上。

酒吧侍者目送这群人离开,对老人说:"先生,你要喝点儿什么?"

"威士忌。"

他给老人倒了杯威士忌。过了一会儿,酒吧侍者说:"嘿,老朋友,你是怎么一眼就看出他的左眼是玻璃做的?"

老人喝着威士忌说:"很简单。左眼还稍微流露出一丝人性的怜悯。"

佐治亚州 瓦尔多斯塔

1926年4月28日

艾姬今年十九岁。两年半以来,她差不多每个月都要开车去一趟瓦尔多斯塔,望着露丝去教堂,又从教堂回来。她只是想确定露丝安然无恙。露丝对此一无所知。

一个星期天,她出乎意料地开车来到露丝家,走上前去敲门。艾姬自己也没料到她会这么做。

露丝的母亲,一个瘦弱的女人,笑眯眯地来到门口。"谁呀?"

"露丝在家吗?"

"她在楼上。"

"请你告诉她,一个亚拉巴马州的御蜂人来找她,好吗?"

"什么人?"

"就说她的一个亚拉巴马州的朋友来了。"

"噢,你不进来吗?"

"不了,没事。我就在外面等着。"

露丝的母亲走了进去,在楼梯上喊道:"露丝,一个好像是养蜜蜂的人要见你。"

"什么?"

"有人在门廊等你。"

露丝走下来,惊讶不已。露丝走到门廊边,艾姬尽量做出一副满不在乎的样子,其实手心冒汗,两只耳朵火辣辣地发烫。艾姬说:"听我说,我不想打扰你。我知道你可能过得很幸福……我的意思是,我相信你过得很幸福。我只是想告诉你,我不恨你,从来没有恨过你。我还是希望你回来,我不再是个孩子,我的心不会改变。我还是爱你,永远爱你,我还是不在乎别人怎么想——"

弗兰克在卧室里喊道:"谁来了?"

艾姬走下门廊的台阶。"我只是想让你知道这些。嗯,现在我得走了。"

露丝一句话也没说,默默地望着她钻进汽车,驾车离开。

露丝没有一天不想她。

弗兰克走下楼梯,来到门廊边。"刚才谁来了?"

露丝久久地望着那辆车,看着它变成小黑点消失在公路尽头。"我的一个朋友,以前认识的。"她说着走回屋内。

玫瑰露台养老院

旧蒙哥马利高速公路
亚拉巴马州 伯明翰

1986年4月6日

伊夫琳一踏进房间,特雷德古德太太就开口说话了。

"亲爱的,维丝塔·阿德科克糊涂了。今天下午四点钟左右,她走进我们屋里,抓起奥蒂斯太太用来装发夹的乳白色玻璃鞋说:'上帝说,如果眼睛冒犯了你,就把它抠出来。'说着她就把鞋丢出窗外,发卡还在里面呢,然后若无其事地转身就走了。

"这可把奥蒂斯太太气坏了。过了一会儿,小个子黑人护士吉妮在院子里捡到奥蒂斯太太的玻璃鞋,给她送了回来,让她不要生气,阿德科克太太这一整天去各个房间往外扔东西……说是阿德科克太太疯到无可救药的地步[①],别理她就好。

"我告诉你,我很庆幸自己没有老糊涂,这里发生的事情形形

[①] 原文为 as crazy as a betsy bug,其中,betsy bug 的字面意思是"黑螋",一种甲虫。

色色……我只是日复一日地活着。尽我所能地活着，我能做的就是这个。"

伊夫琳递给她一盒裹有巧克力酱的樱桃。

"噢，谢谢你，亲爱的，你真好。"

"你认为黑蛾真的很疯狂，还是人们这样认为？"伊夫琳说她不知道。

"嗯，我知道俗语'像虫子一样可爱'是怎么来的，因为我刚巧认为没有什么比虫子更可爱的……你呢？"

"什么？"

"你觉得还有比虫子更可爱的东西吗？"

"我没见过多少虫子，不知道它们可不可爱。"

"嗯，我见过！我和阿尔伯特会花上好几个小时观察虫子。克利奥的桌子上有一个硕大的放大镜，我们找到蜈蚣、蚱蜢、甲虫、马铃薯甲虫、蚂蚁……把它们装进罐子，仔细观察。它们生着小巧玲珑的脑袋，做出可爱的表情。我们看了个够，就把它们在院子里放生了。

"有一次，克利奥抓了一只大黄蜂，把它装在罐子里给我们看。我很少有机会近距离观察黄蜂。艾姬喜欢蜜蜂，我喜欢瓢虫。瓢虫代表幸运。你知道，虫子的脾性各不相同。蜘蛛有些神经质，性情暴躁，脑袋小小的。我一向喜欢螳螂。螳螂很虔诚。

"我下不了手杀死虫子，特别是近距离观察过它们以后。我相信虫子也有思想，跟我们一样。当然，不杀虫子也有弊端。我家房子周围种的莨蔻，叶子都卷了边，被虫子吃光了。我的栀子花也被啃得只剩枝干。诺里斯说想过来喷点儿药，我不忍心让他喷。我告诉你吧,虫子在玫瑰露台养老院没有活路。细菌在这地方很难生存。这里的座右铭是:'看着干净还不够,必须真的干净。'有时候我觉得好像活在玻璃纸三明治袋里,就是过去火车上卖的那种。

"至于我,我很高兴回家去跟杂七杂八的虫子做伴,连蚂蚁也喜闻乐见呢。我告诉你,亲爱的,我很庆幸自己是要出去,不是要进来的……'在我父的家里,有许多住处。我去原是为你们预备地方去。'……

"我只有一个请求,主啊,请在我到达前把油毡地板弄走。"

亚拉巴马州 汽笛镇

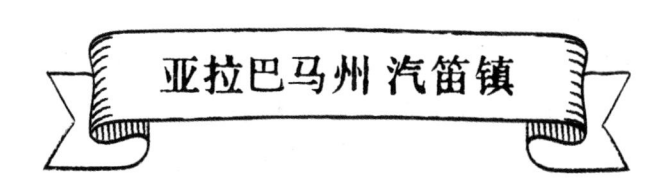

1940年10月17日

维丝塔·阿德科克年幼时,有人教她说话要铿锵有力,她牢牢地记在心里。隔着砖墙都能听到维丝塔的说话声,这个矮个子女人的大嗓门响彻好几个街区。

克利奥·特雷德古德评论说,厄尔·阿德科克要交电话费实在是个耻辱,因为他想给谁打电话,完全可以让妻子把门打开,冲那家人喊一嗓子就行。

考虑到这一点,还有她自封为"我胜过别人俱乐部"主席的事实,厄尔的做法就不足为奇了。

厄尔·阿德科克是个安静、体面的人,总是做正确的事情——他是生活中的无名英雄,他娶了这个姑娘,只因为她选中了他,他不想让她伤心。于是,维丝塔和他未来的岳母安排了一切,从婚礼到蜜月,再到他们婚后的住处,他唯有保持沉默。

小厄尔出生了,一个软乎乎、胖墩墩的小男孩,生着褐色卷发。每当父亲想跟他亲近时,他就呼喊着要妈妈。厄尔意识到自己犯了大错,但他的做法堪称君子和大丈夫:他没有离婚,把儿子抚养成人。儿子跟他同在一个屋檐下,流着相同的血脉,对他来说却是个陌生人。

厄尔在"L 与 N"铁路公司上班,掌管两百多号人,他精明强干,备受尊敬。他英勇投身第一次世界大战,杀死两个德国人,在自己家里却沦为维丝塔的另一个孩子,还不是最受宠爱的那个:他排在小厄尔后面。

"进门前先擦脚!别坐那把椅子!"

"你竟敢在我家里抽烟……到门廊上抽去!"

"别把这些难闻的鱼拿进来。拿到后院去清洗干净!"

"要么把这几条狗弄走,要么我带孩子离开!"

"天哪,难道你脑子里就只想着这个吗?你们男人不过是一群畜生!"

她为他挑选衣服,挑选朋友。有几次他想揍小厄尔,她像一只发怒的野火鸡扑到他身上。终于,他放弃了。

这些年来,厄尔穿着得体的蓝西服,剁肉、切菜,上教堂,履行丈夫和父亲的职责,不说一句忤逆维丝塔的话。可是现在,小厄尔长大了,他退休了。公司给了他一笔可观的退休金,还送给他一块罗克福德铁路金表,他马上把钱转给维丝塔。然后他悄悄地离开镇子,一如他曾经安静地生活,只留了一张字条:

> 好吧,就这样吧。我走了。如果你不相信我走了,就请数一数我已离家几日。你听不到电话铃声响起,那是因为我不曾打电话回来。
>
> 再见吧,老太婆,祝你好运。
>
> 你真诚的厄尔·阿德科克

附注：我耳朵不聋。

　　小厄尔很吃惊。维丝塔扇了他一巴掌，自己额头上敷着冷布在床上躺了一个星期。镇上的人都暗暗地为厄尔叫好。假如美好的祝愿价值十美元，那他会是个富人了。

威姆斯周报

（亚拉巴马州汽笛镇的每周简报）

1940 年 10 月 18 日

对妻子们的提醒

又到了这个季节，我的另一半迫不及待地想跟大伙出门去打猎。他又是擦枪，又是训练老猎犬，忙忙碌碌，就差对着月亮狂吠了。所以，请准备好暂时跟小伙子们道别吧。会动的东西都危险了……还记得去年杰克·巴茨把划艇底部打了个窟窿吗？艾姬说，他们沉入湖底的时候，野鸭成群结队地从他们头顶飞过。

祝贺墩子凭借他的课题《青豆……是什么？》在学校的科技展上获得一等奖。

二等奖授予了弗农·哈德利，他的课题是《肥皂实验》。

艾姬咖啡馆的柜台上有一大罐干青豆。她说，谁能猜出罐子里有多少颗青豆，就给谁发奖。

平托先生的照片冲洗出来了，没有预期中来得好，很模糊。

露丝让我告诉大家，她把那颗干瘪的人头骨丢掉了，因为人们吃饭时看到它摆在柜台上，觉得恶心。露丝说，其实那是艾姬在伯明翰的魔法商店买来的橡胶脑袋。

顺便说一句,我的另一半说,有人邀请我们共进晚餐,却不记得是谁发出了邀请。那么,无论是谁邀请我们,我们都很乐意接受邀请,只要打电话告诉我即可。

多特·威姆斯

附注:奥珀尔再次要求,请大家停止投喂她家的猫巴茨。

佐治亚州 瓦尔多斯塔

1928年8月4日

自艾姬上次见到露丝已经过了两年。每隔一段时间,艾姬就会在星期三去一趟瓦尔多斯塔,因为这一天,弗兰克·本内特会进城到理发店。艾姬通常会在帕克特药店附近徘徊,这样她就能清楚地看到理发店的前门,看到弗兰克坐在理发店的椅子上。

她真想听听他说了些什么,不过只要看到他也算了了心愿。他是她和露丝唯一的纽带,只要看到他,就知道露丝还在。

这个星期三,瘦小的老妇人帕克特太太戴着黑框眼镜,照旧忙忙碌碌,在店里转来转去,整理物品,仿佛生活仰赖于一切整洁有序。

艾姬坐在柜台边,望着街对面,不言不语,默默地观望着。

"这位弗兰克·本内特似乎很能说啊,对不对?这家伙很友好,是吗?"

帕克特太太背对艾姬,踩在梯子的第一级台阶上,整理着罐装祛斑霜。"我猜,有些人可能会这么说。"

艾姬从她的语气中听出了蹊跷。

"什么意思?"

"我是说,有些人可能会这么想,就是这个意思。"她从梯子上走下来。

"你不这么认为吗？"

"我怎么想不重要。"

"你不觉得他很友好吗？"

"我没这么说，我说了吗？我猜，他足够友好。"

帕克特太太摆弄着柜台上的肝药丸包装盒。艾姬从凳子上站起来，走到她跟前。

"你这话是什么意思，足够友好？你了解他吗？他有过不友好的时候吗？"

"没有，他向来友善。"她说着把盒子排成一行，"我只是不喜欢打老婆的男人。"

艾姬心里一阵发冷。

"什么意思？"

"就是我说的意思。"

"你怎么知道？"

此时，帕克特太太忙着把牙膏盒重新摆放好。"噢，帕克特先生不得不上门去，给那个可怜的小东西看病用药——我告诉你，不止一次。他把她打得鼻青脸肿，让她摔下楼梯，还有一次，他打断了她的胳膊。她在主日学校授课，再也遇不到比她还好的人了。"帕克特太太接着动手整理起矿物盐泻药瓶，"酒精对人造成影响，让人发酒疯，做出平时做不出来的事情。我和帕克特先生都是禁酒主义者……"

艾姬已经出了门，没有听到她最后一句话。

艾姬冲进理发店时，理发师正把香喷喷的爽身粉刷在弗兰克的后脖颈上。她怒不可遏,用手指着弗兰克的脸。"听着,你这个油嘴滑舌、满脸疙瘩、安着玻璃假眼的浑蛋!狗娘养的!要是你再打露丝,我就杀了你!你这个浑蛋!我发誓,我会挖出你的心!你他妈的听到了吗,你这个杂种!"

她说着把大理石台面上的瓶瓶罐罐一胳膊全扫到地上。数十瓶洗发水、护发素、发油、剃须液和爽身粉在地上摔得粉碎。他们还没反应过来,艾姬就跳进车里,一溜烟驶离了小镇。

理发师张口结舌地愣在原地。事情发生得太快。他在镜子里看着弗兰克说:"那小子一定是疯了。"

艾姬一回到"车轮河钓鱼俱乐部",就立刻把事情的经过一五一十地讲给伊娃听。她怒气未消,发誓要回去找他算账。

伊娃仔细听着。"你去找他,送掉自己的性命,这就是你要做的事。唉,你不能干涉别人的婚姻,那是他们的事。亲爱的,男女之间有些事情,你不能随便插手。"

可怜的艾姬痛苦难当,她问伊娃:"露丝为什么要跟他在一起?她怎么了?"

"不关你的事。唉,亲爱的,你得忘了这一切。她是个成年女人,虽然这话你不爱听,但她做的是自己想做的事。你还是个孩子,宝贝,要是那人真像你说的那么坏,你会受到伤害的。"

"我不在乎你怎么说,伊娃,总有一天我会杀了那个狗娘养的东西,你等着瞧。"

伊娃又给艾姬倒了一杯饮料。"不,你不会。你不会杀人,也不会再去那边。答应我,好吗?"

艾姬答应了。虽然两人都知道她是在敷衍。

玫瑰露台养老院

旧蒙哥马利高速公路
亚拉巴马州 伯明翰

1986年4月27日

特雷德古德太太今天格外开心,因为她的纸盘里盛着炸鸡和凉拌包心菜,伊夫琳又去大厅给她倒葡萄饮料。

"噢,谢谢你,亲爱的。你把我宠坏了,每周都给我带好吃的。我告诉奥蒂斯太太了。我说,伊夫琳待我再好不过,比亲生女儿还要好……我衷心地谢谢你。我这辈子没女儿……你婆婆喜欢美食吗?"

伊夫琳说:"不,一点儿也不喜欢。我给她带了些鸡肉,她不稀罕。她和埃德不太在乎吃的,他们吃饭只是为了活着。你能想象吗?"

特雷德古德太太说,她绝对无法想象。

伊夫琳给她起了个头。"露丝离开汽笛镇,回到瓦尔多斯塔去结婚……"

"没错。噢,这事差点儿要了艾姬的命。她又恼又恨。"

"我知道,你跟我讲过。我想知道的是,露丝什么时候回了汽笛镇?"

伊夫琳在椅子上坐好,吃着鸡肉,听老太太讲下去。

"噢,对,亲爱的,我记得收到信那天的情形。一定是二十八号或者二十九号。要么三十号?好吧……我和西普塞在厨房里,妈妈手里捏着信封跑了进来。她猛地拉开后门,大声吆喝大块头乔治,当时乔治正带着贾斯珀和阿蒂斯在花园里呢。她说:'乔治,赶快去找艾姬,告诉她露丝小姐给她写信了!'"

"乔治立刻跑去找艾姬。过了一个小时左右,艾姬走进厨房。妈妈在剥豌豆,她一言不发地指了指桌上的信。艾姬打开信封,有趣的是,里面根本不是一封信。

"只是从钦定版圣经里撕下来的一页纸。《路得记》第一章第十六节:

路得说,不要催我回去不跟随你,你往哪里去,我也往哪里去。你在哪里住宿,我也在哪里住宿。你的国就是我的国,你的神就是我的神。

"艾姬站着不动,翻来覆去地读着这句话。然后她把它递给妈妈,问妈妈觉得这句话是什么意思。

"妈妈读后,把它放在桌上,继续剥豌豆。她说:'嗯,亲爱的,就是字面意思。我想,明天你和哥哥还有大块头乔治最好过去一趟,把那姑娘接回来,好吗?你知道,当初时机不到,你们不适合生活在一起。你自己知道。'

"说得很对。当初不适合。

"于是,第二天他们就去佐治亚州把露丝接了过来。

"我佩服露丝有魄力一走了之。那个年代需要真正的胆魄,不像今天,亲爱的。当年,要是结了婚,就得一辈子过下去。她比人们想象中要坚强得多。大家都把露丝当成瓷娃娃对待,可是你知道,她在很多方面比艾姬强大。"

"露丝离婚了吗?"

"噢,我不知道。我从没打听过这事。我觉得那是露丝的事。我没见过她丈夫,人们说长得很帅,只不过有一只玻璃眼。露丝告诉我,他的家庭出身很好,就是对待女人很卑劣。说新婚夜他喝醉了酒,强迫她同房,她一直求他停下来。"

"太可怕了。"

"是啊,的确。她流了三天血,自那以后,她再也做不到放松享受了。当然,结果他反倒更生气了。她说,有一次,他一脚把她踢下了楼梯。"

"天哪!"

"接着他就开始霸占那些给他干活的可怜黑人姑娘。露丝说有个小姑娘才十二岁。可是等她了解了丈夫的为人,已经太晚了。露丝的母亲生了病,她不能离开。她说,在那些夜晚,他喝得醉醺醺地回到家,强行占有她,她就躺在床上向上帝祈祷,回想我们这一家人的点点滴滴,好让自己不要发疯。"

伊夫琳说:"人家说,你永远不会了解一个男人,除非跟他共同生活。"

"没错。西普塞说过:'你永远不知道钓到了什么鱼,除非把它拉出水面。'所以,墩子从来没见过爸爸是再好不过了。露丝在墩子出生前就离开了。事实上,她当时竟然不知道自己怀了孕。她跟艾姬生活了大约两个月,才注意到自己的肚子隆了起来。她们去看医生,发现她怀孕了。墩子在大房子里出生,是个可爱的金发小宝宝,重三公斤,褐色眼睛,金色头发。妈妈第一次看到他时说:'噢,看,艾姬,他的头发多像你!'

"确实。他是典型的金发碧眼。这时候,爸爸让艾姬坐下来,对她说,现在,她要对露丝母子俩负起责任,最好想清楚自己要做点儿什么营生,然后给了她五百美元用来创业。她就用这笔钱买下了咖啡馆。"

伊夫琳问,弗兰克·本内特知不知道他有个孩子。

"我不知道他知不知道。"

"露丝离开佐治亚州后,他没再见过她?"

"唉,我说不准他见没见过她,但是有一点很肯定,他至少来过一次汽笛镇。对他来说,也许那一次也不该来。"

"为什么这么说?"

"因为他让人给杀了。"

"让人给杀了?"

"噢,是的,亲爱的。死得透透的。"

佐治亚州 瓦尔多斯塔

1928年9月18日

这年夏天，露丝回家结婚时，弗兰克·本内特和准岳母去车站接她。露丝已经忘记了他多么俊朗，忘记了她钓到金龟婿让母亲多么高兴。

派对几乎立即开始，她竭力不去回想汽笛镇。可是她有时置身人群或者夜晚独处时，艾姬会冷不丁地在脑海中冒出来，让她猝不及防。她渴望见到艾姬，相思之苦经常让她透不过气来。

每当发生这种情形，她就向上帝祈祷，请求他把这些念头从她脑海中赶走。她知道自己必须行正事走正道。她要克服对艾姬的思念。上帝一定会帮助她……这种感觉一定会随着时光流逝变淡……在上帝的帮助下，她会熬过去。

她迈上婚床时决心做个痴情贤惠的妻子，毫无保留，无论发生什么事。所以当他不管不顾地强硬行事时，她才会震惊万分——倒好像他是在惩罚她。他完事了，她躺在自己的血泊中。他起身去另一个房间睡觉。除非想要同房，他从不到她床上来；找她同房十有八九是因为他要么醉得太厉害，要么懒得进城而已。

露丝禁不住这样想，是她内心深处的某种东西触发了弗兰克对她的憎恶。不知何故，哪怕她竭力抑制，弗兰克依然察觉到她内心对艾姬的爱恋。它不由自主地从她的嗓音、她的触摸中流露出来。露丝不知道这是怎么回事，但她相信他心知肚明，他因此鄙视她。所以她背负着罪恶感生活，忍受殴打羞辱，认为自己活该。

医生从母亲的房间走出来。"本内特太太，她能说几句话了，你也许想进去待会儿。"

露丝进屋坐下。

母亲已经一周没有开口说过话，她睁开眼睛看到女儿，低声说："摆脱他吧……露丝，答应我。他是个魔鬼。我看见了上帝。他是个魔鬼。我听到一些声音，露丝……逃走吧……答应我……"

这是这个腼腆的女人第一次谈起弗兰克。露丝点了点头，握住母亲的手。这天下午，医生永远地合上了她母亲的眼睛。

露丝哭喊着叫母亲。过了一个小时，她上楼去洗脸，写了一封信让人交到艾姬手中。

她封好信封，走到窗前仰望碧蓝的天空。她深深地吸了一口新鲜空气，觉得自己的心像孩子放飞的风筝一样飞得越来越高。

佐治亚州 瓦尔多斯塔

1928年9月21日

一辆小汽车和一辆卡车停在房子前面。大块头乔治和艾姬坐在卡车里,克利奥和朱利安及他们的两个朋友威尔伯·威姆斯和比利·利默韦坐在福特车里。

露丝一大早就穿戴停当等着,希望他们今天能来。她走出门去。

小伙子们和大块头乔治下了车,在院子里等待。艾姬则走上前门廊。

露丝看着她说:"我准备好了。"

弗兰克听到汽车驶来的声音时正在打盹。他走下楼梯,透过纱门认出了艾姬。

"你他妈的来这儿干什么?"

他砰的一声把门推开,朝艾姬冲过去。这时他看到院子里站着五个人。

艾姬的视线始终没有离开露丝。她轻声问:"你的行李箱呢?"

"在楼上。"

艾姬对克利奥喊道:"在楼上。"

四名男子径直从弗兰克身边走过,他气急败坏地问道:"他妈的出了什么事?"走在最后的朱利安说:"我想,你太太要离开你了,先生。"

露丝和艾姬上了卡车,弗兰克向她们走去。这时他看到大块头乔治靠在卡车上,默默地从口袋里掏出一把刀,一刀剜去拿在手中的苹果的果核,从他肩膀上方扔掉。

朱利安在楼梯顶上喊道:"我可不要惹那个黑鬼生气,先生。他疯了!"

露丝的行李箱放在了卡车里,弗兰克还没明白怎么回事,他们就沿着车道开走了。弗兰克的雇工杰克·博克斯目睹一行人扬长而去,事后为了做给他看,弗兰克·本内特才追着汽车扬起的灰土叫嚷道:"你再也别回来,你这个冷冰冰的婊子!你这个贱货!你这个狠心的妓女!"

第二天,弗兰克进城告诉大家,母亲去世后,露丝悲伤过度,精神失常,他只好把她送进了亚特兰大城外的精神病院。

亚拉巴马州 汽笛镇

1928年9月21日

特雷德古德爸爸和妈妈站在前门廊等着。妈妈和西普塞一上午都在收拾露丝的房间。此时西普塞正在厨房跟妮妮烘烤晚饭要吃的饼干。

"唉,艾丽斯,不要扑过去把露丝吓跑了。保持冷静,耐心等待。别让她觉得非得留下来不可。别给她造成压力。"

妈妈又是绞手帕,又是揪头发,她一紧张就这个样子。"我不会的,孩子爸。我就说,我们见到她有多么高兴……这样行吧,嗯?让她知道自己很受欢迎?你要说,你见到她太高兴了,你会这样说吧?"

"我当然会说,"爸爸说,"我只是不希望你期望太高,没别的。"

沉默片刻,他问道:"艾丽斯……你认为她会留下来吗?"

"我向上帝祈祷她会的。"

这时候,露丝和艾姬乘坐的卡车拐过街角驶过来。

爸爸说:"她们来了!妮妮,西普塞,她们来了!"

妈妈跳起来,飞一般地跑下前门的台阶,爸爸紧跟在她身后。

他们看到露丝从车上走下来。她看起来憔悴又疲倦。他们顿时把原先想好的话忘得一干二净，拉住她的手，拥抱她，争先恐后地跟她说话。

"我真高兴你回家了，亲爱的。这次我们不会让你跑掉了。"

"我们把你原来的房间给收拾好了，西普塞和妮妮做了一上午的饭。"

他们送露丝走上楼梯，妈妈转身回头看着艾姬。

"你这次最好规矩点儿，小姐！听到了吗？"

艾姬满脸疑惑。她跟着他们走进去，自言自语道："我做错了什么？"

吃过晚饭，露丝跟着爸爸和妈妈走进客厅，关上了门。露丝坐在他们对面，双手放在腿上，开口说道："我没有钱，除了几件衣服之外，我什么都没有。但是我可以干活。我想让你们知道，我再也不会离开。四年前我就不该离开她，现在我懂了。我会试着弥补她，永远不再伤害她。我向你们保证。"

爸爸对流露情感这种事很不自在，坐在椅子上局促不安。"好啦，我希望你明白自己要遭遇什么。你知道，艾姬很难搞。"

妈妈"嘘"了他一声。"噢，孩子爸，露丝知道。是不是，亲爱的？她只是有点儿野……西普塞说，是因为我怀艾姬的时候吃了野味。还记得吗，孩子爸，那年你和儿子们带了几只鹌鹑和野火鸡回家？"

"孩子妈，你这辈子年年都吃野味。"

"嗯，这倒是真的。不管怎样，这是题外话。我和孩子爸只是想让你知道，我们现在把你当成家人，我们的小女儿有你这么一个可爱的伙伴，我们再高兴不过了。"

露丝站起来吻过他们走了出去。艾姬在后院等着。她躺在草地上听着蟋蟀鸣叫,不明白自己为什么滴酒未沾,却陶然而醉。

露丝走出房门后,爸爸说:"看,我告诉过你吧,没什么好担心的。"

"我?担心的是你,孩子爸,不是我。"妈妈说着继续做她的针线活。

第二天,露丝把姓氏改回贾米森。艾姬去镇上逢人就散播消息说,露丝可怜的丈夫出了事,一辆装甲卡车将他撞倒,把他碾死了。起初,露丝对艾姬这样胡说感到震惊,后来孩子生下来,她很庆幸艾姬编了瞎话。

威姆斯周报

（亚拉巴马州汽笛镇的每周简报）

1940 年 8 月 31 日

站场有人车祸身亡

周二，维丝塔·阿德科克在去参加"东方之星"聚会的路上撞倒了给她打理庭院的黑人杰西·提金斯。维丝塔在前院开车掉头时，杰西在树下打盹。车轮碾过他的脑袋，令脑袋陷入泥地里。她听到他大叫，赶紧把车停下，下车查看，汽车刚好停在他胸前。附近几位邻居跑过去把车从他身上挪开。

格雷迪·基尔戈走上前去说，感谢上帝，最近雨水多，假如不是土地湿润松软，杰西可能会被压死。

本报发出时，杰西除了身上有轮胎印，一切无恙。但是维丝塔说，他不该打盹，因为她付给他的薪水可不少。

我想，现在大家多半都知道我那个傻瓜丈夫前几天把我们的车库付之一炬了。他忙着修理收音机，好跟铁路上那帮伙伴一起收听棒球比赛。他把香烟丢在我收集的一摞《女士家装伴侣》杂志上，不一会儿，杂志就烧成了灰。我的另一半只顾抢救我送给他的生日礼物电动圆锯，忘了把车倒出来。

我对车的感觉不像对杂志那么惋惜。那辆车反正也跑不起来。

埃茜·鲁儿子的个头让他得了个"小不点儿"的绰号。他赢得了青豆比赛的十美元奖金。他猜测的数字跟实际相差八十三颗青豆，艾姬说，他给出的数字最接近实际数字。

顺便说一句，巴茨死了。奥珀尔说，她希望你们称心如意。

多特·威姆斯

汽笛站咖啡馆

亚拉巴马州 汽笛镇

1930年11月22日

　　这一天，外面天空晴朗，清冷刺骨。屋里，快到大家收听某档广播节目的时候。格雷迪·基尔戈刚喝完第二杯咖啡，西普塞在打扫早餐食客丢在地上的烟头，她第一个透过窗户看到几个人从车里出来。

　　两辆黑色小皮卡悄无声息地停在咖啡馆门前。十二名左右装扮齐备的三K党成员慢吞吞地、不慌不忙地从车上下来，在咖啡馆外面列成一队。

　　西普塞说："唉，上帝，他们来啦……我知道，我就知道要来。"

　　露丝正在柜台后面干活，她问西普塞："什么事？"就自己走过去查看。

　　她一见他们，立刻喊道："奥泽尔，把后门锁起来，把孩子抱给我。"

　　这些人站在人行道上，像一排白色的雕像，直视咖啡馆正面。其中一个人举着标语，上面写着几个血红的大字：当心隐形的帝国……火把和绳索饥饿难耐。

格雷迪·基尔戈起身走过去向外望去,一边用牙签剔着牙,一边仔细地打量着这帮戴着尖头帽的家伙。

收音机里,广播员说:"现在,我们要向许多翘首以待的朋友们介绍'平凡的比尔,哈维尔的理发师'……故事的主人公也许就住在你家隔壁……"

艾姬本来待在卫生间,她走出来,看到大家都向窗外张望。

"怎么回事?"

露丝说:"过来,艾姬。"

艾姬向外望去。"噢,见鬼!"

奥泽尔把婴儿抱给露丝,陪在她身边。

艾姬对格雷迪说:"这他妈的是怎么回事?"

格雷迪还在剔牙,他笃定地说:"这些不是我们的人。"

"那他们是什么人?"

格雷迪把硬币丢在桌上付了咖啡钱。"你待在这里。我一定要搞清楚。"

西普塞拿着扫帚站在角落,喃喃自语道:"我不怕白人的鬼魂。不怕。"

格雷迪走出去跟那几个人交谈。过了几分钟,一个人点了点头,对众人说了几句话,这帮人一个接一个地转身离开,跟他们到达时一样悄无声息。

露丝不太确定,但她觉得其中一个人目不转睛地盯着她和孩子。她突然想起艾姬放过的狠话。这人跳上卡车时,她低头看了看他的鞋。她看到一双锃亮光洁的黑皮鞋,心里一阵惊恐。

格雷迪漫不经心地回到咖啡馆。"他们没想怎么样,只是一帮老伙计过来吓唬你们一下，没别的。前几天有个人为了什么事到这边来，看见你们在后门卖东西给黑鬼，觉得应该给你们点儿颜色看看。没别的。"

艾姬问他说了什么话，这么快就把他们打发走了。

格雷迪把他的帽子从帽架上取下来。"噢，我刚才对他们说，黑鬼是我们的黑鬼，我们肯定不需要一群人从佐治亚州跑过来吩咐我们，什么能做，什么不能做。"

他注视着艾姬的眼睛。"我向你保证——该死，他们不会回来了。"他戴上帽子转身离去。

格雷迪虽然是"莳萝泡菜俱乐部"的创始会员，也是个不折不扣的撒谎精，这天他说的话却字字属实。艾姬和露丝被蒙在鼓里的是，这些佐治亚州的家伙坏归坏，却没有蠢到跟亚拉巴马州的三K党纠缠的地步。他们足够聪明，匆忙离开后再也不曾露面。

这就是为什么弗兰克·本内特再次造访时只身一人……而且是在夜深人静的时候。

瓦尔多斯塔公报

1930 年 12 月 15 日

本地男子失踪

弗兰克·本内特,三十八岁,瓦尔多斯塔的永久居民,今天由他的弟弟杰拉尔德报告失踪。老本内特的雇工杰克·博克斯告诉杰拉尔德,弗兰克打猎未归。

人们最后一次见他是在十二月十三日的早上,他出门时告诉博克斯先生,他当天晚上回来。如有知其下落者,请通知地方当局。

亚拉巴马州 汽笛镇

1930年12月18日

这是亚拉巴马州又一个寒冬腊月的下午,咖啡馆后面的大铁锅里煮着猪肉。满满当当的锅里咕咚咕咚地冒着气泡,很快,这些早已死去的猪就要端给客人,让他们蘸着大块头乔治特制的烤肉调味汁下肚。

大块头乔治和阿蒂斯站在锅边。大块头乔治抬起头,看见三个身上斜绑着枪的人向他走来。

本地警长兼业余铁路侦探格雷迪·基尔戈平日里都称他为乔治。今天他要在另外两个人面前显摆。"嘿,小子!过来瞧瞧这个。"他掏出一张照片,"你在这附近见过这个人吗?"

阿蒂斯的活计是用一根长杆翻搅锅里的肉,他的额头上渗出了汗珠。

大块头乔治看了看照片上头戴圆顶礼帽的白人,摇了摇头。"没见过哇……我没见过。"说着把照片还给格雷迪。

另外两个人中的其中一人走过来看了看锅里。红红白白的猪肉块像旋转木马似的在锅里上下翻滚。

格雷迪结束了公务,把照片装回背心口袋,说:"嘿,大块头乔治,烤肉什么时候能吃?"

大块头乔治看着锅里,端详片刻。"明天中午来吧……对,大概中午就做好了。"

"给我们留点儿,听见了吗?"

大块头乔治笑了。"好,我会留的,一定留。"

三个人向咖啡馆走去,格雷迪跟另外两个人吹牛。"那个黑鬼做的烤肉是全州最他妈好吃的。你们得给自己弄点儿,吃过就知道美味的烤肉是什么味了。我想你们佐治亚州的小伙子们没吃过好吃的烤肉。"

斯莫金和艾姬坐在咖啡馆里抽烟、喝咖啡。格雷迪走进来,把帽子搁在门口的架子上,走到他们跟前。

"艾姬、斯莫金,这两位是柯蒂斯·斯穆特警官和温德尔·里金斯警官。他们从佐治亚州过来,找一个人。"

他们点头致意,坐了下来。

艾姬说:"你们喝些什么?咖啡怎么样?"

他们同声说好。

艾姬向厨房喊道:"西普塞!"

西普塞从厨房门口探出脑袋。

"西普塞,来三杯咖啡。"

她又对他们说:"吃点儿馅饼怎么样?"

格雷迪说:"不,还是不要了,我们是来执行公务的。"

那个年轻些的胖子流露出失望的神色。

"这两个伙计到这边来找一个人,我答应配合他们工作。"只有在照片由格雷迪掌管的情况下,他才答应配合他们。

他清了清嗓子掏出照片,竭力装成一副既煞有介事,又若无其事的样子。"这几天你们俩见过这个人吗?"

艾姬看了看照片,摇了摇头,她没见过他,然后把照片递给斯莫金。

"他犯了什么事?"

西普塞端来了咖啡。柯蒂斯·斯穆特是个瘦削的家伙,他的脖子活像从白衬衫里伸出的一截皱皱巴巴的胳膊。他用高亢、紧绷的声音说道:"据我们所知,他没犯什么事。我们只是想搞清楚他出了什么事。"

斯莫金把照片还回去。"我从没见过他。你们怎么到这里来找他?"

"几天前,他在佐治亚州对给他干活的老伙计说,他要到这边来,后来就再也没回去。"

斯莫金问在佐治亚州什么地方。

"瓦尔多斯塔。"

"好吧,我想知道他到这边来干什么。"斯莫金说。

艾姬转身冲着厨房喊起来。"西普塞,给我们来几块巧克力馅饼,拿到这里来。"她又对里金斯警官说,"我想请你帮我尝尝,说说你觉得味道怎么样。我们刚刚做好的,吃一块吧,算我请你。"

里金斯警官推辞道:"不行,我真的不能,我……"

艾姬:"来吧,就吃一口。我得听听专家的意见。"

"好吧,行,就吃一口。"

那个瘦子斜睨了艾姬一眼。"我告诉那些小子,他很可能是在什么地方喝醉了,过两天就会露面。我想不明白的是,他干吗要来这里。这里什么都没有……"

温德尔吃着馅饼说："我们盘算着他可能在这边有个相好什么的。"

格雷迪顿时爆笑起来。"见鬼，汽笛镇没有一个女人能让别人大老远从佐治亚州跑过来找她！"他顿了一下，"也许，除了伊娃·贝茨。"

他们三个人都笑了。斯莫金有幸知晓圣经里的伊娃，他说："这是上帝的真理。"

格雷迪又吃了一块馅饼，还在为自己的笑话乐个不停。但是瘦子态度严肃，他侧身靠向坐在桌边的格雷迪。

"伊娃·贝茨是谁？"

"噢，只是个在河边经营酒吧的红发老姑娘，"格雷迪说，"我们的一个朋友。"

"你觉得这个叫伊娃的女人会是弗兰克要找的人吗？"

格雷迪吃着馅饼，瞥了一眼放在桌上的照片，把这种可能性一笔勾销。"不是。绝对不可能。"

瘦子不肯罢休。"为什么？"

"好吧，首先，他不是她喜欢的类型。"

他们三个人又都笑了。

温德尔·里金斯虽然不明就里，也跟着笑了。

斯穆特警官说："你这是什么意思，不是她喜欢的类型？"

格雷迪放下叉子。"唉，我不想让你心里不高兴，我根本不认识照片上这个老家伙，不过他看起来有点儿娘娘腔。你觉得呢，斯莫金？"

斯莫金表示同意。

"不,事实是,伙计们,伊娃会看他一眼,把他丢回水里。"

他们又都笑了。

斯穆特说:"好吧,我懂你的意思了。"他又瞥了艾姬一眼。

"是啊,嗯,这就是生活的现实!"格雷迪接着说,他冲艾姬和斯莫金眨了眨眼,"我听说,你们这些佐治亚州的家伙走路都有点儿轻。"

斯莫金坐在椅子上哈哈大笑。"我听说是这样的。"

格雷迪直起腰身,拍了拍肚子。"好吧,我想我们还是走吧。天黑以前我们还得走访好几个地方呢。"他把照片装回口袋。

他们起身要走,里金斯警官说:"谢谢你的馅饼,太太……"

"艾姬。"

"艾姬太太,真好吃,再次谢谢你。"

"不客气。"

格雷迪戴好帽子。"你会再见到他们的。我明天要带他们来吃烤肉。"

"好。很高兴见到你们。"

格雷迪朝里面看了一眼。"顺便问一下,露丝在哪里?"

"她在妈妈家。妈妈病得很重。"

格雷迪说:"是啊,我也听说了。听到这个消息我很难过。好吧,明天见。"

他们朝门外走去。

才刚下午四点半,天空已然一片青灰,一道道银色的光芒在北方漫射。冬雨淅淅沥沥地下起来,像冰水一样尖利刺骨。隔壁,奥珀尔美发店的窗户已经张挂起闪烁的圣诞节彩灯，忽明忽暗地照射在潮湿的人行道上。屋里，奥珀尔雇用的洗头女工在扫地，收音机里传出圣诞音乐。奥珀尔给最后一位顾客维丝塔·阿德科克太太完成最后一道工序，今晚维丝塔要去伯明翰出席宴会。格雷迪一行人推门进来，门上的铃铛叮当作响。格雷迪摆出公事公办的腔调。

"奥珀尔，我们能跟你谈谈吗？"

维丝塔·阿德科克吓了一跳。她抬起头来，把花罩衫紧紧地裹在身上，叫道："怎么回事！"

奥珀尔抬头一看，也吓了一跳，她手里抓着一把绿梳子向格雷迪冲过去。"你们不能进来，格雷迪·基尔戈，这里是美发店！男人不能进来。你怎么啦？脑子坏掉了吗？唉呀，快走，出去！不许进来！"

身高一米九的格雷迪和两个男人跌跌撞撞地挤出门，回到人行道上。奥珀尔透过雾蒙蒙的窗户向他们瞪眼睛。

格雷迪把弗兰克·本内特的照片装进口袋，说："好吧，这地方他没来过，绝对。"

三个人拉起衣领，穿过铁轨向前方走去。

汽笛站咖啡馆

亚拉巴马州 汽笛镇

1930年12月21日

两名佐治亚州的警官初次到镇上打听弗兰克·本内特的下落后过了三天,其中那位瘦子警官柯蒂斯·斯穆特再次只身造访,又点了一份烤肉和一杯橙汁。

艾姬帮他把饭菜端到卡座上,说:"格雷迪和你那个搭档,你们要把我的烤肉吃光了。你们三个人今天吃了十份!"

他瞥了她一眼,用鼻音浓重的大嗓门说道:"请坐。"

艾姬环顾店面,看到生意不忙,就在他对面坐了下来。

他咬了一口三明治,死死地盯着她。

"你还好吗?"艾姬说,"找到你们要找的那个人了吗?"

这一次,他向店里环顾一圈,俯身越过桌子,神情像一把尖刀。"别跟我耍滑头,小娘们儿。我知道你是谁。别以为你能糊弄我……也别以为能骗过我。是的,我头一回到这儿来,就知道我以前在哪里见过你,只是想不起来在什么地方。我就打了几个电话。昨天晚上我终于想起来你是谁了。"

他坐下来继续吃肉,眼睛始终盯着她。艾姬眼皮都没眨一下,等着他继续说下去。

"我从一个叫杰克的家伙口中得到了一份宣誓证词,他在本内特家干活。有人带着一群人过去,带走了本内特的老婆,你和后院那个大块头黑人很符合他的描述。黑鬼还拿着刀威胁本内特呢。"

他从三明治里挑出一块发黑的肉放在盘子里,看着它。"除了这个,那天我就在理发店后面,我和一大群人都听到你放狠话要杀本内特。既然我记得,你他妈的可以相信,他们也都记得。"

他喝了一大口冷饮,用纸巾擦了擦嘴。"唉,我不是说弗兰克·本内特跟我有什么特殊的交情……没有。因为他,我的大女儿带着一个孩子住在城外的一座房子里,我也听说了他家里的情形。我大胆猜测,要是人找到了,他死了,没有人会掉一滴眼泪。不过依我看,小娘们儿,要是他死了,你就摊上大事了,因为你威胁过他两次,这是记录在案的。我现在就可以告诉你,白纸黑字写在那里,看着可不太好。

"小娘们儿,我们在这里谈论的是杀人……触犯法律。法网恢恢,疏而不漏。"

他在座位上挺直身体,一副漫不经心的样子。"噢,当然,假如说啊,当然,要是我处在你的位置,我会盘算,如果尸体始终找不到,对我大有好处。是的,大有好处……就这件事来说,他身上也不能有什么东西被人捡到。我会盘算,要是有人能证明弗兰克·本内特来过这里,那可不是好兆头。你懂的,我还思量,要是我够聪明,那么,保证让人什么也找不到,就实在是太重要了。"

他抬头看了一眼艾姬,确保她在听自己说话。她在听。

"是的,那就太遗憾了。我不得不回到这里,把你和你的黑人伙计当成嫌疑人抓起来。我不愿意过来追捕你，可是我必须追捕你，因为我是执法人员，我宣誓过要维护法律秩序。人不能违反法律。懂吗？"

艾姬说："懂，先生。"

他从口袋里摸出一枚二十五美分的硬币丢在桌上，戴好帽子转身离开时说道："当然，格雷迪可能是对的。这几天他可能会在家里露面，但我也会留个心眼。"

瓦尔多斯塔公报

1931年1月7日

本地居民疑似遇难

搜寻弗兰克·本内特的行动已正式结束。本内特三十八岁，是瓦尔多斯塔的永久居民，去年十二月十三日清晨离家后失踪，至今未归。侦探柯蒂斯·斯穆特和温德尔·里金斯展开了大范围搜索，就本内特的下落远赴田纳西州和亚拉巴马州盘问了众多居民。可是，本内特和他失踪时驾驶的卡车始终音信全无。

"我们穷尽了一切线索，"斯穆特警官在今天早些时候接受采访时说，"他仿佛人间蒸发了。"

威姆斯周报

（亚拉巴马州汽笛镇的每周简报）

1931 年 3 月 19 日

告诉大家一个坏消息

丧父一年后，利昂娜、米尔德丽德、帕茜·露丝和爱德华·特雷德古德再次踏上悲伤的归家之旅，回来参加母亲的葬礼。

葬礼结束后，众人去了特雷德古德家。想必全镇人都去了他们家，向特雷德古德妈妈致敬。此地半数居民差不多都是在特雷德古德家由特雷德古德爸爸和妈妈带大的。我永远不会忘记我们在他们家度过的美好时光，她总是让我们感到宾至如归。就我自己来说，我在他们家举行的一次大型独立日派对上遇到了我的另一半。我们效仿克利奥和妮妮示好求爱，上过教堂后在门廊处聊天嬉戏，久久不散。

大家都会怀念她。她的离去让此地大为失色。

多特·威姆斯

玫瑰露台养老院

旧蒙哥马利高速公路
亚拉巴马州 伯明翰

1986年5月11日

伊夫琳·库奇打开装满了胡萝卜条和芹菜的塑料袋，请她的朋友一起享用。这些本来是她带给自己吃的。特雷德古德太太谢绝了，继续吃自己的橘子味棉花糖。"不了，谢谢你，亲爱的，我吃了生食，身体不太舒服。你怎么吃起生食来了？"

"这是体重检测员，嗯，算是吧。只要不含脂肪和糖，我吃什么都行。"

"你是不是又想减肥了？"

"是的。我要试一试。可是很难，我长得太胖了。"

"好吧，你想做什么就做什么吧，可我还是要说，我觉得你看起来很好。"

"噢，特雷德古德太太，你这么说真贴心，可是我现在穿十六码的衣服。"

"我觉得你不胖。埃茜·鲁……她才叫块头大呢。当年她总是很容易向那个方向发展，在小姑娘的时候就那样。我估计她一度长到了一百八十斤。"

"真的？"

"噢，是的，可她从来不为这事儿烦恼，总是穿最好看的衣服，头发上插一朵小花跟衣服搭配。大家都说，埃茜·鲁看起来总是神采奕奕。她的手和脚生得小巧玲珑。那时候，伯明翰人人都在谈论她，她得到那份工作——演奏那架巨型沃利策，她的脚丫子多么可爱呀……"

"演奏什么？"

"巨型沃利策管风琴。亚拉巴马剧院使用了好多年。人家说那是南方最大的管风琴，我相信他们的说法。我们都乘坐电车去看电影。金格尔·罗杰斯出演的时候，我回回都去看。她是我最喜欢的演员。那姑娘是好莱坞最有才华的姑娘，要是电影里没有她，我都不想去看……她什么都会：跳舞、唱歌、表演……

"不管怎样，中场休息时灯光暗下来，你就会听到一个声音说：'现在，亚拉巴马剧院自豪地介绍……'他总是这么说，'自豪地介绍'埃茜·鲁·利默韦小姐，由她演奏巨型沃利策。大老远就能听到音乐声……这时候，这架巨大的管风琴突然从地板上升起，埃茜·鲁也出场了。她演奏主题曲《我爱上了月中人》。聚光灯齐刷刷地打在她身上，管风琴的声音响彻剧院，震动橡梁。她回过身微微一笑，从不错过一个音符，接着弹起了下一首歌曲。你还没反应过来，她就开始演奏《星星坠落亚拉巴马》，要么是《人生就是这样美满》，她的脚丫子像蝴蝶一样在踏板上翻飞！她戴着从洛夫曼百货商店专门订购的脚踝带。

"你或许以为她浑身发胖，其实没有，她只是躯干发胖。

"每个人都有自己的优点,她知道自己的优点,并把它发挥出来。所以我不喜欢听你自怨自艾。前几天我跟奥蒂斯太太聊天。'伊夫琳·库奇的皮肤是我见过最漂亮的,'我说,'看着就好像她妈妈用棉花把她包裹了一辈子。'"

"唉,谢谢你,特雷德古德太太。"

"嗯,是真的。你脸上一点儿皱纹都没有。我还告诉奥蒂斯太太,我觉得你应该考虑去推销玫琳凯化妆品。就凭你的皮肤和性格,我敢打赌你很快就能给自己赚一辆粉红色的凯迪拉克。我的邻居哈特曼太太有个侄女推销化妆品,赚了很多钱,玫琳凯奖励给她一辆粉红色的凯迪拉克。她还没有你一半漂亮呢。"

伊夫琳说:"噢,特雷德古德太太,谢谢你这么说。可是我年纪太大,做不了那些事。他们想要年轻姑娘。"

"伊夫琳·库奇,你怎么能这么说,你还是个年轻的女人。四十八岁还是婴儿呢!你还有半辈子要活呢!玫琳凯不在乎你的岁数。她自己也不年轻了。要是我有你这样的皮肤,在你这个岁数,我要试着去赢一辆凯迪拉克。当然,我得拿到驾驶执照,但是不管怎样,我会试一试。

"想想看,伊夫琳,你要是活到我这个岁数,还要再活三十七年呢……"

伊夫琳笑了。"活到八十六岁是什么感觉,特雷德古德太太?"

"没什么特别的感觉。就像我说的,不知不觉就老了。头一天你还很年轻,第二天你的胸脯和下巴就垂下去了,你穿上了橡胶塑身衣。可你不知道自己已经老了。当然,照镜子的时候能看出来……有时差点儿把我吓死。脖子看起来像旧绉纸,皱纹那么多,简直无可奈何。噢,以前我用雅芳的祛皱产品,可是只保持一个小时就恢复原样了,后来我干脆不收拾了。现在我连妆也不化,只涂些乳液,描描眉毛,所以你看,我有眉毛……现在全白了,亲爱的……而且到处是老年斑。"她看着自己的手,"你都不知道这些小玩意儿是从哪里来的。"她笑了,"我老得都拍不出好看的照片了。弗朗西斯想给我和奥蒂斯太太拍张照,我把脑袋藏了起来,说我可能要把照相机砸坏。"

伊夫琳问她在养老院会不会感到寂寞。

"唉,会,有时候会。当然,熟人都走了……偶尔教会有些人来看望我,只是问声好就道别了。就是这样,你好,再见。

"有时候我看着克利奥和小阿尔伯特的照片,很好奇他们现在在做什么……梦见过去的时光。"

她对伊夫琳淡然一笑。"这就是我现在的生活,亲爱的,做梦,梦见过去的事情。"

汽笛站咖啡馆

亚拉巴马州 汽笛镇

1940年11月18日

墩子在里屋用弹弓射击纸板做的乌鸦,露丝在批改作业。这时候艾姬敲着后门,她从一年一度的"蒔萝泡菜俱乐部"钓鱼之旅归来了。

墩子跑过去扑到艾姬身上,差点儿把她扑倒在地。

露丝见到她很高兴。只要艾姬外出一周或更久,露丝就牵肠挂肚,尤其是如果她知道艾姬是跟伊娃·贝茨在河边厮混的话。墩子跑出去查看后院的台阶。

"鱼呢?"

"唉,墩子,"艾姬说,"其实我们钓到了一条鱼,可是鱼太大了,我们没能把它从水里钓起来。不过,我们拍了张照片,光这张照片就重达九公斤……"

"噢,艾姬姨妈,你一条鱼也没钓到!"

就在这时,他们听到:"噢,是我……我和阿尔伯特来看你们……"一个身材高挑、容貌秀美的女人走进来,她把头发在脑后挽了个结,还带着一个跟墩子年龄相仿的智障男孩。在过去十年里,他们天天过来串门。他们总是很高兴见到她。

艾姬说："嘿，你好啊，妞儿，今天过得怎么样？"

"很好，"她说着坐了下来，"你们几个怎么样？"

"唉呀，妮妮，我们晚饭差点儿要吃鲶鱼，可是它们不肯上钩。"露丝笑了，"我们要吃鲶鱼的照片了。"

妮妮很失望。"艾姬，我本来盼着你今晚给我带一条肥美的鲶鱼呢……我爱吃肥美的鲶鱼。真可惜，我都闻到味儿了。"

"妮妮，"艾姬说，"隆冬季节鲶鱼不上钩。"

"是吗？好吧，我们还以为它们在冬天跟夏天一样饿呢，不是吗？"

露丝表示同意。"是这样，艾姬。为什么它们这个季节就不上钩？"

"噢，它们不是不饿，这跟虫饵的温度有关。鲶鱼不吃冷虫子，再饿也不吃。"

露丝看着艾姬摇了摇头，艾姬信口胡诌的能力每每令她惊奇。

妮妮说："噢，有道理。我自己就不喜欢吃冷饭。我猜，即便你把虫饵加热，等它们沉到河底也冷了，是不是？说到天冷，今年冬天可真冷啊。外面冷得像冰窖。"

阿尔伯特在房间另一头跟墩子玩耍，射击纸板做的乌鸦。妮妮喝着咖啡，冒出一个念头。"墩子，你想不想到我家来，用枪打那些坐在电话线上的老乌鸦？我不是让你伤害它们，我只想让你把它们吓跑……我觉得它们坐在那里偷听我们打电话，用爪子偷听。"

露丝很喜欢妮妮，说："噢，妮妮，你不会真这么以为吧？"

"唉，亲爱的，克利奥是这么跟我说的。"

炉渣镇新闻报消息荟萃

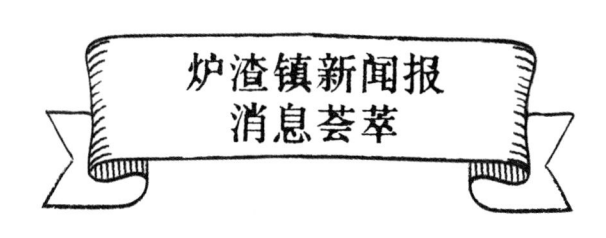

作者：米尔顿·詹姆斯先生

1940年11月19日

妇女因法事骗局损失五十美元现金

萨莉·金克斯太太家住豪威尔街68-C号。昨天她向警方报案，称自己沦为欺诈的受害者。金克斯太太说，一位人称贝尔修女的女人到她家做法事，假装把她的五十美元钞票用餐巾包起来装在箱子里，让她过四个小时后才能打开餐巾。受害者说，餐巾打开后，钞票不翼而飞。

托塞尔·罗宾逊和E.C.罗宾逊这对夫妇告诉友人，他们不在乎对方做什么事。

巷内失踪事件

第八大道仿佛变了模样。镇上的名人阿蒂斯·奥·皮维认为前去芝加哥很合适。女性居民对他念念不忘，这一点可以确信。

我们听说海伦·里德小姐无奈报了警，称有人企图深夜潜入她位于F大道的家中对她实施人身伤害……执法人员到达后逮捕了一名藏在屋檐下的男士。此人手握冰锥，自称制冰人。

这位先生会不会是钟情于里德小姐的贝比·谢泼德先生呢？"时尚先生俱乐部"在筹备一年一度的肢体放松活动……

新闻集锦

埃林顿的《黑与褐狂想曲》是迪卡唱片公司新出的有趣作品。克利奥尔爵士乐团的钢琴师弹奏了一段低音连奏爵士乐，有点儿古怪，但是感染力很强。

第十大道

伊利诺伊州 芝加哥

1940年11月20日

芝加哥下着雨,阿蒂斯·奥·皮维在街上奔跑。他闪进一个门洞,头顶的招牌上写着"海鲜午餐、炸鱼三十五美分"。街对面的阿尔罕布拉剧院在上映《流氓帝国的毒贩》。他觉得自己像个逃犯,背井离乡来到此地,只为躲避一位名叫伊莱克特拉·格林的皮肤黝黑的姑娘。

他站着抽了一支切斯特菲尔德牌香烟,思索着生活的种种纷扰。母亲说,每当她情绪低落时,只要一想到亲爱的耶稣,马上就会精神振奋。

能让阿蒂斯为之一振的却不是耶稣,而是看到一位臀部翘弹、嘴唇饱满的黑人美女。他岂止精神为之一振,还会按捺不住,蠢蠢欲动,想让对面的美女喜笑颜开。此时此刻,他生活中的主要问题是他爱得太深,却不够明智。

牵扯到这些妙人儿的丈夫时,阿蒂斯总是玩危险的游戏,因为他不懂边界。但凡活着的女性都是他瞄准的范围,由于缺乏对所有权的尊重,他经常被迫摸索自己身上有无刀伤,肢体是否断裂,摸到伤残的次数委实太多。他在错误的时间跟错误的女人在一起,被人撞破后,一名古铜色皮肤、身材高大的女人用开瓶器刺伤了他。经过这次不愉快事件,他变得小心谨慎。这次事件的后果,往小了说是身上多了一块奇形怪状的伤疤,往大了说是心里生出一种踌躇的感觉,不愿再跟比他块头大的女人鬼混。他依旧是个负心汉。他告诉太多女人第二天晚上去找他,她们信以为真,果然去找他——到处寻找……

这个干瘪的小个子男人肤色黝黑,黑得发蓝,蓝得幽深,给异性带来无穷的烦恼。一个姑娘喝下一罐地板蜡,又喝了一杯清洁剂,想让自己跟他所生活的世界一刀两断。她活了下来,称这些溶液永久性地毁损了她的皮肤。渐渐地,天黑以后他变得疑神疑鬼,心神不定,因为她不止一次悄悄地跟在他身后,用装满石子的沙包砸中他的脑袋。

伊莱克特拉·格林的情况比石子沙包还要严重。伊莱克特拉识破他的虚情假意后,就携带一支她会使用的左轮手枪,对他发出粗野的威胁,说要把他的那个玩意儿做掉。不是一次,确切地说是八次。她还对自己的死对头德莉拉·伍兹小姐发出了威胁。伍兹小姐也匆匆地离开了小镇。

今天,阿蒂斯站在门口,他伤得很重,觉得自己来日无多。他想念伯明翰,他想回去。

在匆忙逃离伯明翰之前,他每天下午都开着那辆有白色侧壁轮胎的蓝色雪佛兰驶上红山,停在山顶看日落。在山上他可以极目四望,看到林立的钢铁厂,它们高耸的烟囱排放出橘色的烟雾,远远地向田纳西州散去。对他来说，没有什么比此刻的伯明翰更加壮美：钢铁厂喷射出或红或紫的光焰，将天空洗涤；霓虹灯次第亮起，整座城市熠熠生辉，把市中心的街道照耀得明明灭灭、闪闪烁烁，一直绵延到炉渣镇。

伯明翰，大萧条时期被罗斯福称之为"美国受灾最严重的城市"……人们穷困潦倒。阿蒂斯认识一个人，他为了钱，让人朝自己开枪，还有个姑娘把两只脚在醋盐水中浸泡了三天，只为赢得一场舞蹈马拉松……这地方的人均收入在美国城市中垫底，却也公认是南方最好的马戏城……

伯明翰曾经是美国文盲率最高、性病患者最多的城市，同时也骄傲地保持着美国主日学校学生人数最多的纪录……帝国洗衣店的卡车曾经在大街小巷穿行，车身上写着"我们只为白人洗衣"，肤色较黑的公民依旧坐在电车上木制的隔离板后面，座位上标着"有色人种"字样，去百货商店只能乘坐货运电梯。

伯明翰，南方谋杀之都，仅一九三一年就有一百三十一人遇害……

虽然如此，阿蒂斯依然痴恋伯明翰，对它的激情永不消退。从南边到北边，在寒冷多雨的冬天，红泥会滑下山坡，漫到街上；在郁郁葱葱的夏天，绿色的葛藤爬满山坡，蔓延到树木和电线杆上，空气潮湿凝重，弥漫着栀子花和烤肉的味道。他走遍了整个国家，从芝加哥到底特律，从萨凡纳到查尔斯顿，一直到纽约，但是他每次回到伯明翰，都满心欢喜。倘若有纯粹的快乐这种东西，那就是知晓自己身处心安之所，阿蒂斯从抵达伯明翰的那一刻起，就在体验纯粹的快乐。

所以，今天他打定主意要回归故里，他知道自己宁死也不愿再流落他乡。他想念伯明翰，好比大多数男人思念妻子。

伊莱克特拉·格林小姐的心愿就是嫁为人妻……如果她允许他活着，就是嫁给他为妻。

他走过火与鼓酒吧，有人在自动点唱机上播放这首歌：

> 向南前往伯明翰，我指的是南方亚拉巴马州，
> 那儿有个人们常常通宵跳舞的去处，
> 他们或开车或徒步，去跳南方人的摇摆舞，
> 这是一种慢步牛仔舞，让你禁不住
> 跳到天光微露。
> 在城里人们约会见面的去处，
> 每一次盛装舞会，人们都穿着晚礼服跟你打招呼，
> 来吧，忘记你的忧愁。来吧，
> 你会在那里找到我。别了，小城！
> 我现在要开车前往燕尾服舞厅。

炉渣镇新闻报消息荟萃

作者：米尔顿·詹姆斯先生

1950年11月25日

伯明翰的"钻石王老五"成婚

R.C.格林夫妇之女伊莱克特拉·格林小姐成了亚拉巴马州汽笛镇的乔治·皮维夫妇之子阿蒂斯·奥·皮维先生迷人的新娘。

色彩缤纷的婚礼仪式由第一国会教堂牧师尼克松博士主持，婚礼音乐由多才多艺的刘易斯·琼斯先生演奏。

光彩照人的新娘

可爱的新娘身穿墨绿色套装，佩戴琥珀色饰物，貂皮衬托脸颊。她戴一顶褐色毡帽，手套和鞋子搭配，胸前佩戴一束山谷百合。

新郎的妹妹"淘气鸟"皮维小姐惹人注目，她身穿葡萄色羊毛绉纱裙，前面用褶皱装饰，佩戴彩色串珠项链，以樱桃红手套搭配鞋子。

丰富多彩的招待会

婚礼仪式结束后，婚宴随即在露露·巴特福克太太家举办。她是本市首席美容师圈内的翘楚,既是美容师,又是假发专家。

伯明翰数位名人参加了这场丰富多彩的招待会,受到潘趣酒、冰激凌和专属蛋糕的款待。他们对新娘收到的礼品赞叹不已,啧啧称道。那些陈列出来的礼品琳琅满目,明亮鲜艳。

十月五日星期一晚上十一点,新人的亲友团在餐后热舞中得到致敬,舞会由托塞尔·罗宾逊太太担任东道主。

这场盛会充满魅力,小萨沃伊咖啡馆是这场盛会选中的地点,精心营造的圣诞节氛围,长条桌上沉甸甸地堆满美味佳肴,洋溢着浓郁的喜庆气氛。热腾腾的七道菜的鸡肉晚餐上桌了,开胃菜是葡萄酒,最后用热咖啡和甜点收尾。

新婚夫妇将入住新娘位于喷泉大道的住所。

皮格利·威格利超市

亚拉巴马州 伯明翰

1986年5月19日

伊夫琳·库奇自节食以来,熬过了漫长而艰难的九天。今天,她醒来时感到浑身舒畅。她似乎完全掌控了自己的生活,身材高挑又纤细,走路时自觉摇曳生姿,优雅从容。这九天好比爬山,现在她知道自己已经到达了山顶。不知怎的,今天,她由衷地明白,只要活着,她绝不会再乱吃东西,除了酥脆又新鲜的食物。她此刻的心情轻松又自在。

她走进超市,快步经过饼干、蛋糕、面包和第三通道的罐头食品,以前她购物时大多数时候在这片区域流连。现在她径直走向肉类区,订购了不带皮的鸡胸肉。接着她又去农产品区,以前她只是偶尔在这里买几颗土豆用来做土豆泥,这次她买了新鲜的西蓝花,柠檬和酸橙,把它们切碎后可以用来泡矿泉水喝。她在杂志区逗留片刻,买了本《城镇》杂志,里面刊载了一篇讲述棕榈滩的专题文章。然后她就到快速收银台结账。收银员跟她打招呼。

"嘿,库奇小姐,今天你还好吗?"

"好极了,莫塞尔,你好吗?"

"我也很好。"

"今天就买了这些吗,亲爱的?"

"就这些。"

莫塞尔打印出小票。

"你今天看起来真漂亮,库奇小姐。"

"唉呀,谢谢你,我感觉很好。"

"好啦,再见。祝你愉快。"

"谢谢。你也是。"

伊夫琳出门时,一个小青年从"只出不进"的通道口旁若无人地闯进来,跟她撞了个满怀,把她顶了回去。这个小青年身穿沾满油渍的短裤和T恤衫,目光尖利,嘴巴刻薄。他擦身而过,伊夫琳依旧情绪饱满,她喃喃自语道:"嗯,好一位优雅的绅士。"

小青年回过身,阴沉着脸说:"操你妈,婊子!"随后往里走去。

伊夫琳惊得目瞪口呆。他眼里的恨意让她无法呼吸。她感到自己浑身哆嗦,眼泪瞬间涌了出来。就像有人打了她一下。她闭上眼睛,告诫自己不要失控。他只是个陌生人。没关系的。不要因此受到干扰。

可是伊夫琳又想了想,心里清楚自己要做出弥补。她要到外面去等他出来并告诉他,她只是开个玩笑,淡化一下这件事,不是想伤害他的感情,她相信他一定是走错了门,没有察觉到自己撞了人。

她相信,只要她向他做出解释,他可能会感到抱歉,整件事情就翻篇了,她就能够心情舒畅地打道回府。

这个小青年拎着六瓶装啤酒,腾地冲出门口,从她身边走过。她快走几步赶了上去。

"打扰了。我只是想让你知道,你没有道理对我这么生气。我只是想……"

他厌恶地看了她一眼。"离我他妈的远点儿,你这头蠢牛!"

伊夫琳愣住了。

"抱歉。你骂我什么?"

他没有理睬她,自顾自地往前走。此时,她眼泪汪汪地在身后追着他。

"你骂我什么?你为什么对我充满恶意?我对你做了什么?你都不认识我!"

他打开卡车的门,歇斯底里的伊夫琳抓住了他的胳膊。

"为什么?你为什么对我这么坏?"

他怒气冲冲地挣脱她,一拳打在她脸上,眼露凶光,脸庞扭曲。"别跟老子耍花招,婊子,小心我把你他妈的脑袋拧下来——你这个又肥又蠢的婊子!"

说着他在她胸前推了一把,将她推倒在地。

伊夫琳不敢相信眼前发生的一切。她购买的杂物散落一地。

一个女孩在等着小青年。她穿着弹性露背装,头发蓬乱。女孩低头看着伊夫琳,笑了起来。他坐上卡车,倒车,卡车咻溜一声驶出停车场,小青年又回过头冲伊夫琳大声咒骂了几句。

伊夫琳坐在地上,胳膊肘流着血,重新变得又老又胖,还没出息。

威姆斯周报

（亚拉巴马州汽笛镇的每周简报）

1941年12月12日

开战了

格雷迪·基尔戈负责汽笛镇征兵委员会的事务。他说，年轻人都要来报名，把这件事尽快了结。

最近好像除了运兵车和坦克之外，没有其他车辆通行。人们不禁纳闷他们都从哪里来，要到哪里去。

威尔伯说，战争的持续时间不会超过六个月。

我希望这回他终于能说对一次。

"快乐美女理发店四重奏"应邀出席今年春天在田纳西州孟菲斯举行的"全国女子理发店四重奏大会"，演绎她们拿手的曲目《蘸着阳光继续作画》。

斯克罗金斯牧师要求停止向求购威士忌的人士提供他家的地址和电话号码，他的妻子阿尔纳情绪紧张，本周已经数次突然发作。鲍比·李·斯克罗金斯参加了海军。顺便说一句，咖啡馆窗户上的服务星章属于"威利小子"皮维——奥泽尔和大块头乔治的儿子，他是特劳特维尔首位参军入伍的黑人。

多特·威姆斯

附注：众人在筹备一年一度的圣诞节庆典，因为镇上男性人口不足，三位智者由我、奥珀尔和妮妮·特雷德古德扮演。

罗兹环路212号

亚拉巴马州 伯明翰

1986年8月8日

　　小青年在超市辱骂伊夫琳·库奇，让她觉得受到了侵犯。文字强奸。被剥得光溜溜。她总是竭力不让这种事情发生在自己身上，总是害怕惹人生气，担心一旦惹恼别人，对方就会用不堪入耳的话咒骂她。她一辈子都小心翼翼地避开那些人，好比淑女小心翼翼地提起裙子走过奶牛牧场。她疑心一旦招惹了他们，那些难听的话会立刻喷涌而出，肆无忌惮地将她摧毁。

　　事情终于发生了，可是她还活着。于是她产生了疑问。仿佛小青年的肆意羞辱把她骂醒了，她终于不得不正视自己，提出一些她曾经因为害怕听到答案而刻意回避的问题。

　　这种力量，这个歹毒的威胁，这支操控了她的生活的看不见的手枪究竟是什么……害怕挨骂吗？

　　她曾经是处女，别人不会骂她荡妇或者娼妓；她结了婚，别人不会骂她老处女；她假装高潮，别人不会骂她性冷淡；她生了孩子，别人不会骂她不能生育；她不是女权主义者，因为她不想让别人骂她男人婆和厌男者；她从不唠叨或者提高嗓门，别人不会骂她泼妇……

她时时事事小心谨慎，可是，那个陌生人还是用男人发火时责骂女人的脏话把她拖进了污水沟。

伊夫琳纳闷，骂人的脏话为什么总是与性有关？为什么男人想贬低其他男性时，会骂对方娘娘腔？好像娘娘腔是天底下最恶劣的东西。我们做了什么让别人这么想？为什么性器官"屄"成了骂人的话？人们不再羞辱黑人，至少不当着他们的面骂人。意大利人不再被叫作南蛮子或意大利佬，礼貌的交谈也不再提到犹太佬、日本鬼子、中国佬或西班牙佬。人人都有个团体为自己呐喊，充当后盾。但女人依旧遭受男人的羞辱。为什么？我们的组织在哪里？这不公平。她感到气愤，越想越气愤。伊夫琳想，要是艾姬在我身边就好了。她不会允许那个小青年用脏话骂她。我敢打赌她会把他撞倒在地。

这时候，伊夫琳强迫自己不要继续想下去，因为陡然间，她体验到一种前所未有的感觉，这种感觉让她悚然心惊。比多数女人晚了二十年，伊夫琳·库奇生气了。

她生自己的气，气自己那么谨小慎微。很快，这迟来的愤怒开始以一种奇特的方式表达出来。

平生第一次，她希望自己是个男人。不是为了享受男人无比珍视的那套装备的待遇，不。她想获得男人的力气，在超市就能把那个骂人的小混混揍成肉酱。当然，她意识到假如自己是个男人，小混混一开始就不敢开口骂她。在幻想中，她还是原来的样貌，却拥有十个男人的体力。她成了女超人。她在脑海里一遍又一遍地狠揍那个嘴巴不干净的小青年，直到他躺在停车场里，遍体鳞伤，血迹斑斑地跪地求饶。哈!

就这样,亚拉巴马州伯明翰的伊夫琳·库奇太太不可思议的秘密生活,在她四十八岁这一年开启了。

这位体态丰腴、容貌俊俏的中产阶级中年家庭主妇外出购物,打理各种琐碎的日常杂务。很少有人会想到,她正在想象中用机枪扫射强奸犯的生殖器,穿着特别设计的男靴把家暴男践踏至死。

伊夫琳竟然还给自己起了个秘密代号……一个让全世界瑟瑟发抖的名字:复仇者托旺达!

伊夫琳面带微笑做着手头的事情时,托旺达正雷厉风行地用电牛棒猛戳猥亵儿童的变态杂种,电得他们毛发竖立。她把微型炸弹装在《花花公子》和《阁楼》杂志里,翻开杂志,炸弹就会引爆。她给毒品贩子注入过量毒品,听任他们在街头等死。那位医生当面告诉伊夫琳的母亲,说她得了癌症;伊夫琳逼迫他浑身赤裸地走在街上,整个医疗行业,包括牙医和口腔保健员都笑话他,向他扔石子。她是仁慈的复仇者,一定要等他走完全程,才用大锤敲碎他的脑袋。

托旺达可以随心所欲,为所欲为。她回到古代,把保罗①狠揍一顿,因为他写道:女人应当保持沉默。托旺达前往罗马,把教宗踢下宝座,让修女替代他的位置,由牧师给她做饭,打扫卫生。

托旺达在《与媒体见面》节目中露面,语气平静,目光冷静,

---

① 指圣经中的使徒保罗。

面带揶揄的笑容。她与不同意见者辩论,直到她的才华让他们甘拜下风,甚至痛哭流涕,从节目上落荒而逃。她前往好莱坞,命令男主角与同龄的女演员,而不是身材完美的二十岁姑娘演对手戏。她允许老鼠把贫民窟的房东咬死,给世界上的穷人——不分男女老幼——派送食物,还有节育用品。

凭借远见卓识,她成为名满天下的"大度的托旺达""匡扶正义者"和"举世无双的女王"。

托旺达规定,政府部门中,男性和女性工作人员人数相同,共同参加和平谈判;她率领手下训练有素的化学家找到治疗癌症的方法,他们发明一种药片,让你想吃什么就吃什么,体重还不会增加;人们必须获得执照才能生儿育女,而且经济和情感状况必须健康无虞——再也没有挨饿或受到严重虐待的儿童。杰里·福尔韦尔[①]负责抚养无家可归的私生子;小猫、小狗不会被安乐死,有个专门的州分配给它们,也许是新墨西哥州或怀俄明州;教师和护士拿到与职业球员相同的薪水。

她叫停公寓建设,尤其是红瓦屋顶的公寓;范·强生有机会表演自己的专场……他是托旺达最喜欢的演员之一。

乱涂乱画的人被浸在洗不掉的墨水桶里。名人后代不能再出书。她亲自过问,让每位努力工作的好男人和好爸爸得到一次去夏威夷旅行和乘着敞篷车在海边兜风的机会。

托旺达前往麦迪逊大街,接管各类时尚杂志。体重六十公斤以

---

① Jerry Falwell(1933—2007),美国南方浸信会牧师、电视布道家。

下的模特一律解雇，皱纹突然变得妩媚迷人。这片土地永久性禁止销售低脂农家奶酪。胡萝卜条也是。

好吧，就在昨天，托旺达大步流星地走进五角大楼，收走炸弹和导弹，把玩具送给他们玩耍，她的姐妹们在俄罗斯执行同样的任务。然后，她登上六点钟的晚间新闻节目，把军费预算全部划拨给美国六十五岁以上的公民。托旺达一整天忙忙碌碌，伊夫琳上床睡觉时精疲力竭。

也难怪。今天，伊夫琳做晚饭时，托旺达刚刚处死了一屋子的黄色电影和剥削儿童的低俗电影制片人。接着，伊夫琳洗碗时，为了阻止第三次世界大战，托旺达又准备单枪匹马炸掉整个中东地区。于是，当埃德在书房里叫嚷再来一杯啤酒时，不知怎的，伊夫琳来不及制止，托旺达就吼了回去："去你的吧，埃德！"

埃德默默地从躺椅上站起来，走进厨房。

"伊夫琳，你没事吧？"

威姆斯周报

（亚拉巴马州汽笛镇的每周简报）

1943年2月9日

战事吃紧

现在，我的另一半跟铁路上的其他人一样两班倒，因为钢铁行业都在加班加点，这些日子我形单影只，独对寒窗。不过如果他是在帮助国家和我们的孩子，我想我可以接受。

汤米·格拉斯和雷·利默韦从军营写来了问候信。

顺便说一句，有人参观过艾姬和露丝的胜利花园吗，就在特雷德古德家的老房子旁边？艾姬说，西普塞种的棉豆足有银币那么大。我家的院子除了种几颗红薯，什么也长不出来。

"快乐美女理发店四重奏"的三名成员，我、比迪·路易丝·奥蒂斯和妮妮·特雷德古德去了一趟伯明翰，在布里特林自助餐厅吃了晚饭，又去看了埃茜·鲁·利默韦的演出。正式上映的电影还不及中场演奏的一半好。我们万分骄傲。我们想告诉剧院里的所有观众，她是我们的朋友。妮妮竟然真的转过头对邻座观众说，埃茜·鲁是她的小姑子。

对了，别忘了节约使用橡胶。

多特·威姆斯

附注：谁说女人的名字是弱者？上周日，可怜的德万·格拉斯在自己的婚礼上晕倒，在仪式期间从始至终不得不让新娘搀扶。他说，婚礼结束后他感觉好多了。他度完蜜月就去参军了。

亚拉巴马州 汽笛镇

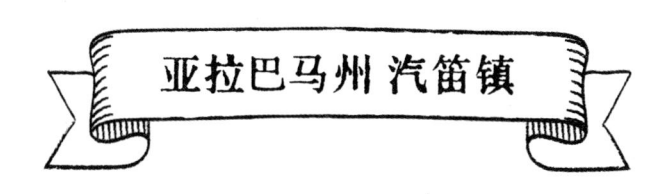

1944年1月12日

在伯明翰巨大的火车终点站，一支铜管乐队和五百多人齐聚一堂，欢迎凯旋的父老乡亲：他们全都是战争英雄。车站旗帜飘扬，人们等待着从华盛顿特区驶出的六点二十分到站的列车。

今晚，火车在伯明翰城外第一个停靠站停留了二十分钟，站台尽头一个黑人家庭等着接儿子回家。一只木箱轻轻地从行李车厢抬下，搁在马车上。马车要载着它穿过铁轨前往特劳特维尔。

阿蒂斯、贾斯珀和"淘气鸟"跟在奥泽尔、西普塞和大块头乔治身后。他们走过时，格雷迪·基尔戈、杰克·巴茨和铁路职员全体脱帽立正。

箱子上没有旗帜、条幅或徽章，只贴了一块纸板名牌，上面写着"上等兵 W.C. 皮维"。而街对面咖啡馆的窗户上插着旗帜，贴着服务星章，还挂着牌子，上面写着：欢迎回家，"威利小子"……

露丝和艾姬带着墩子去特劳特维尔跟众人一道去接站。

招人喜爱的"威利小子"，"奇妙策士皮维"，被塔斯基吉大学录取的男生……一个聪明人，要当律师，做自己人民的领袖，成为从亚拉巴马州到华盛顿特区的广大穷乡僻壤的一盏明灯。"威利小子"有机会功成名就，却在一次酒吧斗殴中遇害，杀死他的人是来自新泽西州纽瓦克的黑人士兵温斯顿·刘易斯。

"威利小子"滔滔不绝地谈论自己的父亲大块头乔治。在家乡，只要提到父亲的名字，黑人和白人都会异口同声地说："噢，是个爷们。"

可是温斯顿·刘易斯说，给白人干活的所有人，尤其在亚拉巴马州，都无非是个卑微、无知、愚昧的拖着脚走路的汤姆叔叔罢了。

为了活下去，"威利小子"接受的训练是对侮辱不做回应，还要尽量掩饰哪怕极其微弱的攻击性或愤怒。可是今晚，温斯顿说话时，他想到了自己的父亲，顺手就操起啤酒瓶砸在温斯顿的脸上，将其打趴在地，昏了过去。

第二天晚上，"威利小子"在睡梦中被人割断了喉咙，从一只耳朵割到另一只耳朵，温斯顿·刘易斯随后擅离职守。军方不以为意。他们受够了黑人之间持刀斗殴，"威利小子"被装在箱子里送回了家。

葬礼上，露丝、斯莫金和特雷德古德全家人坐在教堂的前排，艾姬代表全家发言。牧师宣讲道，耶稣只带他珍爱的儿女早日归家与他同在，还谈到坐在天堂黄金宝座上的全能天父的旨意。会众受到说服，回应道："是，先生，上帝的旨意要实现。"

阿蒂斯附和众人回答了牧师的问题。他目睹母亲号哭得撕心裂肺，在座位上如坐针毡。仪式结束后，他没有前往墓地。当"威利小子"被放入亚拉巴马州冰冷的红泥墓穴时，阿蒂斯跳上火车前往新泽西州的纽瓦克。他要找一位温斯顿·刘易斯先生报仇雪恨。

会众在歌唱:"主啊,不要移走高山,赐予我攀登的力量……"

三天后,有人在纸袋里发现了温斯顿·刘易斯的心脏,距离他的住处仅隔几个街区。

威姆斯周报

（亚拉巴马州汽笛镇的每周简报）

1944年2月24日

"冰箱闹剧"让人笑破肚皮

"莳萝泡菜俱乐部"上演了一年一度的"冰箱闹剧"，这是迄今为止最精彩的一次。

格雷迪·基尔戈扮演秀兰·邓波儿，演唱了《我们要出发去糖果店啦》。我不禁纳闷，有人觉得我们的警长生着两条美腿吗？

我的另一半威尔伯·威姆斯演唱了《落日红帆》，我认为唱得很好，不过我的评判不算数。但每天洗澡时我都能听到他唱歌。哈。哈。

最搞笑的喜剧节目是艾姬·特雷德古德模仿斯克罗金斯牧师，皮特·蒂德韦尔模仿维丝塔·阿德科克。

奥珀尔负责所有演员的发型和妆容，妮妮·特雷德古德、比迪·路易丝·奥蒂斯和我本人负责所有演员的服装。

在短剧《马特和杰夫》中，所谓的"危险动物"不是别的，正是哈德利夫妇的斗牛犬"圆环"，戴了防毒面具。

演出收入全部捐给圣诞基金，用来帮助汽笛镇和特劳特维尔的贫困人口。

我希望这场古老的战争加快进程，早日结束。我们由衷地思念家里的男性人口。

顺便说一句，前几天威尔伯想去参军。感谢上帝，他年纪太大，而且是扁平足，不然我们真要遇到麻烦了。

多特·威姆斯

玫瑰露台养老院

旧蒙哥马利高速公路
亚拉巴马州 伯明翰

1986 年 7 月 28 日

伊夫琳节食减掉的体重又反弹回来,还增了七斤。她心烦意乱,没有注意到特雷德古德太太又把衣服里外穿反了。

她们津津有味地吃着一盒四斤半重的软糖。特雷德古德太太说:"我好想吃块黄油。他们这里供应的人造黄油,吃起来就像猪油。大萧条时期我们吃过太多人造黄油,我再也不想吃了。于是我就干脆不吃,我吃吐司不抹黄油,只抹点儿苹果酱。

"想一想吧,艾姬和露丝买下咖啡馆是在一九二九年,恰好是大萧条最严重的时候,即便那个时候我们也不吃人造黄油。至少我不记得吃过。很奇怪,当年全世界都在受苦,可是我脑海中回想起在咖啡馆度过的萧条岁月,却是一段欢乐时光,虽然大家都过得很艰难。我们很开心,当年却没有意识到。

"许多个夜晚,我们围坐在咖啡馆里听收音机。我们收听《费伯·麦克基与莫莉》《阿莫斯和安迪》《弗雷德·艾伦》……噢,我记不清都听了些什么,但都很精彩。我不看现在电视上播放的节目。

人们互相打打杀杀，恶语相向。《费伯·麦克基与莫莉》不朝着对方怒吼。《阿莫斯和安迪》有时候吼几句，但是很好玩。如今电视上的黑人也没有过去那么可爱了。要是大块头乔治像他们当中有些人那样信口开河、胡说八道，西普塞会剥了他的皮。

"不止是电视。有一天，奥蒂斯太太去超市，她对路过的黑人小男孩说，要是他能帮她把水果和蔬菜搬到车上，她就给他五分钱。她说，他瞪了她一眼，很轻蔑，然后若无其事地走开了。噢，也不光是黑人。以前奥蒂斯太太还在开车的时候，她撞到一堆购物车上，后面的司机追上来一个劲儿地冲我们按喇叭。他们从我们身边经过，有些人对我们竖中指。我以前从没见过这种事情。没必要那么下作。

"我连新闻也不想再看。人们互相打来打去。应该给那些小青年吃几颗镇静剂，让他们消停一会儿。他们给达纳韦先生服用的就是镇静剂。我认为不良现象的新闻对人潜移默化地造成影响，让人变得卑劣。所以一播新闻，我就换台。

"过去十年里，我喜欢上了收看宗教节目。我喜欢《P·T·L俱乐部》。这个节目里有很多聪明人。我时不时地寄点儿钱过去，要是我有钱的话。我每天晚上七点到八点收听《美国营会》。我喜欢奥拉尔·罗伯茨[①]和《700俱乐部》[②]。我几乎每个人都喜欢，除了那个化妆的女人，她要不是没完没了地哭哭啼啼，也没关系。噢，

---

① Oral Roberts（1918—2009），美国著名的基督教传播者。
② 一档基督教主题的电视节目。

她高兴的时候哭,难过的时候也哭。我跟你说吧,她随时随地都能哭出来。唉,她需要补充点儿激素。我也不喜欢从头到尾大喊大叫的牧师。我不知道他们手里拿着麦克风,为什么还要声嘶力竭地喊。要是他们嗓门大起来,我们就换一个频道。

"我还要告诉你一件事,报纸上的连环漫画不再有趣了。我记得当年的《汽油巷》[①]或者《小威利·温基》[②]总能让人哈哈大笑。我好喜欢《亨利》[③]……噢,小亨利总是让自己陷入窘境。

"我不相信人们还像以前那么快乐。永远见不到高兴的面孔,至少我没看见。弗朗西斯带我们去逛购物广场,我对奥蒂斯太太说:'看看这些人愁眉苦脸的样子,连年轻人也不例外。'"

伊夫琳叹了口气。"我很不解,人们为什么变得这么坏……"

"噢,全世界都这样,亲爱的。世界末日要来了。唉,我们可能会进入二〇〇〇年,不过我很怀疑。你知道,我听很多出色的牧师布道,他们都说,我们处在末日时期。他们说,都写在圣经的《启示录》里……当然,他们不知道末日何时来临。除了仁慈的上帝,没有人知道。

"我不知道仁慈的上帝打算让我活多久,不过我活到头了,我心里清楚。所以我才把每天都当成最后一天来过。我要做好准备。

[①] 1918年开始连载的连环画,讲述虚构的汽油巷镇居民的生活。

[②] 苏格兰童谣。

[③] 美国漫画家卡尔·托马斯·安德森于1932年创作的连环画。主角亨利是个光头男孩。

所以我才对达纳韦先生和维丝塔·阿德科克没有微词。我们得自己活,也让别人活。"

伊夫琳不由自主地发问道:"他们怎么了?"

"噢,他们以为自己恋爱了。他们是这么说的。噢,你真该看看他们,手牵着手,到处腻歪。达纳韦先生的女儿发现了这件事,跑过来威胁要起诉养老院,还骂阿德科克太太是个贱货!"

"噢,不会吧。"

"噢,是的,亲爱的……她说阿德科克太太想把爸爸从他们身边抢走。场面一片混乱,达纳韦先生被送回家去了。我猜,他们担心他和阿德科克太太发生关系。我认为,那是个早已死去的梦想。吉妮说他几年前就失去了活动能力,连只苍蝇都拍不死……那么,轻轻地拥抱一下,接个吻会造成什么伤害呢?维丝塔的心都碎了。不知道接下来她会怎么做。

"我要告诉你一件事,这里不会让你过得轻松愉快的。"

伊夫琳说:"我也这么认为。"

威姆斯周报

（亚拉巴马州汽笛镇的每周简报）

1945年8月1日

有人掉进油漆桶

要不是跟他结了婚，我绝对不会相信……我的另一半在铁路站场闲逛，工作人员在给军用列车刷漆，他掉进了一只容量近一千升的漆桶里。他奋力地爬了出来，可是油漆干得太快，他站在地上之前油漆已经完全干了。我们只好把奥珀尔叫到家里，帮他把沾了油漆的头发剪掉。幸好家里没有孩子，我可没工夫操心另一个孩子了。

有人认识能把一个丈夫照顾好的保姆吗？

战争终于结束，我们都很高兴。鲍比·斯克罗金斯昨天回了家，汤米·格拉斯和雷·利默韦上星期四回了家。万岁！

都是好消息。妮妮·特雷德古德走进来送给我一朵四叶苜蓿。她说，她和阿尔伯特在她家前院发现了三株。谢谢你，妮妮。

多特·威姆斯

玫瑰露台养老院

旧蒙哥马利高速公路
亚拉巴马州 伯明翰

1986年8月15日

黑人护士吉妮自诩铁人,其实深感疲惫。她说自己累了,到她们屋里坐下来休息片刻,抽根烟。奥蒂斯太太去走廊尽头上艺术和手工艺课,特雷德古德太太很高兴有人跟自己做伴。

"你认识星期天跟我聊天的那个女人吗?"

吉妮说:"哪个女人?"

"伊夫琳。"

"谁?"

"就是那个胖胖的灰发女人。伊夫琳……伊夫琳·库奇……库奇太太的儿媳妇。"

"噢。我知道是谁了。"

"她告诉我,自从有人在超市骂了她以后,她就很讨厌人。我对她说:'噢,亲爱的,仇恨没有好处。除了把你的心变成苦根,一点儿用都没有。人没法控制自己是个什么样的人,就像臭鼬只能是臭鼬一样。你不觉得要是人有选择,会宁愿变成别人吗?一定会的。人很软弱。

"伊夫琳说,有些时候她竟然恨起自己的丈夫来。他闲着什么事都不做,只是坐着观看足球比赛、打电话,她就会冒出可怕的念头,无缘无故就想操起棒球棒砸向他的脑袋。可怜的小伊夫琳,她以为世界上只有自己产生过丑恶的想法。我告诉她,她面对的问题是夫妻共同生活太久以后发生的自然现象。

"我还记得克利奥第一次装上假牙的时候,他很为假牙自豪。他每吃一口饭菜,假牙就咔嗒作响,那声音让我心情烦躁,有时候吃晚饭,我不得不从餐桌旁走开,才能忍住不说话……我爱他胜过世界上的一切,可还是会经历一个时期,两个人互相把对方逼疯。然后,有一天——唉,我不知道是他的假牙自动不再发出咔嗒声,还是我习惯了——反正假牙不再让我烦心。最和睦的家庭也会发生这样的事情。

"就拿艾姬和露丝来说吧。唉呀,再也见不到比她们还要情投意合的两个人了。可是就连她们也经历过一个时期,遇到一些小问题。有一次,露丝搬来跟我们同住。我不知道是怎么回事,也没探问,因为不关我的事,不过我估摸是因为她不喜欢艾姬到河边去找伊娃·贝茨。说是她觉得也许伊娃鼓动艾姬喝太多酒,是为了伊娃自己好。这是真事。

"不过,就像我对伊夫琳说过的,每个人都有自己的小怪癖。

"可怜的小伊夫琳,我很担心她。更年期对她的打击太大,让她措手不及!她说,她不仅想砸埃德的脑袋,而且最近她还在脑海中幻想,晚上她穿着黑色的夜行衣出门,用机枪把坏人杀死。你能想象吗?

"我说:'亲爱的,你就是看电视太多了,赶快把这些念头从脑海中赶走!况且,也轮不到我们去评判别人。圣经写得很清楚,到了审判日,耶稣要率领成群的天使降临,对所有生者和死者做出审判。'

"伊夫琳问我审判日是什么时候,你知道吗?哪怕要了我的命,我也不会说!"

车轮河钓鱼俱乐部

亚拉巴马州 勇士河

1946年6月3日

蓝灯泡亮着,可以听到屋里众声喧哗,自动点唱机开的声音很大,一路传到河对岸。艾姬坐在中间喝着蓝带啤酒,一杯又一杯。今晚她没有喝威士忌,因为她昨晚喝了太多威士忌,还没有彻底清醒呢。

她的朋友伊娃在跟几个乡村青年玩闹,今晚他们本该去盖特市参加"麋鹿俱乐部"的聚会。伊娃从艾姬身边走过,看了她一眼。

"天哪,妞儿,你怎么了?看起来像一只喝多了酒的蜥蜴!"

汉克·威廉斯发自肺腑地唱道,他孤单寂寞,几乎要死去。

艾姬说:"露丝搬出去了。"

伊娃神色一变。"什么?"

"搬出去了。搬到克利奥和妮妮家去住。"

伊娃坐了下来。"唉呀,天哪,艾姬,她为什么这样做?"

"她生我的气了。"

"我估计也是。你做了什么?"

"我说假话骗她。"

"噢。你说了什么?"

"我跟她说,我要去亚特兰大看望姐姐利昂娜和姐夫约翰。"

"你没去吗?"

"没有。"

"你去哪儿了?"

"树林。"

"跟谁?"

"就我自己。我就想一个人待着,没别的。"

"你为什么不跟她说实话?"

"我也不知道。我想,我只是很烦时时事事都要报备。我也不知道。我觉得处处受到束缚,我得出去透口气。我就说了假话。就这些。有什么大不了的? 格雷迪对格拉迪丝撒谎,杰克对莫泽尔也撒谎。"

"是的。可是亲爱的,你不是格雷迪,也不是杰克……露丝也不是格拉迪丝,不是莫泽尔。噢,上帝,妞儿,我很不喜欢看到这事发生。当年你发了好大的脾气,直到她搬来这边才消停,你不记得了吗?"

"记得。可是,有时候我需要透透气。我觉得自己需要自由。你懂的。"

"我当然懂,艾姬,可是你得从她的角度来看这件事。那姑娘放弃了一切来到这里。她离开家乡,离开陪伴她长大的朋友——放弃了一切,只为在这里跟你共同创造生活。你和墩子是她的全部。你的朋友和家人都在身边……"

"是啊。唉,有时候我觉得他们喜欢她胜过喜欢我。"

"听着，艾姬，我跟你讲，你想没想过，她在这里人见人爱？她只要捻一下手指，就会有人对她唯命是从。所以，我要是你，在一走了之前，我得好好想一想。"

这时候，海伦·克莱普尔——一个五十岁左右的女人，醉醺醺地从卫生间走出来，裙子后摆塞在内裤里，跟跟跄跄地走向自己的桌子，几个男人正等着她。多年来她在俱乐部附近游荡，勾搭男人，只要有人愿意给她买酒喝，只要这人还能动弹，她就来者不拒。

伊娃朝她指了指。"瞧，有个女人获得了自由。没人在乎她在哪里，也没人理会她说的是真话还是假话，这一点你可以肯定。"

艾姬远远地望着海伦。海伦的口红花了，头发散落在脸颊上。她坐在桌前，醉眼蒙眬地看着几个男人，没有留意她们俩。

顷刻间，艾姬就说："我得走了。得把这事想清楚。"

"是啊。好吧，我知道你会的。"

过了两天，露丝收到一张用打字机写的字体清晰的便条，上面写着："如果你把一只野物关在笼子里，它一定会死去；如果你让它自由奔跑，十有八九它会归巢。"

三个星期以来，露丝第一次打电话给艾姬。"我收到了你的便条。我在想，也许至少我们可以谈谈。"

艾姬欣喜若狂。"太好了。我马上就到。"说着就出了门。必要的话，她打算在斯克罗金斯牧师家的前院手按圣经发誓，再也不对露丝撒谎。

艾姬转过街角，看到克利奥和妮妮家的房屋，突然回想起露丝的话，顿时恍然大悟。什么便条？她根本没有寄过便条。

伯明翰新闻报

1947年10月15日

独臂四分卫带领球队取得五连胜

在以27比20战胜埃奇伍德村队的比赛中，第四节的比分始终胶着在20比20。汽笛镇队的胜利来自高三学生、独臂四分卫（墩子）巴迪·特雷德古德惊险的43码传球。

"墩子是我们最宝贵的球员。"教练德尔伯特·纳韦斯今天早些时候在接受采访时说道，"他的好胜心和团队精神影响到胜负成败。他虽然身体残疾，却在今年有37次传球，其中33次成功。他能够从中锋手中接到球，把球抱在胸前，抓住机会在不到两秒内把球传出去，他的速度和准确度都很出色。"

这个平均成绩为B的学生，也是棒球队和篮球队的正式队员。他是汽笛镇的露丝·贾米森太太的儿子，当被问及他对体育运动何以样样精通时，他说，少不了姨妈艾姬的帮助，教他领会橄榄球运动的真谛。

汽笛站咖啡馆

亚拉巴马州 汽笛镇

1947年10月28日

墩子结束训练回到家,给自己倒了一杯可乐。艾姬在柜台后面给"孤客"斯莫金泡制第二杯咖啡。墩子从身边走过时,她对他说:"我想跟你谈谈,年轻人。"

斯莫金赶快埋头吃起了馅饼。

墩子说:"我做了什么?我什么也没做……"

"你是这样想的,小伙子。"她对墩子说。墩子此时身高一米八,长出了胡子,"我们到里屋去吧。"

他慢吞吞地跟在她身后,在桌旁坐下。"妈妈去哪儿了?"

"她到学校开会去了。嘿,年轻人,今天下午你对佩姬说了什么?"

他一副莫名其妙的样子。"佩姬?哪个佩姬?"

"你知道是哪个佩姬。佩姬·哈德利。"

"我什么也没说。"

"你什么也没说?"

"没有。"

"那你觉得，不到一个小时前，她为什么来到咖啡馆，哭得死去活来？"

"我不知道。我怎么知道？"

"她不是请你今天下午陪她去参加舞会吗？"

"是啊，我猜她可能邀请过我。我不记得了。"

"你跟她说了什么？"

"啊，艾姬姨妈，我不想陪她参加舞会。她还是个孩子。"

"你怎么跟她说的？"

"我跟她说，我很忙之类的。她反正是不可理喻。"

"先生，我在问你，你对那姑娘说了什么话？"

"噢，我只是开个玩笑。"

"你只是开个玩笑，嗯？你的做法是若无其事地站着，在朋友们面前装大人物，这就是你干的好事。"

墩子不自在地在椅子上动来动去。

"你对她说，等她长了奶子再来找你。是不是？"

他没有吭声。

"是不是？"

"艾姬姨妈，我只是开个玩笑。"

"好吧，你很走运，没人冲你的脸蛋来一拳。"

"她哥哥就站在我旁边。"

"好吧，他屁股上也该挨一脚。"

"她在无事生非。"

"无事生非？你知道那个可怜的小人儿邀请你去跳舞，要鼓起多大的勇气吗？你倒好，当着全体男生的面说出那样的话！嘿，你

265

听好了,小子。我和你妈妈可没培养你长成一个又蠢又笨的乡巴佬。要是有人那样跟你妈妈说话,你是什么心情?要是有个姑娘对你说,等你长了鸡巴再去找她呢?"

墩子脸红了。"别说这种话,艾姬姨妈。"

"我就要这样说话,我不希望你的言谈举止像个白人垃圾。你不想去参加舞会是一码事,可是你不能跟佩姬或别的姑娘那样说话。听到了吗?"

"听到了。"

"我要你立刻到她家去赔礼道歉。这事没商量。听到了吗?"

"是,女士。"

他站了起来。

"坐下。我还没说完呢!"

墩子叹了口气,跌坐在椅子上。"还有什么事?"

"我得跟你聊聊。我想知道你跟那些姑娘们是怎么回事。"

墩子看起来很不自在。"什么意思?"

"我从来没有刺探过你的私生活。你十七岁,是个大人了,可是我和你妈妈很为你操心。"

"为什么?"

"我们觉得你本来应该已经过了这个阶段,可是你没有。你岁数不小了,再整天跟那帮男生厮混不合适了。"

"我的朋友们怎么了?"

"没什么,只不过全都是男生。"

"那又怎样?"

"好多姑娘喜欢你喜欢得不得了,可你看都不看她们一眼。"

墩子不吭声。

"要是她们当中有人想跟你说句话,你就表现得像个笨蛋。我看见过。"

墩子把铺在桌上的格子油布抠出了一个洞。

"我跟你说话的时候看着我……你表哥巴斯特已经结了婚,很快就要当爸爸,他只比你大一岁。"

"那又怎样?"

"你还没有约姑娘看过电影,每次学校举办舞会,你就去打猎。"

"我喜欢打猎。"

"我也喜欢。可是你知道,生活中除了打猎和运动,还有很多东西。"

墩子又叹了一口气,闭上了眼睛。"我不喜欢做别的。"

"我给你买了那辆车,帮你把它修好,是因为我想你可能会载着佩姬去什么地方。你倒好,只是开车载着男生在路上乱跑。"

"为什么是佩姬?"

"好吧,佩姬或者别人——我不希望你像可怜的斯莫金那样孤独终老。"

"斯莫金活得很好。"

"我知道他活得很好。要是他有妻子,有家人,他会活得更好。假如我和你妈妈出了什么事,你怎么办?"

"我能过下去。我又不笨。"

"我知道你能过下去,可是我希望有个人爱你、照顾你。等你明白过来,好姑娘都被人娶走了。佩姬怎么了?"

"她很好。"

"我知道你喜欢她。现在你自以为了不起,以前可是经常给她寄情人卡呢。"

墩子不吭声。

"好吧,你还有别的喜欢的人吗?"

"没有。"

"为什么?"

墩子很是尴尬,他高声叫道:"我就是不喜欢,没别的。唉,别烦我了!"

"听着,小老弟,"艾姬说,"你在足球场上可能很了不起,但我可是给你换过尿布的,看我不把你揍得屁滚尿流!这是怎么啦?"

墩子不吱声了。

"怎么回事,小子?"

"我不知道你在说什么。我要走了。"

"坐下。哪儿也不许去。"

他叹了口气,坐了下来。

艾姬轻声问道:"墩子,你不喜欢女生吗?"

墩子把视线转向别处。"喜欢,我喜欢女生。"

"那你怎么不跟她们出去玩?"

"好吧,我没毛病,也不是个怪人,你不用担心这个。只是……"墩子在卡其布裤子上擦了擦汗津津的手掌心。

"说吧,墩子,跟我说说是怎么回事。我们俩总是能把事情说开。"

"这我知道。我只是不想跟别人谈论这件事。"

"我知道你不想,但我想跟你聊一聊。说吧,怎么回事?"

"唉，只是……噢，上帝！"他咕哝着说，"要是她们有人想跟我做那件事……"

"你是说，想做爱？"

墩子盯着地板点了点头。

艾姬说："噢，换作是我，我会认为自己是个幸运的男孩，你呢？我认为这是一种赞美。"

墩子拭去唇边的汗珠。

"儿子，你是不是身体有什么问题，硬不起来？要是这样的话，我们可以带你去看医生，给你检查一下。"

墩子摇了摇头。"不，没有。我身体没有问题，我硬起来过上千次。"

这个数字让艾姬吃了一惊，但她还是保持平静，说："那么，至少我们知道你身体好端端的。"

"对，我身体没毛病。只是，嗯，我没跟人做过……你知道……我只是自己弄。"

"那样不会造成伤害。不过，你不认为应该跟哪个姑娘试一下吗？我不信你没有过机会，你长得这么帅。"

"是啊，我有过机会。不是……只是……"艾姬听到他的声音变得嘶哑，"只是……"

"只是什么，儿子？"

霎时间，滚烫的泪珠汩汩涌出，顺着墩子的脸颊滑落。他抬头望着她。"我很害怕，艾姬姨妈。我只是害怕。"

从小到大墩子都很勇敢，艾姬从没想过有什么事情会让他感到害怕。

"怕什么呢,孩子?"

"嗯,怕我会栽倒在她身上,怕自己失去平衡,因为我的胳膊,也许我只是不知道怎么做才对。你知道,我可能会弄伤她什么的……我不知道。"

他避开艾姬的目光。

"墩子,看着我。你到底在怕什么?"

"我跟你说过了。"

"你怕姑娘笑话你,是不是?"

终于,过了片刻,他脱口而出:"是的。就是这个原因。"他用手捂住脸,为自己掉了眼泪感到羞愧。

此时此刻,艾姬心疼不已,她做出一个罕见的举动:她起身搂住墩子,像安抚婴儿似的摇晃着他。

"噢,亲爱的,不要哭。一切都会好的,我的天使。你不会有事的。艾姬姨妈不会让坏事发生的。对,我不允许。我让你失望过吗?"

"没有,女士。"

"我儿子不会有事的。我不允许。"她安抚着墩子,心里很是无奈,仔细琢磨着有没有认识的人可以帮帮他。

星期六一大早,艾姬开车带墩子去河边,像多年前一样驶入白色的马车轮大门,来到一栋门廊装有落地窗的小屋前,让他下了车。

小屋的门开了。一个刚洗过澡、擦过粉、喷过香水的长着铁锈色头发和苹果绿眼睛的女人说:"进来吧,宝贝。"艾姬开车离去。

威姆斯周报

（亚拉巴马州汽笛镇的每周简报）

1947年10月30日

墩子大获成功

《伯明翰新闻报》详细报道了艾姬·特雷德古德和露丝·贾米森的儿子——墩子的事迹。恭喜。我们都为他感到骄傲，不过，别到咖啡馆去，除非你愿意花上一个小时听艾姬给你讲赛场上的种种状况。从没见过这么自豪的家长。比赛结束后，球队、乐队和啦啦队全体成员都去咖啡馆享用了免费汉堡。

我的另一半对时尚全无感觉。前几天下午，我去奥珀尔的美发店做了头发，戴着新的束发网回到家，精干又俊俏。他说，我的发网看起来好像罩了防虫网的山羊乳房……接着，在我们的结婚纪念日，他明知道我在节食，却故意带我去伯明翰的一家意大利面馆吃饭……男人！不能跟他们共同生活，又离不开他们。

顺便说一句，我们很遗憾地听说阿蒂斯·奥·皮维运气不好。

多特·威姆斯

亚拉巴马州 炉渣镇

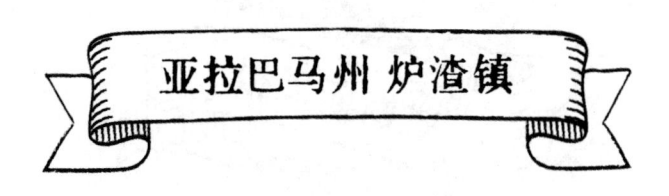

1949年10月17日

阿蒂斯·奥·皮维跟第二任妻子同住，她以前叫马德琳·普尔小姐，给人做一等用人。她干活的那家人住在高档社区"高地大道"。他们住在她位于城南锡顶巷六号的房子里。锡顶巷只有六排木屋，锡屋顶，泥土庭院。院子里大多摆放洗衣盆，里面种着五颜六色的花花草草，给灰不溜秋的木屋增添一抹亮色。

这里比他们先前的住处上了个台阶。先前的住处是一栋房屋后面老旧的用人宿舍，地址是简单的 G 巷 2 号。

阿蒂斯觉得这个社区舒适惬意。他可以在商店前面闲逛，跟其他用人的丈夫们聊天。傍晚吃过晚饭——晚饭通常是白人的剩饭——他们就坐在门廊边。许多个夜晚，一个家庭唱起歌来，别的家庭陆续加入。娱乐生活很丰富，因为墙壁很薄，可以津津有味地倾听邻居的收音机或留声机。当贝西·史密斯在某户人家的留声机里歌唱《我孤身一人》时，锡顶巷里人人都为她叹惋不已。

这个街区当然不缺乏其他社会活动，阿蒂斯会收到各种活动邀请。他在巷子里人缘极好，男女老少都喜欢他。每天晚上至少要做一两次烤猪肠或烧烤……如果天公不作美，可以坐在前门廊的黄灯下，静静地品味雨水敲打铁皮屋顶的意境。

这个秋天的下午，阿蒂斯久久地坐在门廊边，端详手中的香烟腾起丝丝缕缕的烟。他满心欢喜，因为乔·路易丝当上了世界冠军，伯明翰黑男爵棒球队赢得了本年度的全部比赛。这时候，一只瘦骨嶙峋、满身疥癣的黄狗在巷子里跑来跑去，四处觅食。这只狗是阿蒂斯的朋友"约翰以后"的，取这个名字是因为他在哥哥约翰后面出生。黄狗一蹦一跳地上了门廊边的台阶向阿蒂斯走来，阿蒂斯像往日一样照例轻拍一下它的脑袋。

"今天没啥给你吃的，小子。"

黄狗怅然若失，蹦跳着离开了，去别处搜寻别人吃剩的玉米面包，哪怕几片绿叶菜。这里，萧条从未结束，狗也不例外，日子时好时坏，多数时候是变坏。

阿蒂斯看到捕狗人的卡车开了过来，穿白制服的捕狗人带着罗网下了车。车厢里已经装满了这天下午不幸落网的狗，汪汪地叫个不停。

下了车的人吹了声口哨，召唤街头的黄狗。

"过来，小子……过来，小子……来吧，小子……"

友善的黄狗毫无戒备地向他跑过去，瞬间就落入网内，翻了个身，被提溜到卡车上。

阿蒂斯从门廊边走过来。"嘿，先生。这只狗是有主人的。"

这人停下动作。"是你的？"

"不，不是我的。是'约翰以后'的，你不能带走它，不行啦。"

"我不管它是谁的，它没执照，我们要把它抓走。"

卡车里另外一个人下了车，站在旁边。

阿蒂斯开口央求,他知道黄狗一旦被送到城市的流浪狗收容所,就是羊入虎口,有去无回,如果主人是黑人,就更是如此。

"先生,请让我给他打个电话。他在五点镇上的弗雷德·琼斯先生的店里做冰激凌。请让我给他打个电话。"

"你有电话吗?"

"没有,不过我可以跑去果蔬店打。只要一小会儿。"阿蒂斯更加恳切地央求,"求求你,毕竟约翰是个头脑简单的家伙,没有女人愿意嫁给他,这只狗是他的命根子。我不知道要是狗出了事,他会怎样。他很可能会自杀。"

这两个人目光对视一眼,块头大的那个人说:"好吧,不过你要是五分钟内不回来,我们就走了。听到了吗?"

阿蒂斯准备行动。"行,我马上回来。"

他跑起来才意识到自己身无分文,就在心里默默地祈祷果蔬店老板——意大利人利奥先生能借给他五分钱。他上气不接下气地跑进商店,看到了利奥先生。

"利奥先生,利奥先生,我要借五分钱……他们要把'约翰以后'的狗带走……他们等着我呢。拜托了,利奥先生……"

阿蒂斯说的话,利奥先生一句也没听懂。他让阿蒂斯冷静下来,原原本本再给他解释一遍。可是等阿蒂斯拿到五分钱时,电话亭被一个白人小青年占据了。

阿蒂斯冒出一身汗,焦急地变换着两只脚的重心。他知道自己没办法让里面的家伙放下电话。一分钟……两分钟……

阿蒂斯哀叫起来。

"噢,上帝啊。"

最后还是利奥先生路过电话亭，敲了敲玻璃窗。"出来！"

在接下来的六十秒钟，小青年不情不愿地在电话里跟对方道别，挂断了电话。

他一离开，阿蒂斯迫不及待地冲进电话亭，才发现自己不知道电话号码。

他用颤抖的出了汗的手翻着挂在细链子上的电话簿。"琼斯……琼斯……噢，上帝啊……琼斯……琼斯……整整四页……弗雷德·B……这是他的住址……"

他不得不在黄页里从头翻起。"我看看下面是什么……冰激凌店？药店？"他找不到。他拨通了问讯处的电话。

"这里是信息台。"一个清脆的白人声音回答道，"你好，请问要我帮忙吗？"

"是的，女士。嗯……我要找弗雷德·B.琼斯的电话号码。"

"对不起，请再重复一遍名字可以吗？"

"好的，女士，弗雷德·琼斯先生，在五点镇。"他心跳得厉害。

"这里有五十多个弗雷德·琼斯，先生。你有街道的地址吗？"

"没有，女士，这家店在五点镇。"

"五点镇有三个弗雷德·琼斯……三个号码你都要吗？"

"是的，女士。"

他在口袋里摸索铅笔——她开始报号码……"弗雷德·琼斯先生，南18号，号码是68799；弗雷德·琼斯先生，木兰角公寓141号，号码是68745；弗雷德·C.琼斯，15街，号码是68721……"

他没有摸到铅笔。接线员挂断了电话。他还得查电话簿。

他简直无法呼吸。汗水流到他的眼睛里，模糊了他的视线。药店……药房……冰激凌店……食品店……餐饮店……就是这个！找到了，弗雷德·B.琼斯餐饮公司，号码是68715……

他把五分钱塞进投币口，拨了号码，忙音。再试一次，忙音……忙音……

"噢，上帝啊。"

阿蒂斯拨了八次电话都没有打通，他一筹莫展，就跑回去找那两个人。他拐过街角，谢天谢地，他们还在，身体靠在卡车上。他们用绳子把狗拴在车门上。

"找到了？"大块头的那个问道。

"没有，"阿蒂斯气喘吁吁地说，"没找着，要是你们顺路把我带到五点镇，我就能找到他……"

"不行，我们不干。我们在你身上浪费的时间够多了，小子。"他动手解开绳子，把狗装上车厢。

阿蒂斯万般无奈。"不行，你们不能这么做。"

阿蒂斯把手伸进口袋，趁他们没有防备，用一把十厘米长的弹簧刀把拴狗的绳子割断，叫道："快跑！"

阿蒂斯转身目送感激涕零的黄狗欢快地跑过街角。金属警棍砸向他的后脑勺时，他脸上还笑吟吟的。

意图用致命武器杀害市政官员未遂，判刑十年。如果那两个人是白人，刑期将是三十年。

亚拉巴马州 伯明翰

1986年9月1日

埃德·库奇周四晚上回到家,说他跟办公室一位女同事闹矛盾,她是个臭八婆①,男人们谁也不愿意跟她共事。

第二天,伊夫琳去商场给婆婆买睡衣。她在自助餐厅吃午饭时,脑海中蓦地冒出一个想法,无缘无故地:

什么是"打破睾丸的人"?

她常听埃德说这个词,还有"她想得到我的蛋,我不得不拼命护着我的蛋"。

为什么埃德那么害怕有人得到他的蛋?它们到底是什么?无非是两个盛放精液的小袋囊罢了。可是男人们护着它们的架势让人觉得,它们是世界上最重要的东西。我的天,他们的儿子有一个睾丸不是正常下垂时,埃德差点儿愁死。医生说,它不会影响儿子的生育能力,但是看埃德的样子,好像这是一场悲剧,要送儿子去看心理医生,免得儿子觉得自己不够爷们。她记得自己当时心里想,多

---

① 原文是 ball breaker,直译为打破睾丸的人。

傻啊……她的乳房始终没有发育,也没人送她去寻求帮助。

埃德赢了。他对她说,她不懂身为男人是什么滋味,意味着什么。家里的猫让街对面的纯种暹罗猫怀了孕,她想让人把它阉掉时,埃德居然大发雷霆。

他说:"你要是割了它的蛋,还不如干脆让它安乐死!"

毫无疑问,一说到蛋,他的态度一触即发。

她记得埃德有一次称赞办公室这位女同事,因为她勇敢地跟老板叫板。他吹捧她说,她是一位有种①的女士。

现在她仔细想想,不禁感到纳闷:这女人的力量与埃德的解剖学有什么关系?他说的不是"小子,她长着卵巢",千真万确,他说的是她长着"蛋"。卵巢里装着卵子。她想:难道卵子不是跟精子同等重要吗?

这女人什么时候越了界,从"够有种"变成了"过于有种"?

这个可怜的女人——要想继续下去,她将不得不耗费一生来平衡这些想象中的蛋。平衡就是一切。那么尺寸呢?她很不解。她没听埃德提过尺寸。男人关心的是另一样东西的尺寸,于是她猜想,睾丸的大小并不重要。天底下最要紧的莫过于你长着睾丸。刹那间,这个结论背后简单而直白的真相让她心里一惊。她觉得仿佛有人用铅笔沿着她的脊柱写了个"i"(我)字,把最上面的点画在脑袋上。她在椅子上挺直后背,她——亚拉巴马州伯明翰的伊夫琳·库奇——无意中洞悉了真相,这让她震惊万分。她忽然体会到爱迪生

---

① 原文为 ballsy。

发现电时的心情。当然啦！原来如此……长着睾丸是天底下最要紧的事。难怪她总觉得自己像一辆汽车，在车水马龙中行驶，却没有喇叭。

的确如此。区区两个睾丸，打开了通往一切的大门。它们是她继续前进、得到倾听、受到重视所不可或缺的东西。难怪埃德执意生儿子。

这时候她又想到一个真相，又一个可悲的、无法改变的真相：她没长睾丸，永远不会也不可能长出睾丸。她注定失败。这辈子都没有睾丸，她心里想，除非直系亲属的睾丸也算数。那么她有四颗……埃德和汤米的……不，等一下……如果算上猫，六颗。不，再稍等片刻，既然埃德那么爱她，何不送她一颗睾丸？睾丸移植……没错。要么她还可以向匿名捐赠者求取两颗睾丸。就这样，她要从死人身上买几颗睾丸，把它们装在盒子里，带去出席重要的会议，砰的一声把它们甩在桌面上，逞逞威风。或许她要买四颗……

难怪基督教这么流行。想想耶稣和使徒们……算上"施洗约翰"，共十四对，二十八颗，机关原来在这里！

噢，在她眼中，一切都豁然开朗。以前她怎么有眼无珠、视而不见呢？

是的，天哪，她醒悟了。她不经意间洞悉了数百年来女性苦苦求索而不得的奥秘……

这就是答案……

露西尔·鲍尔①不是电视上最红的明星吗?

她得意扬扬地把冰茶重重地摔在桌子上,喊道:"对!就是这样的!"

自助餐厅里的食客纷纷转过头向她张望。

伊夫琳默默地吃完午饭,心里想:露西尔·鲍尔?或许埃德说得对。我也许要疯了。

---

① 露西尔·鲍尔(Lucille Ball),Ball 人名音译为鲍尔。

威姆斯周报

（亚拉巴马州汽笛镇的每周简报）

1948年6月10日

新球福利

"莳萝泡菜俱乐部"要举办一场男子婚礼，为高中谋福利，以便他们的橄榄球队、篮球队和棒球队今年能够获得全套新球。这将是个难忘的夜晚，由我们的警长格雷迪·基尔戈扮演可爱的新娘，艾姬扮演新郎。朱利安·特雷德古德、杰克·巴茨、哈罗德·维克、皮特·蒂德韦尔和查理·福勒担任伴郎。

这一盛事将于六月十四日七点钟在高中举行。门票价格：

成人票每张二十美分，儿童票每张五美分

埃茜·鲁·利默韦将在婚礼上演奏风琴。

来吧，都来吧！我打算参加，因为我的另一半威尔伯要当花童。

我和我的另一半去看电影，看了《格蕾西·艾伦谋杀案》。电影很搞笑，不过要在七点钟票价上涨前赶到。

顺便说一句，斯克罗金斯牧师说，有人把他摆放在草坪的家具挪到了屋顶上。

多特·威姆斯

基尔贝监狱

亚拉巴马州 阿特莫尔

1948年7月11日

阿蒂斯·奥·皮维因为持刀恐吓两名捕狗人而被关在基尔贝监狱，也就是臭名昭著的"杀人农场"。艾姬和格雷迪费了半年工夫，想把他弄出去。

行路途中，格雷迪对艾姬说："现在他要出来了，真他妈太好了。他可能再多一个月都待不下去。"

格雷迪知道底细，因为他在里面当过看守。

"该死，即便看守不弄他，别的黑鬼也不会放过他。我见过体面人在里面变成禽兽。家里有老婆、孩子的男人，为了男男女女的事情掉转身来自相残杀……牢房区每天晚上都不得安宁——每逢月圆之时，千万要当心。犯人好像鬼迷心窍，杀作一团。第二天早上我们进去检查，大概有二十五具尸体要运出去。在里面待上一段日子，犯人和看守的唯一区别就是有没有配枪。看守大多是些头脑简单的老伙计……他们去看汤姆·米克斯或胡特·吉布森的电影，回来以后就骑着马在监狱里四处转悠，提溜着枪，想过一把牛仔的瘾。有时候他们比犯人还恶劣，所以我才辞了职。我亲眼见过有人把一个黑鬼活活打死，只为找点儿事做。我告诉你吧，在那地方待一阵子，人就变坏了。我听说现在他们把斯科茨伯勒男孩①弄进去了，情况比以前还要糟。"

此刻，艾姬满心忧虑，她希望他能再开快点儿。

他们拐进通往主楼的大门，看到数百名身穿劣质条纹制服的犯人在院子里挖土或锄草。他们也看到了看守，如格雷迪所说，在汽车驶过时耀武扬威地骑在马背上转圈，窥探坐在车里的人。艾姬觉得多数看守看起来的确有点儿蠢头蠢脑。所以，当他们领着阿蒂斯走出来，看到他还活着，而且毫发无损时，她大大地松了一口气。

他的衣服虽然皱皱巴巴，头发倒卷曲如常。阿蒂斯见到人的那个高兴劲儿，这辈子仅此一次。他背上挨过鞭子抽打的伤痕没有露出来，他们也看不见他脑袋上的肿块。他们走向汽车时，他笑得合不拢嘴。他要回家了……

回来的路上格雷迪说："嘿，阿蒂斯，你归我管，不要再惹麻烦了。听到了吗？"

"好。我可不想再回那地方去，一点儿也不想。"

格雷迪从后视镜里瞥了他一眼。"在里面很难熬吧，嗯？"

---

① 斯科茨伯勒男孩事件：1931年9个年龄在13岁至20岁的黑人男孩被指控在亚拉巴马州强奸了两个白人妇女。在等待审判期间，他们被关在基尔贝监狱。最终，在没有明确的受害人被性侵证据的情况下，美国最高法院裁定，9个被告男孩中有4人的指控被撤销，其他5人被判处75年至死刑不等的刑期。如今美国社会广泛认为这桩审判是不公正的，涉及种族歧视，其中一个原因是当时参与庭审的陪审团成员均为白人。

阿蒂斯笑了。"是啊，相当难熬，好吧……是的，相当难熬。"

过了四个多小时，伯明翰的钢铁厂再次映入眼帘，阿蒂斯像个孩子似的兴奋起来。他想下车。

艾姬希望他先回汽笛镇的家里看看。"你的爸爸、妈妈和西普塞都在等着见你。"

但是他恳求在伯明翰下车待几个小时，于是他们就满足他的愿望，把他送到第八大道北，让他下了车。

艾姬说："请你一定要尽快回家，他们真的很想见你……答应我，好吗？"

阿蒂斯说："好，女士，我保证。"说着就跑到街上了。回到自己的心之所属之地，他笑逐颜开。

大约一个星期后，阿蒂斯在咖啡馆露面，头发平整，戴着崭新的帽子，看起来派头十足。帽子是马德琳送给他的礼物，帽檐超宽，喜迎他平安归来。

玫瑰露台养老院

旧蒙哥马利高速公路
亚拉巴马州 伯明翰

1986年9月7日

伊夫琳和妮妮的本周美食是玉米卷、可乐和自制巧克力馅饼。

"亲爱的,你今天真该早点儿过来,你错过了一出洋相。我们正吃早餐呢,抬头一看,维丝塔·阿德科克头上顶着一块麦麸松饼,在餐厅跳草裙舞呢,当着大伙儿的面。好一番景象!可怜的老达纳韦先生过于激动,他们只好给他喂药,送他回了房间。吉妮,就是那个小个子黑人护士,让阿德科克坐下来吃松饼。他们希望我们每天吃一块松饼,免得便秘。人上了年纪,消化系统就不干活了。"

她俯身附耳悄声说道:"这里有些老人放屁,放完了自己都不知道。"

妮妮喝了一大口可乐。"你知道,这里很多老人讨厌黑人。其中一个人说,黑人内心深处都恨白人。要是护士逮着机会,会趁我们睡觉时杀了我们。"

伊夫琳说,这话说得要多蠢,就有多蠢。

"我听了也这么想,不过这话是你婆婆说的,我就闭上了嘴巴。"

"嗯,我不觉得意外。"

"噢,不光是她。这里有这种想法的老人不少,多得让人吓一跳。我半句都不信。我跟黑人打了一辈子交道。特雷德古德妈妈去世了,灵柩放在会客厅。下午,我们望着窗外,看到特劳特维尔的黑人妇女陆陆续续地赶来,一个不落。她们聚在旁边的院子里,在窗边唱起了古老的黑人灵歌,'当我上了天堂,我要坐下来休息片刻'……噢,那一幕我永远不会忘记。我从没听过那样的歌声,想起来就让我浑身起鸡皮疙瘩。

"就拿艾姬来说吧。她在特劳特维尔的朋友不比汽笛镇少。要是朋友去世,她一定会在葬礼上布道。有一次她告诉我,比起她认识的一些白人,她更喜欢黑人。她曾对我说:'妮妮,没用的黑人只是没用罢了,下贱的白人连狗都不如。'

"当然,我不能代表他们所有人讲话。不过,我就没见过有人像奥泽尔对露丝那么忠诚的。露丝格外受她宠爱,她也明明白白地告诉你,她不许别人惹露丝心烦。

"我记得有一次艾姬不老实,喝酒、胡闹、夜不归宿。奥泽尔第二天就在厨房说了她。奥泽尔说:'唉,艾姬小姐,我要跟你讲一下……露丝小姐没必要一个人留在这里,带一个人走也很容易,我就愿意跟她走。'

"艾姬从厨房出来,一声不吭。她知道,只要涉及露丝,千万不能跟奥泽尔顶嘴。

"奥泽尔很亲切,也很泼辣。她不得不泼辣,要养孩子,要在咖啡馆干一整天的活儿。阿蒂斯或'淘气鸟'缠着她吵闹,我亲眼见过她把他们一巴掌甩出门外,饼干还照切不误。

"但是只要面对露丝,她就像羔羊一样温顺。露丝的生殖器官患了可怕的癌症,不得不去伯明翰做手术,奥泽尔跟着我和艾姬去陪护。我们仨坐在候诊室,医生走进来。他连帽子和白大褂都没脱,就说:'很抱歉,我已经尽力了。'癌细胞扩散到她的胰腺,一旦胰腺患癌,人就没救了。他说,他只是给她重新缝合好,在体内留了根管子引流而已。

"我们把露丝带回特雷德古德家,安顿在楼上的一间卧室,好让她舒服些。从她卧床那一刻起,奥泽尔就搬进去服侍她,寸步不离她左右。

"艾姬想雇个护士,奥泽尔坚决不同意。那时她的孩子们都长大了,只是大块头乔治得自己做饭吃。

"可怜的艾姬和墩子,他们差点儿崩溃。他们坐在楼下,呆呆地发愣。露丝的病情恶化得太快,噢,她疼得好厉害。她竭力掩饰,可还是看得出来。奥泽尔一天二十四个小时陪在她身边,伺候她吃药。最后一个星期,除了艾姬和墩子之外,奥泽尔不让别人进屋探视。她说,露丝求她不要让别人看到自己的病容。

"我永远不会忘记奥泽尔守在门口说的那句话。她说,露丝小姐是一位淑女,只要活着,就知道什么时候曲终人散,这次也不例外。

"奥泽尔信守诺言。大块头乔治、墩子和艾姬去树林里捡松果,准备给露丝装饰房间时,露丝永远地合上了眼睛。他们回到家时,她已经被带走了。

"奥泽尔给哈德利医生打了电话,他叫救护车接走露丝的遗体,送去伯明翰的殡仪馆。我和克利奥去殡仪馆等着。他们把露丝抬上

救护车后,哈德利医生说:'现在你回去吧,奥泽尔,我会陪她过去,安排好一切。'

"嗯,亲爱的,奥泽尔挺直腰板对哈德利医生说:'不行,这是我的地盘!'她大步从他身边走过,径直上了救护车,把车门关上。她收拾好了露丝的衣袍和化妆品,在殡仪馆守了一夜,一直待到她觉得露丝会对自己的样子感到满意为止。

"所以,谁跟我说黑人恨白人,我都不信。我不信!我这辈子见过太多好心人,所以绝对不会相信。

"前几天我还对克利奥说,我希望咱俩乘火车去孟菲斯一趟再回来,看看贾斯珀在忙些什么。他在餐车上干活。"

伊夫琳凝视着她的朋友,意识到妮妮又把时间搞混了。

亚拉巴马州 汽笛镇

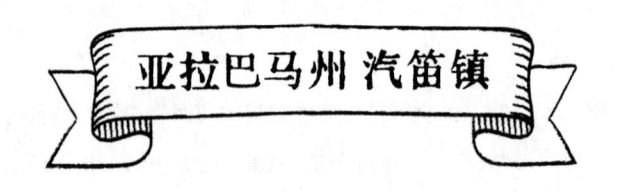

1947年2月7日

这个淅淅沥沥的早晨,奥泽尔让墩子和艾姬去河边的树林里捡一些松果,用来装饰露丝小姐的病房。她用湿布给露丝擦脸。

"坚持一下,露丝小姐,马上就好了。马上就好,宝贝。"

露丝抬眼望着她,想挤出一丝笑容,可是她眼中流露的痛苦令人心悸。痛苦无孔不入,没有休息,没有睡眠,没有解脱。

奥泽尔是锡安山原始浸信会的创始会员,也是哈利路亚唱诗班的主唱,她全心全意地信仰仁慈的上帝。她做了一个决定。

无论何方神圣,没有一尊神,意在让人承受如此深重的痛苦。绝对不是耶稣。她亲爱的、珍视的耶稣因为我们的罪孽而死,爱我们胜过一切。

于是,她怀着无比的喜悦和一颗纯洁的心,给露丝注射了一剂她日复一日、积少成多攒下来的吗啡。奥泽尔看着露丝的身体数个星期以来第一次放松下来。她坐在床边,握着露丝只剩一把骨头的小手,摇摇摆摆地唱起歌来。

到那日,乐无比……有一地比白日更光彩

虽遥远我因信望得见……

我天父在那地常等待

已为我备安宅于里边

到那日，乐无比……同众圣得聚会在福地

到那日，乐无比……

奥泽尔唱歌时闭着眼睛，她恍然觉得阳光穿透云层，洒满房间里的每个角落。温暖的阳光让她喜极而泣。她用布把镜子蒙起来，拨停床边的闹钟，感谢仁慈的耶稣带露丝小姐回家。

威姆斯周报

（亚拉巴马州汽笛镇的每周简报）

1947年2月10日

敬爱的市民与世长辞

  咖啡馆明天打烊，因为露丝·贾米森夫人于周末溘然长逝。

  葬礼将于明日在浸信会教堂举行。具体时间请致电斯克罗金斯牧师询问。在此之前，她停留在伯明翰的约翰·赖德奥特殡仪馆。

  我们会怀念她的善心和笑脸，每个认识露丝小姐的人都感到痛心。我们向艾姬和墩子致以特别的爱与同情。

多特·威姆斯

皮格利·威格利超市

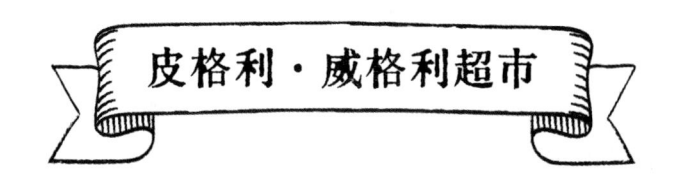

亚拉巴马州 伯明翰

1986年9月13日

星期六,伊夫琳·库奇去购物时总是开着埃德那辆宽大的福特车,因为这辆车内部空间大,只是不便停车。她已经坐在车里于停车场尽头等了五分钟,等前面的老头把果蔬装上车,又花了三分钟钻进车里找车钥匙,最后才把车倒出来。伊夫琳正要把车停进去,只见一辆略显破旧的红色大众汽车从拐角处驶来,径直驶入她等待多时的车位。

两名瘦削的少女嚼着口香糖,身穿牛仔裤和橡胶拖鞋,从车上下来,砰的一声关上车门,大步从她身边走过。

伊夫琳摇下车窗,对T恤上写着"猫王未死"的那个女孩说:"不好意思,我刚才在等这个车位,你在我前面停进去了。"

女孩看着伊夫琳,得意地假笑道:"面对现实吧,女士,我比你年轻,比你动作快。"她和朋友大摇大摆地进了商店。

伊夫琳坐在车里,盯着大众汽车后保险杠上的"我为乡巴佬刹车"的贴纸。

十二分钟后,女孩跟朋友出来,刚好看到她们的四个轮毂盖在停车场四散飞落,伊夫琳撞向她们的大众汽车,倒车,再撞上去。等两个歇斯底里的女孩走到车前,伊夫琳已经把她们的车撞得七零八落。那个高个子女孩揪着自己的头发叫得声嘶力竭。"我的天啊!看你干的好事!你脑子有病吧?"

伊夫琳探出车窗,平静地说:"面对现实吧,亲爱的,我年纪比你大,保险赔偿金比你多。"说着驾车扬长而去。

原来,埃德在保险公司上班,保险赔偿金确实很高。可是他搞不懂她怎么会把别人的车误撞六次。

伊夫琳让他冷静点儿,不要小题大做,事故时有发生。事实是,撞坏那姑娘的车,她感觉太爽了。最近,她只有陪在特雷德古德太太身边,夜里在脑海中造访汽笛镇时,恨意才会消散,心情才会平和。托旺达接管了她的生活,她的心灵深处响起了小小的警报。她心里明白:她在玩火,极有可能一失足成千古恨。

汽笛站咖啡馆

亚拉巴马州 汽笛镇

1949年5月9日

今晚,格雷迪·基尔戈、杰克·巴茨和"孤客"斯莫金在咖啡馆说笑。他们偷偷地在斯克罗金斯牧师的汽车里放了几枚一碰就炸的鞭炮,已经连续放了七个星期。墩子打扮得干净利索,一身蓝色西装、打着蓝色领结,从里屋走出来。他们收起笑脸,打算逗一逗他。

格雷迪冲他挥挥手。"嘿,服务员,我该坐在哪里?"

艾姬说:"好啦,大家就别打扰他了。我觉得他看起来很帅。他要去跟医生的女儿佩姬·哈德利约会。"

杰克用傻乎乎的语气喊道:"噢,医生……"

墩子给自己倒了一杯可口可乐,狠狠地瞪了艾姬一眼。要不是她,他也不会被迫陪佩姬·哈德利去参加恋人宴会。佩姬·哈德利是他曾经暗恋过、如今已经不再喜欢的小姑娘。佩姬比他小两岁,戴眼镜,他整个高中生涯都没有理睬她。但是,她发现他从佐治亚理工学院回来过暑假,立刻就去找艾姬征求意见,问能不能让墩子陪她参加高三恋人宴会,艾姬慷慨地答应了。

身为绅士，墩子觉得只是一个晚上要不了他的命——此刻其实他自己心里也没底。

艾姬走进厨房打开冰箱门，递给他一束小甜心玫瑰。"给，我今天去了趟老房子，在后院剪了几支。把花带给她。你妈妈活着时很喜欢这些小花。"

他翻了个白眼。"天哪！艾姬姨妈，要不干脆你替我去好不好？反正你已经盘算了一个晚上。"

墩子转身对坐在桌边的那帮人说。"嘿，格雷迪！你想去吗？"

格雷迪摇了摇头。"我倒是想去，不过要是格拉迪丝抓到我跟年轻女人在一起，会杀了我的。当然，这些你都不懂。等你结了婚，成为我这样的老头子就知道了，小子。况且，我已经不是从前的我了。"

"说到这个啊，你从来就不是。"杰克插了一句。

他们大笑起来，墩子走出门去。"好了，我走了。待会儿再见。"

每年宴会结束后，孩子们都会来咖啡馆，今晚也不例外。佩姬走了进来，她身穿白色网眼连衣裙，肩上别着几朵粉红色甜心玫瑰，看上去妩媚动人。艾姬说："谢天谢地你没事。我担心死你了。"

佩姬问她究竟有什么好担心的。

"你没听说上星期伯明翰那姑娘的事情吗？"艾姬说，"她在恋人宴会上太兴奋，摆好姿势准备拍照的时候突然燃烧起来。一起自燃事件。眨眼间就烧成了灰。除了高跟鞋之外，什么也不剩。她的约会对象只好把她收在冰激凌纸杯里送回去。"

佩姬本来将信将疑，听到这里就说："噢，艾姬，你在逗我！"

晚会结束，他们要回家了，墩子很高兴。一年前他是个橄榄球英雄,所以他依旧是许多低年级男生注目的焦点,他们聚拢在他身边。他跟别人打招呼,随便说句什么,女生就忸忸怩怩,一直傻笑。

他在佩姬家的门前停了车,准备下车绕过去给她开门。这时候佩姬摘下眼镜,侧着身体,用那双硕大的棕色的近视眼凝望着他,说:"好吧,晚安。"

墩子低下头,直直地注视着这双眼睛,意识到自己以前从未仔细看过它们:宛如棕色的柔美丝滑的湖水,他真想跃入其中畅游一番。此刻,她的脸庞近在咫尺,他闻到了她身上令人迷醉的香水味。就在这个瞬间,她化身为《吉尔达》里的丽塔·海华斯。不,《邮差总按两次铃》里的拉娜·特纳。他吻了她,他平生第一次激情勃发,难以自持。

这年夏天,这套蓝色西服定期粉墨登场。这年秋天,这套蓝色西服出现在佐治亚州的哥伦比亚,他们去法院结了婚。艾姬只跟他说了一句话:"我早就跟你说过。"

从此以后,只要佩姬摘下眼镜,抬头望他一眼,他就言听计从,乖乖就范。

亚拉巴马州 伯明翰

1949 年 5 月 24 日

伯明翰的黑人中上阶层正处在鼎盛时期。《炉渣镇新闻报》连篇累牍地报道上百家社交俱乐部的活动，肤色越浅，俱乐部越高级。

贾斯珀的妻子布兰奇·皮维太太跟他一样肤色白皙，前不久受命担任著名的"皇家撒克逊社交名媛俱乐部"的主席，该组织的成员肤色白皙到这种地步：俱乐部的年度集体照被误登在白人的报纸上。

贾斯珀刚刚重新当选声名显赫的"共济会皮提亚骑士团"的首席副会长。所以，他们的大女儿克拉莉萨是今年初入社交圈的主要名媛，把她介绍给"康乃馨联盟"就是顺理成章的事。

她长着一头金红色的柔顺秀发，肌肤粉嫩白皙，眼睛碧蓝，人们公认她是让人梦寐以求的名门闺秀。

名媛舞会当天，克拉莉萨专门到市中心去买舞会上喷的香水。她乘坐白人的主电梯上了二楼。她独自在市中心闲逛时坐过几次主电梯，她知道，跟她族裔背景相同的其他人乘坐货梯。

她还知道，如果父母知道她在市中心假冒白人，会把她杀死，他们虽然鼓励她只与肤色浅的人交往，冒充白人却是不可饶恕的罪过。她以前乘坐货梯，厌倦了其他黑人直勾勾地盯视，况且她心里很着急。

柜台后面穿着宝蓝色羊毛连衣裙的漂亮女人对克拉莉萨体贴入微，彬彬有礼。"你试过白色香肩香水吗？"

"没有，女士。"

她弯腰去拿柜台下陈列的香水瓶。"试试这个。虽然娇兰的一千零一夜香水很受欢迎，但是我认为对你来说有点儿太呛了，你的肤色这么白皙。"

克拉莉萨把香水滴在手腕处闻了闻。"噢，太棒了。多少钱？"

"特价出售，两百九十八块。二百四十毫升，应该够你用至少六个月。"

"那我就买这个吧。"

售货员很高兴。"我认为它很适合你。是用现金还是刷卡？"

"现金。"

女人收了钱，走到一边把盒子包起来。

一个头戴格子帽、身穿大衣的黑人久久地端详着克拉莉萨。他记得报纸上登过她的照片。他走了过去。

"打扰了，你是不是贾斯珀的女儿？"

克拉莉萨惊恐万分，假装没听见他的话。

"我是你的叔叔阿蒂斯，你爸爸的弟弟。"

阿蒂斯喝了几杯酒，不知道克拉莉萨今天冒充白人，他把手放在她的胳膊上。"是我啊，你的叔叔阿蒂斯，亲爱的……你不认识我啦？"

香水售货员从拐角处过来，看见了阿蒂斯，大喊起来。"离她远点儿!"她跑向克拉莉萨抱住对方,"离她远点儿……哈利!哈利!"

楼层经理跑了过来。"出了什么事?"

她依旧抱着克拉莉萨,让整层楼都听到她的喊叫:"这个黑鬼对我的顾客动手动脚!他伸手拽她!我看见了!"

"保安!"哈利喊道,眯缝着眼睛咄咄逼人地瞪着阿蒂斯,"你碰了这位白人女士,小子?"

阿蒂斯惊愕不已。"没有啊,她是我的侄女。"

阿蒂斯刚想解释,保安已经将他团团围住,将他的胳膊扭在身后,推搡着他向后门走去。

女售货员安抚克拉莉萨。"没事了,亲爱的,那个黑鬼不是喝醉了,就是发了疯。"

聚集在周围的女顾客纷纷表示同情。"又是喝醉酒的黑人……你对他们好,看看是什么结果?"

阿蒂斯被丢进商店后面的水泥巷子里,手掌和膝盖擦破了皮。他跳上南区的有轨电车,走到写着"有色人种"的木牌的车厢后部。他坐下来,好奇那姑娘究竟是不是克拉莉萨。

几年后,克拉莉萨结婚生子,到布里特林自助餐厅吃饭。阿蒂斯在餐厅端盘子,她给了他二十五美分的小费。她没认出他,他也没认出她。

威姆斯周报

（亚拉巴马州汽笛镇的每周简报）

1954年8月10日

祸不单行

一定是上了年纪，不然就是脑子出了问题……我的另一半威尔伯连着三天一回家就抱怨头疼……男人真是受不了一点儿疼。我猜这就是生孩子要靠我们的原因……

我，我自己，看报纸很费劲。于是昨天上午我去伯明翰检查眼睛。瞧，我戴了威尔伯的眼镜，他戴了我的眼镜。下次我们要配两副颜色不一样的。

我感觉还行。我听说前几天奥珀尔的美发店失火了，当时比迪·露易丝·奥蒂斯正连着烫发机，她大吵大闹，以为是自己的头发着了火。其实只是废纸篓里的旧头发烧了起来。奥珀尔雇的洗发妹"淘气鸟"把火扑灭就没事了。

别忘了投票。没有人当格雷迪·基尔戈的竞争对手，这让他感觉良好，所以一定要来投票。

顺便说一下，《南方铁路新闻》又对贾斯珀·皮维的事迹进行了专题报道。我们知道大块头乔治和奥泽尔一定很自豪。

多特·威姆斯

附注:"莳萝泡菜俱乐部"再次举行年度"冰箱闹剧",一如既往的热闹。我的另一半又唱了一遍《落日红帆》。抱歉,各位……我没办法让他学一首新歌。

玫瑰露台养老院

旧蒙哥马利高速公路
亚拉巴马州 伯明翰

1986 年 9 月 14 日

伊夫琳和特雷德古德太太在养老院后面散步,一群加拿大雁飞过来,在秋日的天空下欢快地啼叫。

"噢,伊夫琳,想不想跟它们一起飞走?想知道它们要飞去哪里吗?"

"噢,佛罗里达,也许古巴。"

"你这么认为?"

"大概吧。"

"好吧,我不介意去佛罗里达,不过一点儿也不想去古巴。斯莫金常说,黑雁是他的好朋友。我们问他要去哪里,他就说:'噢,我要去野雁飞去的地方。'"

她们目送雁子飞往看不见的远方,接着继续散步。

"你喜不喜欢鸭子?"

"鸭子很漂亮,不错。"

"我喜欢鸭子。我想可以这么说:我向来偏爱鸟类。"

"什么?"

"鸟类。你知道——家禽,长羽毛的东西,各种鸟,包括雏鸡、公鸡。"

"噢。"

"我和克利奥每天早上在后门廊喝咖啡,看太阳升起,听鸟儿鸣叫……我们总要喝上三四杯美味的热咖啡,吃几片蜜桃或者青椒酱面包片,聊聊天——嗯,我说,他听。我们家飞来好多漂亮的鸟儿:红雀、知更鸟、五彩斑斓的鸽子……如今,再也见不到以前那样的鸟儿了。

"有一天,克利奥要出门去,他指了指站在我家门前电话线上的乌鸦,说:'今天打电话的时候留点儿神,妮妮,你知道它们在上面听你说话呢。它们能用爪子偷听别人打电话。'"她看了伊夫琳一眼,说:"你相信有这回事吗?"

"不,我想他一定是逗你玩呢,特雷德古德太太。"

"嗯,可能吧。我每次讲悄悄话,都要往门外瞧一眼,看乌鸦有没有站在电话线上。他不该跟我这么说,明知道我喜欢煲电话粥。我以前给镇上每个人打电话。

"我估计我们汽笛镇一度生活着二百五十多号人。不过多数列车停止通行以后,人们就像鸟儿一样随风散去……去伯明翰,去别的地方,一去不复返。

"原来的咖啡馆变成了麦当劳。高速公路旁开了几家超市,奥蒂斯太太喜欢去购物,她攒了一些优惠券。我在里面总是找不到自己想要的东西,灯光晃得我睁不开眼睛。于是我就步行到特劳特维尔的奥西果蔬店,买点儿自己需要的东西,买得很少。"

特雷德古德太太停下脚步。"噢,伊夫琳,你闻……有人正在烤肉!"

伊夫琳说:"不是,亲爱的,我想是有人在焚烧树叶。"

"闻着很像烤肉。你喜欢烤肉,对不对?我很爱吃。我愿意花一百万美元买一块大块头乔治做的烤肉,一块西普塞做的柠檬冰盒馅饼。他做的烤肉最香。

"他在咖啡馆后面用一只又大又深的旧铁锅做烤肉,香味飘到方圆几公里外,特别是秋天。我在回家的路上一路都闻得到。斯莫金说,有一次他坐火车过来,在离汽笛镇十六公里的铁轨上就闻到了。人们大老远从伯明翰开车来买。你和埃德在哪里吃烤肉?"

"基本上是去黄金法则烧烤店或奥利烤肉店。"

"嗯,那两家店的烤肉也不错,不过我不在乎你怎么说,黑人是全世界烤肉做得最好的。"

伊夫琳说:"他们几乎什么都做得好。我真希望我是黑人。"

"你说,黑人?"

"是啊。"

特雷德古德太太大惑不解。"天哪,亲爱的,为什么?黑人大多都想变成白人。他们总想漂白皮肤,拉直头发。"

"现在跟以前不一样了。"

"嗯,也许现在不一样了,以前真是这样。感谢上帝让你是个白人。我想不通怎么会有人希望变成黑人,根本没必要嘛。"

"噢,我不知道。他们好像其乐融融……活得很开心的样子。我总觉得……好吧,我……就是放不开,他们看起来一天到晚乐呵呵的。"

特雷德古德太太思忖片刻。"唉，也许是这么回事，他们的确喜欢找乐子，想放手就放手，但他们也有自己的伤心事，跟我们大家一样。哎哟，没见过比黑人的葬礼更让人难过的。他们号哭好久，就像有人要剜他们的心。我认为痛苦对他们的伤害比我们大。'威利小子'下葬时，三个男人才把奥泽尔摁住。她伤心得发了狂，闹着要跳进墓地陪他。我只要还活着，再也不想去参加他们的葬礼。"

"我知道凡事都有利弊，"伊夫琳说，"但不知怎的，我还是忍不住羡慕他们。我真希望像他们那样自由奔放。"

"哎呀，这我就不懂了，"特雷德古德太太说，"我只盼着吃一顿烤肉，一块馅饼，就会很高兴。"

亚拉巴马州 汽笛镇

1949年10月15日

"淘气鸟"皮维十六岁时初次见到勒·罗伊·格罗姆斯,就对他一见钟情并如实相告。他在"新月号"列车上当厨师,"新月号"列车经由亚特兰大驶往纽约,路过汽笛镇。一年后,一个女婴降生,勒·罗伊给她取名埃尔蒙丁①,参照卧铺餐车菜单上推出的鳟鱼菜肴。

勒·罗伊是个相貌出众、好脾气的青年,经常旅行,沿途去过许多地方。"淘气鸟"发现他在新奥尔良跟人同居时,差点儿活不下去。那女人有八分之一黑人血统,肤色接近白人。

"淘气鸟"看到《炉渣镇新闻报》的广告,决定孤注一掷:

肤色太黑?

渴望拥有迷人的肌肤?

试试弗雷德·帕尔默博士的

---

① Almondine,指菜肴中作为装饰物的杏仁。

美白产品吧!

洁净白皙的肌肤赢得热吻,

男人喜欢光洁丝滑的肌肤。

使用萨克塞斯①软膏,

在五天内拥有白净美丽的肌肤。

美丽始于白皙的脸庞,

用怀特②的特效面霜(漂白作用),

把你的天生丽质显露无遗。

头发太卷曲?

让现代科学迅速终结紧贴头皮的细碎卷发吧。

用"真黑人"和"白普鲁克发膏",

拥有一头光彩照人、丝滑柔顺的秀发吧!

试试瑞拉克丝……头发七天变直,

对头发打结说再见。

如果你的短头发容易打结,今天就去买"不打结"。

马上就能让头发平顺。

"淘气鸟"试遍全部产品,还试了别的,可是一个月过去,她依旧是汽笛镇那个皮肤黝黑、短发卷曲的洗头妹。勒·罗伊依旧跟肤色浅的女友生活在新奥尔良。

---

① 原文为 SUCCESS,意即"成功"。

② 原文为 White,意即"白皙的"。

于是她抱着幼女回了西普塞家,一进门就上床躺下,沉浸在失恋的痛苦中不能自拔。

众人全都一筹莫展。奥珀尔来看她,恳求她回美容店上班,可是"淘气鸟"躺在床上,天天喝土耳其杜松子酒,一遍遍地播放同一首歌。西普塞说,要是勒·罗伊死了,而不是和别的女人同居,"淘气鸟"倒会好受些,因为"淘气鸟"连喝了两个月的土耳其杜松子酒,痛苦没有丝毫减缓。

幸运的是,事实证明西普塞的话具有预见性。勒·罗伊·格罗姆斯先生离开人世,去了另一个世界。一辆铁制玩具翻斗车重重地砸到他的太阳穴上,玩具车属于他的混血情人的一个儿子。

"淘气鸟"听到这个噩耗,一骨碌从床上爬起来,走进浴室洗了脸,给自己做了一顿丰盛的早餐,有鸡蛋、火腿、粗燕麦粉和红眼肉汁、涂了黄油和佐餐糖浆的饼干,又喝了三杯热气腾腾的咖啡。她洗了澡,穿戴齐整,抹了点儿迪克西牌蜜桃发油,照镜子涂了三层橘红色腮红和相同色系的口红,出发去伯明翰畅游观光。

不到一周后,她带着一位满脸好奇的男青年归来。他头戴彩色格纹帽,帽子上插着绿羽毛,身穿褐色华达呢西装。

马丁·路德·金纪念浸信会教堂

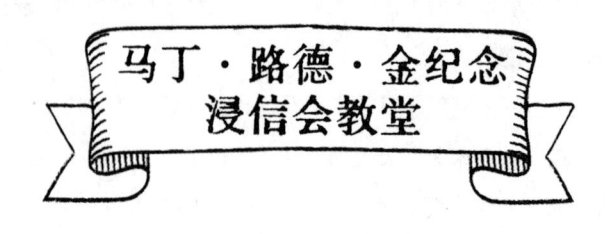

第四大道北 1049 号
亚拉巴马州 伯明翰

1986 年 9 月 21 日

伊夫琳答应特雷德古德太太，把烦恼交给上帝，请求上帝帮助她度过这段艰难时光。可惜她不知道上帝在哪里。孩子们长大以后，她和埃德就再也没去过教堂。今天她迫切地希望得到帮助，希望抓住些什么作为依靠。她穿好衣服，开车驶往高地大道的长老会教堂，他们曾经是这里的会员。

她到达了目的地，却不知怎的，没有停车，而是继续往前开。她突然发现自己已经来到城市尽头，坐在马丁·路德·金纪念浸信会教堂的停车场，这是伯明翰最大的黑人教堂，她疑惑自己怎么会到这里来。也许是接连数月听人讲述西普塞和奥泽尔的故事的缘故。她没想明白。

伊夫琳自认为是个自由派。她从没用过"黑鬼"这个字眼。但她与黑人的接触与二十世纪六十年代之前多数白人中产阶级一样——多半只认识女用人或朋友们的女用人。

小时候,她偶尔跟着父亲开车送女用人回到南区的住处。车程只有十分钟,她却觉得仿佛去了异国他乡:音乐、着装、住房……一切都迥然不同。

在复活节,他们开车到南区,看到黑人纷纷身着复活节新衣:粉色的、紫色的和黄色的,搭配插着羽毛的帽子。

当然,做家务的是黑人妇女。只要附近出现黑人男性的身影,她母亲就神色慌张,歇斯底里,扯着嗓门让伊夫琳赶快把自己包裹严实,因为"社区里来了个黑人"!伊夫琳至今不喜欢黑人在附近出没。

除此之外,当年她父母对待黑人的态度与大多数人别无二致。他们认为黑人大多逗人发笑、令人赞叹、天真烂漫、需要照料。每个人都能讲出一两件趣事,女用人说了什么话,做了什么事;摇着头对他们不停地生孩子表示不解。多数人会把家里的旧衣服和剩饭菜送给女用人,让她带回家,女用人遇到麻烦也会给予帮助。伊夫琳渐渐长大,她不再到南区去,也很少想起她们;她自己的生活足够忙碌,足够充实。

因此,二十世纪六十年代风波迭起时,她跟伯明翰多数白人一样愕然。大家一致认为,兴风作浪的不是"我们的黑人",是北方派来的局外人在煽风点火。

人们也普遍认为,"我们的黑人很喜欢他们目前的生活方式"。若干年后,伊夫琳懊悔自己当时何以无知无识,对城市另一边的动静浑然不觉。

伯明翰在媒体和电视上遭到口诛笔伐,人们困惑不解,心烦意乱。种族之间发生的成千上万次善举无人提及。

二十五年后，伯明翰诞生了首位黑人市长。一九七五年，《展望》杂志把一度被称为"仇恨和恐惧之城"的伯明翰评选为"全美城市"。他们说，许多桥梁已经修复，前往北方的黑人在陆续回归。大家都走过了漫漫长路。

伊夫琳了解这一切。虽然如此，坐在教堂的停车场，看到凯迪拉克和奔驰接连驶来，在她周围停下，她还是惊讶不已。她听说伯明翰有很多黑人富翁，但是她以前从来没见过。

她望着会众陆续赶来，往日对黑人的恐惧出其不意地再次向她袭来。

她环视车内，门锁完好，正准备驾车离开，一对父母领着两个孩子说说笑笑地从她的车旁走过。她顿时回到现实，平静下来。片刻之后，她鼓足勇气走进了教堂。

可是，虽然手握康乃馨的引座员微笑着对她说"早上好"，领着她走过过道，她依然浑身发抖。她走到座位上，一路上心怦怦直跳，膝盖发软。她本想坐在后排，但是引座员把她领到了教堂中央。

一瞬间，伊夫琳浑身冒汗，喘不过气来。好像没什么人注意她。几个孩子从座位上回过头盯着她，她笑脸相对，但他们没有报以微笑。她正打算离开，一男一女走过来，在她旁边坐下。于是她像往常一样，被夹在中间动弹不得。她平生第一次被黑人团团包围。

刹那间，她成了蛇的白色肚皮，成了品食乐公司的品牌吉祥物面团男孩，成了画册中没有涂色的空白页，成了色彩斑斓的花园里的一朵白色花朵。

坐在伊夫琳旁边的年轻妻子光彩照人，衣着打扮就像伊夫琳只在杂志上见过的人。她可能是纽约来的高级时装模特，穿着珠灰色丝绸服装,搭配蛇皮鞋和手袋。伊夫琳环视室内,意识到自己生平从未见到这么多人衣着入时地齐聚一堂。男人依旧让她不自在——他们裤子太紧,不合她的品位——她把注意力集中在女人身上。

噢,她向来佩服她们——她们的力量和慈悲心。伊夫琳一向好奇她们何以那么温柔慈爱地呵护照料白人的妇孺老幼。她觉得自己做不到。

她留意到她们大大方方地互致问候。她们安详镇静,坦然接受自己,动作流畅,举止从容,连体态魁伟的女人也不例外。她不希望她们冲自己发火,但她很想看到如果有人骂她们当中的某个人是肥牛,她会做何反应。

伊夫琳醒悟到,自己见了一辈子黑人,却从未真正地看见她们。这些女人容貌秀美:苗条的棕色姑娘,颧骨像埃及女王,还有身材高大、美艳迷人、胸部丰满的女人。

想象一下吧,过去这些人拼命模仿白人。如今,她们想必会在坟墓里笑出声来:中产阶级的白人男歌手竭力模仿黑人的嗓音,白人姑娘编成玉米辫,模仿非洲人的发型。时光荏苒,世道变了……

伊夫琳放松下来,感觉自在不少。不知何故,她本以为教堂的内部陈设会大异其趣。伊夫琳环顾四周,确认它跟伯明翰的数十座白人教堂一模一样。这时,管风琴奏出和弦,合唱团身穿鲜红色与栗色长袍的二百五十名成员齐刷刷地站起来,用全部心力放声歌唱,震撼力之大差点儿让她从座位上掉下来:

噢,幸福的日子……
噢,幸福的日子……

耶稣洗去我的罪恶……

教我唱歌和祈祷……

每天快乐地生活……

噢,幸福的日子……

噢,幸福的日子……

耶稣洗去我的罪恶……

噢,幸福,幸福的日子……

他们重新坐下。波尔托牧师身形高大,洪亮的声音响彻整座教堂。他从椅子上站起来,开始布道。题目是《仁慈的上帝的欢乐》。他意念真诚。伊夫琳感受到教堂里人人都意念真诚。他讲道时,把硕大的脑袋往后一仰,快乐地叫嚷,开怀大笑。会众和管风琴伴着他做出呼应。

她错了。这里只是外观与白人的教堂相像,这里的布道与她听惯的干巴巴的、苍白无力的布道具有天壤之别。

牧师对上帝怀抱的热情富有感染力,瞬间如野火般传遍教堂的每个角落。他以坚定有力的权威肯定地告诉他们,他心中的上帝不是复仇的上帝,而是仁慈……爱……宽恕……和欢乐的上帝。他跳起舞来,大步行走,仰头对着橡梁歌唱布道词。汗珠在他发亮的脸上闪烁,他不时用握在右手中的白手帕擦拭一下。

他放声歌唱,教堂四面八方齐声响应:

"除非你爱邻居,否则不会快乐……"

"说得对,先生。"

"爱你的敌人……"

"是,先生。"

"放下旧日恩怨……"

"是,先生,放过它。"

"摆脱旧日的心魔,嫉妒……"

"是,先生。"

"上帝会原谅……"

"对,会的。"

"为什么你做不到?"

"说得对,先生。"

"犯错是人之常情……宽恕,神圣的……"

"是,先生。"

"被罪恶之蛆啃噬的肉体是不会复活的……"

"不会复活,先生。"

"但是上帝可以让你升华……"

"是,他能做到。"

"噢!上帝是仁慈的……"

"是,先生。"

"噢!我们的上帝多么仁慈……"

"说得对,先生。"

"耶稣是我们的好朋友……"

"噢,是的,先生。"

"你可以接受洗礼、割包皮,表面上积极践行教义,用灵魂做交易,但这一切毫无意义,如果你不是光荣的市民……"

"没有意义,先生。"

"谢谢你,耶稣!谢谢你,耶稣!万能的上帝啊!今天早上我们赞美你的名字,感谢你,耶稣!哈利路亚!哈利路亚,耶稣!"

他讲完了,整座教堂响彻"阿门!"和"哈利路亚!"的呼喊。唱诗班又唱了起来,歌声震动屋宇……

"你是否接受过血的洗礼……羔羊净化灵魂的鲜血……告诉我,亲爱的子民……你是否接受过血的洗礼……"

伊夫琳从来不虔诚,但是今天,她不知不觉从座位上站起来,超脱于始终压制着她的恐惧之上。

她自觉心胸豁然开朗,为活着并且渡过难关而满怀纯粹的奇妙感。

她仿佛轻飘飘地来到祭坛前,瘦削憔悴的白人耶稣戴着荆棘编织的冠冕,从十字架上俯视着她,说道:"原谅他们吧,我的孩子,他们不知道自己在做什么……"

特雷德古德太太说得对。把烦恼交给上帝,自己就得到了解脱。

伊夫琳深吸一口气,深重的怨恨之气在空气中消散得无影无踪,托旺达也随之而去。她自由了!在这一刻,她原谅了超市里的小青年、给母亲治病的医生、停车场的两个姑娘……她原谅了自己。她获得了自由。自由。如同今天在座的各位,他们经历了各种苦难,却没有让仇恨和恐惧扼杀爱的勇气。

这时候,波尔托牧师要求会众与邻座握手。坐在她旁边的美艳少妇握着她的手说:"上帝保佑你。"伊夫琳使劲地捏了捏她的手,说道:"谢谢你。衷心谢谢你。"

伊夫琳走出教堂,在门口转过身,最后看了它一眼。她今天前来,也许是希望体会身为黑人的所思所感。现在她领悟到,她永远不会懂得,就像这里的朋友们不会懂得身为白人是何感觉。她知道自己不会再来。这里是他们的地方。但是她平生第一次体验到欢乐。发自内心的欢乐。她在特雷德古德太太的目光中看到过欢乐,当时却浑然不知。她明白,这种感觉也许只此一次。但是她曾经感受过,只要活着,这辈子都会铭记在心。如果她能告诉教堂里的每个人,这一天对她意义重大,那该多好啊。

如果伊夫琳知道,和她握手的少妇是卧铺车搬运工贾斯珀·皮维的长女,她跟自己一样也挺了过来,那该有多好啊。

南方铁路新闻

1950年6月1日

本月最佳铁路员工

"他唯一的目的是让旅客开心,让旅途更加愉快。在表彰'本月最佳铁路员工'时请不要漏掉这位杰出的铁路人。"

这是"银新月"号列车的乘客塞西尔·兰尼对卧铺车搬运工贾斯珀·Q.皮维的描述。

这位友善和气的搬运工十七岁时开始在铁路上工作,最初在亚拉巴马州伯明翰的终点站当小红帽搬运工,从那时起人们就对他交口称赞。后来他当过厨师、货运卡车司机、车站搬运工、餐车服务员、特等火车搬运工,到一九三五年晋升为卧铺车搬运工。一九四七年他当上了"卧铺车搬运工兄弟会伯明翰分会"的主席。

兰尼先生接着说:"贾斯珀彬彬有礼的服务从乘客登上火车的那一刻开始。他尽心尽力地照看乘客的行李,确保行李运上火车。在整个旅途中,他总是面带微笑或者朗声大笑,在力所能及的范围内随时留意处理各种出乎意料的琐事,使旅途更加舒适。

"他总会在到站前几分钟宣布:'大约五分钟后我们将到达……

我很乐意帮各位搬运行李。'

"对我们来说,他是值得信赖的朋友、考虑周到的主人、时刻留心的守卫,他施与安慰,给予帮助。危急时刻他陪伴孩子,扶助母亲;他彬彬有礼,乐于助人,办事高效,乘客对此深表感激。在我们如今所处的时代,这样的人凤毛麟角。"

贾斯珀是伯明翰第十六街浸信会教堂的业余牧师,育有四个女儿。其中两个女儿是老师,一个女儿就读护士学校,最小的女儿计划去纽约学习音乐。

祝贺我们优秀的贾斯珀·Q.皮维当选"本月最佳铁路员工"。

威姆斯周报

（亚拉巴马州汽笛镇的每周简报）

1955年8月27日

铁路站场关闭

当然，听说铁路站场要关闭，我们都很难过。现在多数列车不再途经此地，我们眼看着老朋友们风流云散，纷纷前往他乡。我们只盼着火车重新运行。通行的列车寥寥无几，似乎不太像话。

"L与N"铁路公司退休官员格雷迪·基尔戈说，这个国家没有火车就无法立足，政府意识到这一点只是时间问题。我说，铁路公司会恢复理智，让列车恢复运营。

佐治亚州太平洋海岸公司和如今的"L与N"唯一南方铁路公司勉力坚持……他们似乎不再需要乘客。

我们听说咖啡馆可能要关门。艾姬说，她的生意已一落千丈。

顺便说一下——我的另一半表示，这已经是他患"八日肺炎"的第十天……男人啊！

多特·威姆斯

弗吉尼亚州罗阿诺克城外

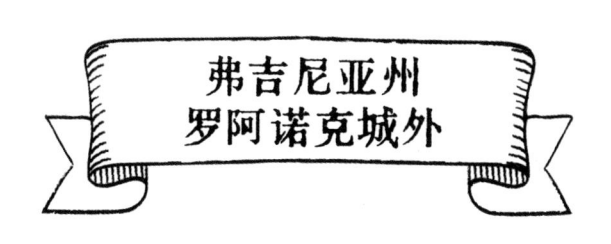

卧铺车 16 号车厢

1958 年 12 月 23 日

一片寂静中，贾斯珀·皮维默坐了一整夜。火车驶过白雪皑皑的大地，月光照在田野上，莹莹闪烁。

窗外冰天雪地，车厢里却温暖舒适。这本该是最让他感到平静安宁、心情舒畅的时刻。今天，他的脸上却不见笑容……只是默默无语。

铁路道口的红绿信号灯在每个站点一闪而过。黎明时分，小镇的灯光次第亮起。

他再过一个月就要退休，可以从南方铁路公司拿到一笔可观的养老金。贾斯珀比弟弟阿蒂斯晚一年来到伯明翰。他们虽是双胞胎，按照法律都属于黑人，两个人的生活却大相径庭。

贾斯珀爱弟弟，却跟他几乎从不见面。

阿蒂斯很快就在第四大道北的快节奏、生动活泼的人群中找到了位置，那里爵士乐不绝于耳，骰子日夜不停地哗啦作响。贾斯珀在四个街区外的基督教寄宿处安顿下来，在到达伯明翰的第一个星期天就去第十六街浸信会教堂做礼拜。在教堂里，布兰奇·梅伯里小姐注意到这个满脸雀斑、肤色白皙的小伙子，并对他一见钟情。布兰奇是查尔斯·梅伯里先生的独生女，查尔斯先生是受人尊敬的公民，著名教育家，也是黑人中学的校长。于是，由于她的缘故，贾斯珀自动获得了进入排外的中上阶层黑人社会的入场券。

他们结婚时，如果说布兰奇的父亲对贾斯珀没有受过正规教育和出身卑微感到失望，那么贾斯珀的肤色和风度完全弥补了这一点。

婚后的贾斯珀辛勤工作。阿蒂斯把钱花在衣服和女人身上时，贾斯珀住在公司给驻外搬运工提供的四面透风、老鼠横行的宿舍里。他不停地攒钱，直到他们夫妇能够去钢琴公司用现金买下一架钢琴。家里有钢琴是一件意味深长的事情。他把百分之十的收入捐给教会，在纯黑人的便士储蓄银行给孩子们创立了大学教育储蓄账户。他没碰过一滴威士忌，没借过一毛钱，也从没举过债。他是伯明翰首批搬进"埃农岭"白人区、日后被叫作"代纳米特山"的黑人之一。三K党炸毁了贾斯珀等若干家住户的红砖房，一些人搬离社区，他留了下来。他多年忍受别人的呼来喝去和肆意差遣：倒痰盂、打扫厕所、擦皮鞋、搬运沉重的行李，后背和肩膀疼得让他睡不着觉。行李失窃后，铁路官员首先搜查卧铺车搬运工的储物柜，他经常屈辱得落泪。

他说着"是，先生"和"是，太太"，深更半夜脸上挂着微笑给吆五喝六的推销员送去烈酒，承受傲慢的白人妇女的谩骂，被孩子们叫作黑鬼，被部分白人售票员视为粪土，小费被其他搬运工偷走。他给生病的陌生人清理呕吐物；他上百次路过卡尔曼县，县里的牌子警示道：黑鬼……别让太阳落在你头上。

他承受了一切。可是……

家人的丧葬保险已经付清，他送四个孩子上了大学。没有哪个孩子要靠小费生活。正是这个执着的念头让他熬过漫长、艰难、身心交瘁的岁月。

还有火车。如果说弟弟阿蒂斯爱上了一座城市，那么贾斯珀就是爱上了火车。火车，黑色的光洁的休闲列车，装有红木镶板，红色天鹅绒座椅。火车的名称诗情画意……日落有限公司……皇家棕榈……新奥尔良市……迪克西飞行员……火焰飞翔……暮色有限公司……矮棕榈……黑钻石……南方美人……银星……

今晚，他乘坐的是"大银彗星"号，细长、流畅，像一根银质的管道……从新奥尔良驶往纽约再返回，这是最后几条继续运营的主要线路之一。他哀悼过每列退役的火车，它们一列接一列地被拖离铁轨，留在场院里生锈，好比古老的贵族渐渐消亡。逝去时代的古董遗留物。今晚，他觉得自己就像一列旧火车……离开轨道……过时落伍……韶华已逝……废铜烂铁。

就在昨天，他无意中听到孙子穆罕默德·阿卜杜勒·皮维对妈妈说，他不想跟着爷爷出门，因为爷爷对白人卑躬屈膝的样子和在教堂里的举止让他难堪，爷爷还在唱古老的嘻嘻哈哈的拉格泰姆福音音乐。

贾斯珀明白，他的时代结束了，如同他那些在场院里生锈的老伙计。他原本希望不是这个样子。他以自己知道的唯一方式熬过了艰难困苦。他平安落地了。

圣克莱尔街酒店

（伯明翰潮流酒店）
亚拉巴马州伯明翰第二大道北411号

1965年12月23日

  市中心的"L与N"车站用木板封了起来，斯莫金在车站对面的旅馆房间里。这家旅馆三十五年前或许开风气之先，如今却只剩一张床、一把椅子、一只四十瓦的灯泡挂在灯绳上。房间里黑黢黢的，只有门框上方的玻璃气窗透进几缕淡黄色的光亮。门是褐色的，很高，涂着厚厚的珐琅漆。

  "孤客"斯莫金孑然一身坐着抽烟，抬眼张望窗外楼下湿冷的街道，回想着旧日时光。那时候，月亮周围群星闪烁，河水和威士忌香甜可口。那时候他可以尽情地呼吸新鲜空气，不像现在，动辄几乎要把肠子咳出来。艾姬和露丝还住在咖啡馆后面，一列列火车隆隆驶过。那些年月，那个久已逝去的特殊时代……在他脑海中历历在目，恍然如昨……

  记忆徘徊不去，今晚他一如既往地坐着追寻记忆，伸手捕捉月光。他隔三岔五就乘着记忆神游一番，像变魔术似的。一首老歌在他脑海中萦回不绝：

烟圈

前往何方?

我喷出的烟圈?

蓝色的圆圈

让我对你念念不忘……

玫瑰露台养老院

旧蒙哥马利高速公路
亚拉巴马州 伯明翰

1986年9月22日

伊夫琳·库奇走进大堂，特雷德古德太太睡着了，突然显得老态龙钟。伊夫琳恍然意识到她的朋友其实很老了，她害怕起来，于是摇了摇特雷德古德太太。

"特雷德古德太太！"

特雷德古德太太睁开眼睛，摸摸自己的头发，立刻开口说话了。"噢，伊夫琳。你早就来了吗？"

"没有，我刚到。"

"好吧，可别让我把探视日就这么睡过去。答应我，好吗？"

伊夫琳坐下来，把盛着烤肉三明治和柠檬冰盒馅饼的纸盘递给朋友，还有叉子和餐巾。

"噢，伊夫琳！"特雷德古德太太坐直身体，"你从哪里弄到了这个？在咖啡馆吗？"

"不，是我特意给你做的。"

"你做的？嗯，祝福你。"

伊夫琳注意到，过去几个月，她的朋友把时间搞混的次数越来越多，过去和现在混为一谈，有时还管她叫克利奥。有时候老太太自己忽然反应过来，就哈哈大笑。最近，她犯了糊涂也意识不到。

"很抱歉我又走神了。不光是我，这里每个人都耗尽了心力。"

"怎么，夜里睡不好吗？"

"亲爱的，这里已经好几个星期没人能睡个好觉了。维丝塔·阿德科克喜欢上了夜里打电话。她给每个人打电话，从总统到市长。前几天晚上，她打电话给英国女王投诉什么事情。她像一只老猫折腾个没完，整晚不消停。"

"她怎么不把自己房间的门关起来？"

"门关着呢。"

"嗯，他们为什么不把电话从她的房间里拿走？"

"亲爱的，他们把电话拿走了，但是她不知道，还在不停地打电话。"

"天哪！难道她……疯了？"

"好吧，我们姑且这么说吧，"特雷德古德太太和气地说，"她还在这个世界上，但是已经不属于这个世界。"

"是的。我想你说得对。"

"亲爱的，我很想喝杯冷饮，就着冷饮吃馅饼。你能帮我倒一杯吗？我想自己去，可是我眼神不好，找不到投币口。"

"噢，当然可以。对不起，我早该去买的。"

"给，这是硬币。"

"噢，特雷德古德太太，别客气。我请你喝一杯。"

"不行。唉，伊夫琳，把钱拿着……你没必要给我花钱。"特雷德古德太太再三坚持,"你不让我付钱,我就不喝。"

最后,伊夫琳收起硬币,像往常一样,买了一杯七十五美分的饮料。

"谢谢你,亲爱的……伊夫琳,我跟你说过吗,我不爱吃抱子甘蓝?"

"没有,你为什么不爱吃抱子甘蓝?"

"我说不出原因,就是不爱吃。除了这个,我什么蔬菜都爱吃。我不爱吃冷冻的蔬菜,还有罐装的。我爱吃新鲜的甜玉米、青豆、黑眼豌豆和油炸绿番茄……"

伊夫琳说:"你知不知道,番茄是一种水果?"

特雷德古德太太惊讶地说:"是吗?"

"是的,千真万确。"

特雷德古德太太坐着,很是疑惑:"噢,不会吧。我这些年、这辈子都以为番茄是蔬菜……用来做菜吃。番茄是水果?"

"是的。"

"你确定?"

"嗯,确定。我记得是家政课上教的。"

"好吧,我没法想象,我干脆假装没听说这条小知识。唉,抱子甘蓝是蔬菜,对吧?"

"噢,是的。"

"那就好。现在我感觉好多了……四季豆呢?你不会告诉我,四季豆也是水果吧?"

"不,四季豆是蔬菜。"

"嗯,很好。"她吃光了馅饼,想起了什么,脸上露出微笑。

"你知道,伊夫琳,昨晚我做了一个好可爱的梦。梦里很真切。我梦见爸爸和妈妈站在老房子的前门廊边,招手让我过去……不一会儿,克利奥、阿尔伯特和特雷德古德家的儿女们全都出现在门廊边。他们都在喊我的名字。我很想过去,可是心里知道,我不能过去。我告诉他们,我现在来不了,要等奥蒂斯太太情况好转再说。妈妈柔声说道:'好吧,快点儿,妮妮,我们都在这里等着你呢。'"

特雷德古德太太转身对着伊夫琳说:"有时候我真的等不及要去天堂。我等不及了。我要做的第一件事就是寻找'铁路比尔'——他们始终没有查出他到底是谁。当然,他是黑人,但我肯定他会在天堂里。你不认为他会上天堂吗,伊夫琳?"

"我相信他会的。"

"嗯,要是有人值得上天堂,就是他——我只希望我见到他时能认出来。"

汽笛站咖啡馆

亚拉巴马州 汽笛镇

1939年2月3日

午饭时间,这地方被铁路工人塞得水泄不通,格雷迪·基尔戈干脆走到厨房门口,高声叫道:"给我来一份油炸绿番茄和冰茶,好吗,西普塞?我赶时间。"西普塞把餐盘递给格雷迪,格雷迪端着午餐走回大堂。

一九三九年冬天,"铁路比尔"连续第五年袭击火车。格雷迪走了过去,南方铁路公司工程师查理·福勒说:"嘿,格雷迪,我听说'铁路比尔'昨晚又袭击了一列火车。你们这些铁路上的笨蛋还要不要抓捕那个家伙?"

格雷迪在柜台边坐下吃饭,众人大笑起来。"你们想笑就笑吧,没啥好笑的。那狗娘养的过去两个星期已经袭击了五列火车。"

杰克·巴茨笑道:"那个黑鬼把你吓得魂飞魄散,是不是?"

他旁边的威尔伯·威姆斯用牙签剔着牙说笑道:"我听说他把整个车厢的罐头食品沿路丢在从这里到安尼斯敦的地上,全被黑鬼赶在天亮前捡走了。"

"是的,不光这些,"格雷迪说,"那个黑人杂种还在光天化日下,把美国政府的十七只火腿从他妈的火车上丢下去了。"

西普塞笑着把格雷迪点的冰茶放在他跟前。

格雷迪伸手去拿糖罐。"唉,没啥好笑的,西普塞。有个政府巡视员从芝加哥过来盯着我,我得赶去伯明翰见他。见鬼,我们场院已经添了六个人手。那狗娘养的很可能让我丢掉饭碗。"

杰克说:"我听说没人知道他是怎么爬上火车的,怎么知道哪列车装着食品的。还有,怎么赶在你们抓捕前逃走的。"

"格雷迪,"威尔伯补充道,"他们说,你们一辈子也休想把他抓住。"

"是啊,好吧,前两天阿特·贝文斯差点儿就抓到他了,就在盖特市郊外。只差了两分钟。所以,他蹦跶不了几天了……我把话放在这里。"

艾姬从他们身边走过。"嘿,格雷迪,要不我叫墩子去场院给你们做帮手?也许能抓住他。"

格雷迪说:"艾姬,快闭嘴吧,再给我来点儿他妈的这个。"说着把餐盘递给她。

露丝在柜台后面给威尔伯找零钱。"说实话,格雷迪,我不觉得这事有什么不好。这些可怜的人都快饿死了,要不是他把煤丢下来,很多人早就冻死了。"

"在某种程度上我同意你的说法,露丝。偶尔少了几罐豆子,几块煤,没人在乎。可是这事没法收场了。到目前为止,从这里到州界,公司增派了十二个人手,我夜里值双班。"

"孤客"斯莫金坐在柜台尽头喝咖啡,他大声插话道:"十二个人抓一个小黑鬼?有点儿像用大炮打苍蝇,是不是?"

"别难过了,"艾姬拍拍格雷迪的后背,"西普塞告诉我,你们抓不到他,是因为他能摇身一变,变成狐狸或兔子。你怎么看?你认为真是这样吗,格雷迪?"

威尔伯好奇悬赏金额增加到了多少。

格雷迪回答说:"今天早上是二百五十块。大概涨到五百块,这事就了结了。"

威尔伯摇摇头。"妈的,这可不是个小数目……他长什么样呢?"

"嗯,我们有些人见过他,据他们说,他只是个戴着圆锥形针织帽的黑人,普普通通的。"

"一个聪明的黑鬼小子。"斯莫金补充道。

"是啊,也许是这样。不过我告诉你,等我抓住那个狗娘养的黑人,他就是个可怜巴巴的黑鬼。妈的,老子已经好几个星期没在自己家的床上睡觉了。"

威尔伯说:"好吧,格雷迪,我听说这事不稀奇。"

众人哈哈大笑。

这时候,"莳萝泡菜俱乐部"的成员杰克·巴茨说:"是啊,想必烦死了……我听伊娃·贝茨也这么发牢骚。"屋里爆发出一阵捧腹大笑。

"唉呀,杰克,你真不害臊,"查理说,"你不该这样羞辱可怜的伊娃。"

格雷迪站起来,环顾室内。"你们知道,这家咖啡馆里,你们这些小子个个都蠢得要死。蠢得无可救药!"

他走到衣帽架前取了帽子,转过身来。"这地方该叫笨蛋咖啡馆。我想,我还是到别处去干正事吧。"

众人——包括格雷迪在内——同时放声大笑,因为没有别处可去。他出门前往伯明翰。

威利纳巷 1520 号

佐治亚州 亚特兰大

1986 年 11 月 27 日

五十七岁的墩子依旧相貌堂堂，他在女儿诺玛家欢度感恩节，跟众人共进晚餐。他刚刚看完亚拉巴马州对田纳西州的足球比赛，跟诺玛的丈夫麦基、他们的女儿琳达和琳达的男朋友坐在餐桌旁。小伙子戴眼镜，非常瘦，还在求学，未来想当一名脊椎按摩师。他们一边喝咖啡，一边吃核桃馅饼。

墩子转身对着小伙子说："我有个舅舅叫克利奥，当年就是脊椎按摩师。当然，他一分钱没赚到……因为免费给镇上的人看病。不过那是大萧条时期，人们反正也没钱。

"我妈妈和艾姬姨妈经营一家咖啡馆。这是小事一桩，不值一提，不过我要告诉你：我们总有饭吃，谁到店里来讨饭，也总有饭吃……有黑人，也有白人。我从来没见过艾姬姨妈把人拒之门外。大家都知道，必要的时候她喜欢给人喝上一口……

"她的围裙里兜着酒瓶。妈妈说：'艾姬，你这是鼓励人们养成坏习惯。'可是艾姬姨妈自己爱喝酒，她说：'露丝，人不能只靠面包活着。'"

"每天大概足有十到十五个流浪汉上门。那些小青年不怕干点儿活换口饭吃。跟如今的流浪汉不一样。他们平整院子，清扫人行道。艾姬姨妈总是派点儿小活给他们干，免得伤他们的自尊心。有时候她让他们在后面的房间坐着，当临时保姆照看我，他们就觉得自己是在干活。多数流浪汉都是好人，只是时运不济。艾姬姨妈最好的朋友是个叫'孤客'斯莫金的流浪汉。上帝啊，你可以把性命托付给他。不是他的东西，他一针一线都不拿。

"流浪汉很讲道义。斯莫金告诉我，他听说他们抓到有人从临时主人家里偷了银器，当场就把这人杀了，把银器还给那家的主人……当年，我们出门连钥匙都不用带。如今新上路的流浪汉和逃票扒火车的人跟他们是不同类型的人。只是些乞丐和瘾君子，会把你偷个精光。

"艾姬姨妈从来没有丢过东西。"他笑了，"当然，可能是因为她床头放着猎枪……她凶得像老虎，是不是，佩姬？"

佩姬在厨房喊道："比老虎还凶。"

"当然，多数时候只是做做样子，不过她要是不喜欢你，就会变成恶狼。她跟浸信会教堂的牧师是老对头——妈妈在那座教堂的主日学校教书，她经常给牧师颜色看。牧师是个禁酒主义者，一个星期日，他在布道时诋毁艾姬姨妈的朋友伊娃·贝茨，她很生气，绝不原谅他。每当陌生人到镇上想偷偷买点儿威士忌，她就把人带到咖啡馆外，指着牧师斯克罗金斯家的房子说：'看到那栋绿房子了吗？走过去敲门就行。那家卖的酒是本州最好的。'那些家伙想买别的东西时，她也指着牧师家的房子把他们引过去。"

佩姬走出厨房坐了下来。"墩子，别给他们讲这些。"

他朗声大笑。"嗯,她就这么干,总是对那人使坏。不过,我说过,她只是喜欢让人觉得她坏……内心深处,她像棉花糖一样柔软。好比那次,牧师的儿子鲍比·李遭到逮捕……他打电话给她,让她把自己捞出来。

"他跟着两三个小青年去伯明翰,喝得酩酊大醉,穿着内衣在大厅里乱跑,从七楼把水球扔出窗外。只有鲍比·李给水球装满了墨水,一枚水球砸在某位市政要员的妻子身上,人家夫妻俩正要进酒店出席盛大的舞会呢。

"艾姬姨妈花了两百美元把他从监狱弄出来,又花了两百美元把鲍比的名字从名册上划掉,省得他留下前科记录,这事他爸爸就不会知道……我跟着艾姬姨妈去接他。回家路上她对他说,要是鲍比告诉别人她做过这件事,她就一枪把他那玩意儿崩掉。她受不了让人知道她做了件好事,特别是给牧师的儿子帮忙。

"'莳萝泡菜俱乐部'人人都这样。他们做了很多好事,谁也不知道。故事最精彩的部分是,后来鲍比·李成了大律师,最后当上了佛森市的总检察长。"

女儿诺玛走进来收拾其余的餐盘。"爸爸,给他讲讲'铁路比尔'的故事。"

琳达恼怒地扫了母亲一眼。

墩子说:"'铁路比尔'?噢,上帝啊,你不是真的想听比尔的故事吧,嗯?"

小伙子其实很想带琳达出去,找个地方停车玩闹。他说:"想,先生,我很想听听。"

麦基与妻子会心一笑。这个故事他们已经听过上百遍,知道墩子讲起来乐此不疲。

"嗯,那是在大萧条时期,不知道为什么,这个叫'铁路比尔'的人悄悄地扒上政府的补给列车,把食品丢下去让黑人来捡。他们去抓他,他就提前跳下车。这种情况持续了好多年,他的故事很快就在黑人中间传开了。他们说,有人看见他变成狐狸,沿着带刺的铁丝网跑了二十公里。见过他的人说,他身穿黑袍,头戴黑色绒线帽。他们竟然还给他编了一首歌……西普塞说,每个星期日,他们都在教堂为'铁路比尔'祈祷,保佑他平安。

"铁路部门重金悬赏,可是汽笛镇的人哪怕知道他是谁也没人告密。大家都很好奇,纷纷猜测。

"我心目中觉得'铁路比尔'是阿蒂斯,我们厨师的儿子。他的体型差不多,速度快得像闪电。我没日没夜地跟踪,却始终抓不住他。那时我大概九岁或者十岁。为了亲眼看他夜里行动,我愿意付出一切,只为能搞个水落石出。

"一天早上,天快亮了,我要上厕所。我半睡半醒走到卫生间,妈妈和艾姬姨妈在里面,水槽在放水。妈妈看到我吃了一惊,说:'等一下,亲爱的。'就把门关上了。

"我说:'快点儿,妈妈,我等不了!'你知道孩子尿急是什么样子。我听到她们在里面说话,很快她们就出来了。艾姬姨妈把手和脸擦干。我走了进去,水槽里铺满煤灰。门背后的地板上丢着一顶黑色绒线帽。

"我恍然大悟,难怪我总是看到她跟铁路侦探格雷迪·基尔戈嘀嘀咕咕。他向她透露火车时刻表……这些年来都是我的艾姬姨妈在火车上劫富济贫。"

琳达说:"爷爷,你确定这是真的吗?"

"当然是真的。你们的艾姬姨奶奶做了各种离谱的事情。"他问麦基,"我给你讲过吗,威尔伯和多特·威姆斯结婚,在伯明翰的大酒店度蜜月时,她做了什么?"

"没有,没讲过。"

佩姬说:"墩子,别给孩子们讲那件事。"

"没事,别担心。不管怎么说,威尔伯是'莳萝泡菜俱乐部'的成员。婚礼一结束,艾姬姨妈就跟那帮人坐上车,飞也似的驶往伯明翰。他们贿赂酒店服务员让他们进入蜜月套房,把各种有趣的东西放在床上……天知道放了些什么……"

佩姬警告他:"墩子……"

他笑起来。"见鬼,我不知道放了些什么。不管怎样,他们开车回了家。威尔伯和多特回来了,他们问威尔伯喜不喜欢雷德蒙特酒店的蜜月套房,结果却发现他们去错了酒店。不知道哪对可怜的新婚夫妇度蜜月时受到了终生难忘的刺激。"

佩姬摇摇头。"这种事情你们能想象吗?"

诺玛从台板后面走出来。"爸爸,给他们讲讲你在勇士河抓鲶鱼的故事。"

墩子神色一亮。"噢,好吧。鲶鱼那么大,大得简直让人不敢相信。我记得有一天下着雨,我被狠狠地咬了一口。鲶鱼拽得我差点儿从岸边滑下去,掉进水里。刹那间电闪雷鸣,我奋力挣扎,过了大概四个小时,才好不容易把那条鲶鱼从水里拽起来。我跟你讲,它足有九公斤,可能还不止,这么长……"

墩子张开一只胳膊。

瘦小的准脊椎按摩师坐着没动，一脸傻乎乎的样子，认真地琢磨这条鲶鱼究竟有多长。

琳达气急败坏，一只手按在屁股上。"噢，爷爷。"

诺玛在厨房里笑个不停。

玫瑰露台养老院

旧蒙哥马利高速公路
亚拉巴马州 伯明翰

1986 年 9 月 28 日

今天,她们享用了很多美食:可乐、薯片,甜点是无花果酱卷——这也是特雷德古德太太特意要求的。她告诉伊夫琳,过去三十年,奥蒂斯太太每天吃三片无花果酱卷,为了保持饮食规律。"就说我自己吧,我吃无花果酱卷只是因为我觉得好吃。我告诉你一种美食。我在家里不想做饭的时候,就去奥西的商店买一包烤面包卷,在上面撒一点儿糖浆当晚饭。价格不太贵。你可以试试看。"

"我告诉你什么好吃,特雷德古德太太,冷冻蜂蜜点心。"

"蜂蜜点心?"

"对。就像肉桂点心。"

"噢,我爱吃肉桂点心。我们改天来点儿,好不好?"

"好。"

"你知道吗,伊夫琳,你不节食了,我真高兴。生食会要人的命。先前我不想跟你说这些,阿德科克太太有一次减肥,差点儿送了命。她吃了太多生食,结果肚子疼得受不了,被紧急送往医院,他们只好给她做了手术。她说，医生检查她的脏器，拿起她的肝脏凑到眼前细看，一不小心掉在地上，弹跳了四五下，他们才把它抓住捡起来。阿德科克太太说，因为这件事，她后来一直背疼得厉害。"

"噢，特雷德古德太太，你不信她的话吧，嗯？"

"啊，前几天吃晚饭的时候，她是这么说的。"

"亲爱的，她在编瞎话呢。肝脏连在身上，掉不下来。"

"嗯，也许她搞混了，可能是肾或者别的什么东西。我要是你，我就不再吃生食。"

"好吧，我听你的。"伊夫琳咬了一口薯片，"特雷德古德太太，有件事我一直想问你。你是不是跟我讲过，有些人一度认为艾姬杀了人？还是我记错了，以为你这么说过？"

"噢，你没记错，亲爱的，很多人认为是她干的。特别是她跟大块头乔治涉嫌谋杀在佐治亚州接受审判的时候……"

伊夫琳一脸惊骇。"她真做了这事？"

"我以前没跟你讲过吗？"

"没有，从来没有。"

"噢……唉呀，太可怕了！那天早上我记得清清楚楚。我一边收拾碗盘，一边听着《早餐俱乐部》的节目，格雷迪·基尔戈上门来找克利奥，一副痛不欲生的样子。他说：'克利奥，我宁愿砍掉右胳膊，也不愿做我接下来要做的事情，可是，我得去抓艾姬和大块头乔治，他们受到了指控，我想让你陪我去。'

"你知道，艾姬是格雷迪的密友，去抓艾姬简直是要他的命。他告诉克利奥，他本来要辞职，可是他说，一想到让陌生人逮捕艾姬，还不如他自己去。

"克利奥说:'我的上帝,格雷迪,她干了什么坏事?'

"格雷迪说,她和大块头乔治涉嫌在一九三〇年杀害了弗兰克·本内特。说真的,我根本不知道他是死是活。"

伊夫琳说:"他们凭什么认为是艾姬和大块头乔治干的?"

"嗯,好像艾姬和大块头乔治曾经威胁过弗兰克几次,说要杀了他,佐治亚州警方留有记录,他们发现了他的卡车,必须把两个人抓起来……"

"什么卡车?"

"弗兰克·本内特的卡车。他们在找溺水的尸体,在河里发现了卡车,离伊娃·贝茨的住处不远。于是他们就知道一九三〇年他来过汽笛镇这边。

"格雷迪气得七窍生烟,不知道哪个该死的笨蛋竟然蠢到给佐治亚州的警察打去电话,把车牌号告诉了他们……露丝去世已经八年,墩子和佩姬结了婚,搬去了亚特兰大,那么一定是一九五五年或一九五六年前后。

"第二天,格雷迪把艾姬和大块头乔治送去佐治亚州,西普塞跟着他们。谁劝也没用,拦不住。艾姬不肯让别人跟着她,我们大家只好留在家里等消息。

"格雷迪不想声张。镇上的人即便知道也没人议论这件事……多特·威姆斯知道,但她在报纸上一个字都没提。

"审判的那一个星期我记得清清楚楚。我带着阿尔伯特去特劳特维尔陪伴奥泽尔。她吓坏了,她知道,要是大块头乔治被判杀害了一个白人,他会像平托先生那样坐电椅受刑。"

这时候护士吉妮进屋坐下来,抽根烟放松一下。特雷德古德太太说:"噢,吉妮,这是我的朋友伊夫琳。我跟你说过,她处在更年期,很难熬。"

"你好。"

"你好。"

接着特雷德古德太太跟吉妮聊起天来,说她觉得伊夫琳很漂亮,吉妮难道不认为伊夫琳应该去推销玫琳凯化妆品吗?

伊夫琳盼着吉妮离开,好让特雷德古德太太把故事讲完,可是吉妮坐下来就不走了。埃德来接她,她闷闷不乐,她得等待整整一个星期才能听到审判结果。伊夫琳要走了,她说:"别忘了你讲到哪里了。"

特雷德古德太太茫然地望着她。"讲到哪儿了?你是说玫琳凯吗?"

"不,审判。"

"噢,对。噢,真够呛,好吧……"

乡村法庭

佐治亚州 瓦尔多斯塔

1955 年 7 月 24 日

雷雨即将来袭,法庭里空气闷热。

艾姬转过身环顾法庭,汗水顺着她的后背流下。她的律师拉尔夫·鲁特是格雷迪的朋友,他松开领带让自己透了透气。

现在是庭审第三天。艾姬威胁要杀了弗兰克·本内特那天,瓦尔多斯塔理发店在场的客人都已出庭做证。杰克·博克斯站上了证人席。

她再次转过身搜寻"孤客"斯莫金的身影。他到底在哪里?格雷迪送话说,艾姬遇到了麻烦,很需要他。不对劲。他该到场了呀。她不由得疑心他是不是已经不在人世。

这时候,杰克·博克斯指着大块头乔治说:"就是他。拿刀追着弗兰克跑的人就是他,跟他在一起的就是这个女人。"

朗兹县法院的庭堂上一阵嗡嗡声,人们交头接耳,窃窃私语,为黑人胆敢威胁白人而感到心神不宁。格雷迪·基尔戈在座位上局促不安。西普塞是庭堂上第二个黑人,她在楼厅上低声哀号,为宝贝儿子祈祷,其实乔治当时已近六旬。

公诉律师懒得讯问大块头乔治，他径直走到艾姬跟前。艾姬站在证人席上。

"你认识弗兰克·本内特吗？"

"不认识，先生。"

"你确定？"

"确定，先生。"

"你的意思是，你从来没见过这个人，而他的妻子露丝·本内特跟你合伙做了十八年生意？"

"没错。"

律师轻捷地转过身，两只拇指插在马甲口袋里，面向陪审团。"你的意思是说，一九二八年八月你没去过瓦尔多斯塔理发店，在激烈争吵时威胁要杀了弗兰克·本内特，你不认识这个人？"

"我去过理发店。好吧，我以为你想问的是我们有没有见过面，回答是没有。我威胁要杀了他，但我们从来没有——也许用你的话来讲——正式见过面。"房间里爆发出一阵笑声，颇有一些人看不惯这位趾高气扬的律师。

"那么，换句话说，你承认你威胁过要杀了弗兰克·本内特。"

"是的，先生。"

"你是不是还在一九二八年九月带着你的黑人伙计来到佐治亚州，接走了弗兰克·本内特的妻儿？"

"只有他妻子，孩子是后来的事。"

"多久以后？"

"按照正常时间来说，九个月。"

法庭上再次爆发哄堂大笑。弗兰克的弟弟杰拉尔德坐在前排对她怒目而视。

"你在弗兰克·本内特的妻子面前诋毁他的人格,让她相信他品行不良,有这回事吗?你让她相信,他不适合做丈夫?"

"没有,先生,她已经知道这是事实。"

人们笑得更加起劲。

律师变得焦躁。"你有没有用刀尖顶着她跟你去亚拉巴马州?"

"没必要。我们到达的时候,她已经收拾好行李,准备停当了。"

他没有理会最后这句陈述。"弗兰克·本内特前往亚拉巴马州汽笛镇,想找回他合法拥有的东西——他的妻子和幼子——你和黑人伙计杀了他,阻止她回到幸福的家,拒绝把孩子还给父亲,这是不是事实?"

"不是,先生。"

这个高大壮实、挺着胸脯的男人加快了语速。"你知道你破坏了世间最神圣的事物吗——由慈爱的父亲、母亲和孩子组成的基督教家庭?你亵渎了男人和女人神圣的婚姻,一九二四年十一月一日上帝在瓦尔多斯塔的浸信会教堂批准了这桩婚姻。你让一名善良的女基督徒违背了上帝的律法和婚姻誓言!"

"没有,先生。"

"我认为你用金钱和酒精的承诺贿赂了这个可怜的弱女子,她一时失去了理智。丈夫去接她回家时,你跟黑人伙计残忍地杀了他,不让她回来,是不是?"

这时候他转身对着艾姬,提高嗓门喊道:"一九三〇年十二月十三日晚上,你在哪里?"

艾姬身上汗涔涔的。"嗯,先生,我在我母亲家里,在汽笛镇。"

"谁跟你在一起?"

"露丝·贾米森和大块头乔治。那天晚上他陪我们去的。"

"露丝·贾米森能做证吗?"

"不能,先生。"

"为什么?"

"她八年前去世了。"

"那么你母亲呢?"

"她也过世了。"

律师踌躇满志,自以为胜利在望,先是踮起脚尖站立片刻,接着再次轻快地转身面向陪审团。"那么,特雷德古德小姐,两名证人已经死去,另一名证人是给你干活的黑人,你从露丝·本内特幸福的家里把她拐走当天,他陪着你。在这种情况下,你指望十二位聪明人相信你的话?众所周知,他是个百无一用、一无是处、撒谎成性的黑鬼,你要陪审员相信你的话,就因为你是这样说的?"艾姬很紧张,律师不该辱骂大块头乔治。

"没错,你这个长着智障脸和猴屁股、驴脾气的浑蛋。"

法官徒劳地敲打着小木槌,房间里沸腾起来。

这一次轮到大块头乔治叫苦不迭了。他恳求过艾姬不要出庭,但是她执意要为他当天晚上不在场做证。她知道,只有自己能救他。白人女性逃脱惩罚的概率比他高得多,尤其是在靠另一名黑人证明他不在场的情况下。她哪怕豁出性命也不让大块头乔治坐牢,她很可能要豁出性命。

庭审对艾姬很不利。当庭审最后一天,一位意想不到的证人匆匆进场时,艾姬明白事态每况愈下。他大摇大摆地穿过法庭,比以往任何时候都显得虔诚和凛然不可侵犯……她的死对头来了,她把他折磨了好多年。

随他去吧。她心里想。

"请说出你的名字。"

"赫伯特·斯克罗金斯牧师。"

"职业?"

"汽笛镇浸信会教堂的牧师。"

"请把你的右手放在圣经上。"

斯克罗金斯牧师对法官说,自己带了圣经来,谢谢。他把手放在自己的圣经上发誓,他将陈述实情,言无不尽,绝无半句虚言,请上帝帮助他。

艾姬搞不明白了。她意识到是自己的律师领牧师进来的。怎么事先不跟她打招呼?她会告诉他,这人说不出她的好话来。

为时已晚,他已经站上了证人席。

"斯克罗金斯牧师,请你告诉法庭,昨晚你为什么给我打长途电话,对我说了什么,好吗?"

牧师清了清嗓子。"好。我打电话是想告诉你,我知道艾姬·特雷德古德和乔治·普尔曼·皮维在一九三〇年十二月十三日晚上的行踪。"

"那天晚上,她和黑人伙计不在她母亲家,如她在庭审时所说?"

"不,他们没去。"

噢,他妈的。艾姬心里想。

她的律师继续发问。"你是说,她为那天晚上的行踪撒了谎?"

牧师噘了噘嘴。"嗯，先生，身为基督徒，我不能确定她是不是撒了谎。我觉得这里的问题是把日期搞混了。"这时候他翻开手边的圣经，翻到后面的一页，一行行看下去。"多年来我养成了在圣经里把教堂每日活动记下来的习惯，前几天查阅的时候，我看到十二月十三日晚上，我们教堂开始举行年度帐篷聚会，就在浸信会的露营地。教友特雷德古德女士在场，还有她的雇工乔治·皮维，他负责茶点——过去二十年，年年如此。"

公诉律师跳了起来。"我反对！这说明不了什么。杀人案可能发生在后来几天的任何时段。"

斯克罗金斯牧师犀利地瞅了他一眼，转身面向法官。"情况就是这样，大人：我们的帐篷聚会活动总是持续三天三夜。"

律师说："你确定特雷德古德小姐在活动现场？"

斯克罗金斯牧师仿佛受到了冒犯，有人居然会怀疑他说假话。"她当然在场。"他向陪审团致辞，"教友特雷德古德女士在我们的教堂活动中保持着完美的出勤记录，还担任了我们教堂唱诗班的主唱。"

艾姬平生第一次哑口无言，瞠目结舌，无言以对。这些年来，"莳萝泡菜俱乐部"的成员一天到晚信口开河，胡说八道，自以为高明，斯克罗金斯不到五分钟就让他们相形见绌。他那么令人信服，简直连她自己都要相信他说的话了。

"事实上，我们教堂非常敬重教友特雷德古德女士，全体会众都乘坐公共汽车前来为她做证。"法庭的门应声打开，上帝在世间汇聚的一群奇形怪状的人鱼贯而入："孤客"斯莫金、"愣头"吉米·哈里斯、"破肚"艾尔、"神枪手"萨基特、"墨黑"帕杜、"象

349

鼻虫"杰克、埃尔莫·威廉斯、"疣猪"威利……大家都在奥珀尔的美发店收拾得干净利落，穿着借来的衣服……多年来艾姬和露丝迎来送往收留过许多流浪汉，他们只是"孤客"斯莫金急切间能召集到的少数几位而已。

他们挨个走上证人席，言之凿凿地给出证词，详细回忆一九三〇年十二月在河边举办的聚会活动的细枝末节。压轴出场的是戴着花帽、握着手袋的教友伊娃·贝茨女士。她走上证人席，声情并茂地讲述道，教友特雷德古德女士在聚会活动的第一天晚上向自己推心置腹，说因为斯克罗金斯牧师布道时循循善诱，畅谈威士忌的邪恶和肉体的欲望，那天晚上，上帝触动了她的心灵。陪审团听得如醉如痴。

法官瘦削矮小，脖颈酷似半截胳膊，他不屑于要求陪审团做出裁决。他敲着小木槌，对公诉律师说："珀西，在我看来，你这个案子根本不成立。首先，没有找到尸体。其次，多位宣誓证人做证，没人能够提出异议。折腾半天，都是白费工夫。要我说，这位弗兰克·本内特先生是喝醉了，自己把车开进河里，早就被鱼虾吃得精光。我们管这样的事情叫意外死亡。眼前这个案子就是这种情况。"

他又敲了一下小木槌，说道："此案不予受理。"

西普塞在楼厅跳起舞来，格雷迪松了一口气。

尊敬的柯蒂斯·斯穆特法官心知肚明，十二月中旬不可能举办为期三天的帐篷聚会。他在座位上清楚地看到，牧师按着宣誓的不是圣经，而是一本包着圣经封皮的书。他很少见过这么一大群匆匆拾掇干净的失意人和潦倒汉。此外，法官的女儿几个星期前刚刚去世，她活着时比同龄人显老，因为弗兰克·本内特的缘故，在城郊过着猪狗不如的生活。所以,他根本不在乎是谁杀了那个狗娘养的家伙。

一切都结束了,斯克罗金斯牧师走过来跟艾姬握手。"我们星期日在教堂见,特雷德古德女士。"他冲她眨了眨眼,转身离去。

牧师的儿子鲍比听到庭审的消息,打电话告诉父亲,当年是艾姬将自己从监狱里捞了出来。于是,斯克罗金斯牧师——这些年来她对他纠缠不休,让他不得安生——亲自出马帮她渡过难关。

整件事情让艾姬久久地回不过神来。在开车回家的路上,她好不容易缓过劲来,说:"我一直在琢磨,不知道哪个更糟——是坐牢,还是一辈子对牧师客客气气。"

玫瑰露台养老院

旧蒙哥马利高速公路
亚拉巴马州 伯明翰

1986年10月9日

伊夫琳今天迫不及待地想去养老院。她一路上催促埃德快点儿开车。伊夫琳像往常一样在婆婆的房间停下脚步,送给她一个蜂蜜面包,但是像往常一样,婆婆谢绝道:"我吃这东西会病得很严重。我真搞不懂你怎么能吃这种甜腻腻、黏糊糊的东西。"

伊夫琳借故抽身离开,匆匆地穿过大厅,来到了会客厅。

特雷德古德太太今天穿了一件鲜绿色的花裙子,她愉快地跟伊夫琳打招呼,说道:"新年快乐!"

伊夫琳坐下来,关切地说:"亲爱的,现在离新年还有三个月呢。圣诞节还没过呢。"

特雷德古德太太笑了。"我知道,我只是想把新年提前一点儿,找点儿乐子。这里的老人总是脸色阴沉,闷闷不乐,实在是太晦气了。"

伊夫琳把美食递给特雷德古德太太。

"噢,伊夫琳,这是蜂蜜面包吗?"

"没错。还记得吧，我跟你说过这种面包？"

"嗯，是不是看着就好吃？"她拿起一个面包，"啊，就像迪克西奶油甜甜圈。谢谢你，亲爱的……你吃过迪克西奶油甜甜圈吗？轻得像羽毛。我以前常对克利奥说：'克利奥，你要是去迪克西奶油甜甜圈的店铺附近办事，记得给我和阿尔伯特买一打回来。我要六个原味甜甜圈，六个果酱甜甜圈。我也爱吃那种拧起来的甜甜圈。你知道，就像法式编发的造型那样。我忘了叫什么……"

伊夫琳等不及了。

"特雷德古德夫太太，给我讲讲审判的情况吧。"

"你是说艾姬和大块头乔治的庭审？"

"对。"

"嗯，那可是件大事，好吧。我们都担心死了。以为他们再也回不来了，但是后来做了无罪判决。克利奥说，他们给出了铁板钉钉的证明，案发时他们在别的地方，绝对不可能是他们干的。他说，艾姬接受庭审的唯一理由是为了保护另一个人。"

伊夫琳思索片刻。"还有谁想杀了弗兰克？"

"嗯，亲爱的，不是谁想杀他的问题，而是谁会去做的问题。这才是问题的关键。有人说可能是'孤客'斯莫金干的。有人说可能是伊娃·贝茨和河边那伙人——上帝知道那伙人多么凶悍，还有'莳萝泡菜俱乐部'的那几个家伙总是凑在一起……很难说。另外，当然了，"——特雷德古德太太顿了一下——"还有露丝自己。"

伊夫琳吃了一惊。"露丝？案发当晚露丝在哪里？肯定有人知道吧。"

特雷德古德太太摇了摇头。"所以说，亲爱的，谁也说不准。

艾姬说,她和露丝去老房子看望生病的特雷德古德妈妈。我相信她的话。有些人不相信。我只知道,艾姬宁可心甘情愿地受死,也不愿让露丝的名字跟凶案扯上关系。"

"查出来是谁干的了吗?"

"没有,从始至终都没有。"

"嗯,要是艾姬和大块头乔治没有杀他,你觉得是谁干的?"

"嗯,这个问题值六万四千美元,是不是?"

"你不想知道吗?"

"我当然想,谁不想知道呢?这是个天大的谜题。但是,亲爱的,谁也不会知道,除了那人自己和弗兰克·本内特。你知道他们是怎么说的……死无对证。"

"阴谋家"吉米的市区救助布道所

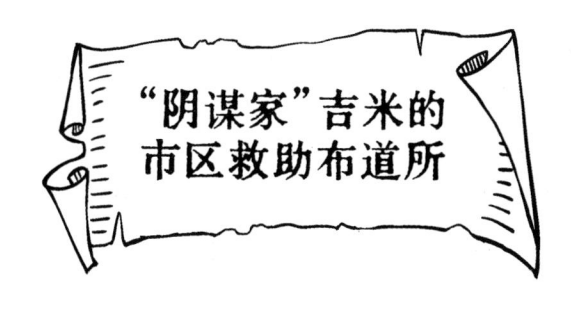

第23大道南345号
亚拉巴马州 伯明翰

1969年1月23日

"孤客"斯莫金坐在布道所的铁床边上,咳嗽着抽完今天的第一支烟。咖啡馆关门后,斯莫金一度在全国各地游荡。后来他在伯明翰的街车餐厅找到了一份当厨师做快餐的活计,但是他喝酒耽误了干活,丢掉了饭碗。

两个星期后,修士吉米发现斯莫金冷饿交加,昏倒在第十六街的高架桥下,就把他带到布道所。他老得不能再四处流浪,健康状况也很差,牙齿几乎掉光了。修士吉米和妻子把他清洗干净,让他吃饱喝足。过去十五年里,市区布道所差不多成了他的归宿。

修士吉米是个好人,当年他自己也是个酒鬼。如他所说,他走过了"从杰克·丹尼尔①到耶稣"的漫长旅程,决心奉献一生救助

---

① 一种美国威士忌酒。

其他失足人士。

他让斯莫金掌管厨房。食物大多是人们捐赠的吃剩的冷冻食品,主要是盒装的鱼条和土豆泥。没有人抱怨。

斯莫金如果不在厨房,也没有喝醉,白天就待在楼上跟人喝咖啡、打牌。他在布道所见识了形形色色的人和事……他见证了一个只有一根拇指的男人与儿子团聚,他的儿子从出生那天起就跟父亲失去了联系。父子二人都时乖命蹇,在同一时间流落到同一地点。他见过曾经富有的医生和律师,还有一个人当过马里兰州的参议员,在这里停留歇脚。

斯莫金问吉米,这些人何以沦落到这种地步。"我得说,大多数人的主要原因是在某种意义上不得志,"吉米说,"往往是为了女人。他们得到一个女人又失去了她,要么就是始终得不到自己心仪的那个……于是他们就迷失了,到处晃悠。当然,威士忌这个老家伙也发挥了作用。但是这么多年,我看着这些人来来去去,我要说,'不得志'在清单上排在第一位。"

六个月前,吉米去世,伯明翰市中心要翻新,救助布道所要拆除。斯莫金得赶快另谋去处。前往何方,他毫无头绪……

他走下楼梯,来到室外。这是个晴朗的日子,天空碧蓝,清寒冷寂,他决定去散步。

他走过格斯热狗店,绕过第十六街,路过原来的火车终点站,穿过彩虹高架桥,沿着铁轨往前走,猛然醒悟自己正朝着汽笛镇的方向走去。

他向来只是个怀揣着一盒番茄罐头的流浪汉,无业游民,马路骑士,潦倒汉。这颗自由的灵魂许多次在闷罐车里观赏流星划过夜空。他对国家现状的看法取决于他在人行道上捡到的烟蒂的大小。他呼吸过从亚拉巴马州到俄勒冈州的新鲜空气。他什么都见过，什么都做过，他不属于任何人。一个流浪汉，一个酒鬼，多一个不多，少一个不少。他，霉运连连的吉姆·斯莫金·菲利普斯，只爱过一个女人，他一生都忠实于她。

是的，他在肮脏的旅馆、树林、铁路站场跟很多可怜的女人鬼混过，但是他绝不会爱上她们。他心里始终只有一个女人。

他从第一眼看到她穿着圆点蝉翼纱连衣裙站在咖啡馆里就爱上了她，从此矢志不渝。

他生了病，在某家酒吧后面的小巷里呕吐，或者半死不活地躺在廉价客栈里，周围环绕着身上长着烂疮的男人，他们发酒疯，大呼小叫地扑打想象中的蚊虫鼠蚁，这时候他想她、念她、爱她。有些夜晚，冰冷的冬雨兜头浇下，他无处躲避，除了一顶薄帽和一双又湿又硬的皮鞋，他身无长物，这时候他想她、念她、爱她。还有那次，他流落到退伍兵医院，切掉一只肺；他被狗撕咬掉半条腿；圣诞节前夜，他坐在旧金山的救世军商店里，陌生人拍了拍他的后背，送给他一包香烟和一只脱水火鸡当晚餐。

每天晚上，他躺在布道所的床上，躺在某家倒闭的医院里薄薄的旧床垫上，望着绿色的"耶稣拯救"的霓虹灯标牌忽明忽暗地闪烁，听着楼下醉汉的喧闹，摔酒瓶的声音，叫嚷着进来避寒的声音，他想她、念她、爱她。难熬的时候他就闭上眼睛，再次走进咖啡馆，看到她站在那里，冲他微笑。

她的一颦一笑历历在目……露丝取笑艾姬……她站在柜台前拥抱墩子……她把头发从额上撩开……他不小心弄伤了自己，露丝显出关切的神情。

　　斯莫金，你不觉得今晚该多盖一条毯子吗？他们说要结冰了。斯莫金，我希望你不要像这样突然离开，你走了我们都很担心……

　　除了握手之外，他从来没有碰过她。他从来没有搂抱或者亲吻过她，但他独独对她一片赤诚。他愿意为了她杀人。她是那种你愿意为之冒天下之大不韪的女人，一想到有什么人、什么事会伤害她，他就一阵阵犯恶心。

　　他这辈子只偷过一样东西。这张露丝的照片是咖啡馆开业当天拍摄的。她站在最前面，一只手抱着孩子，另一只手举在眼前挡住直射的太阳。这张照片涉足辽远。他把它装在信封里，缝在衬衫里面，这样就不会弄丢它。

　　哪怕她去世以后，在他心里，她依然活着。她绝不会为他赴死。多好玩啊。这些年来露丝毫不知情。艾姬知道，可是她守口如瓶。她不是那种让人为爱而感到羞耻的人，她知道他隐秘的心思。

　　露丝生了病，艾姬四处找他，他却已经乘火车远赴他乡。他回来了，艾姬带他前去祭奠。他们对彼此的心意感同身受。从此以后，两个人就像在并肩哀悼同一位故人。他们始终不曾开诚布公地谈论。大痛无言。

露丝·贾米森

1898—1946

上帝适时召她回家

伯明翰新闻报

1969年1月26日 星期四

第38版

有人冻死

星期三清晨,汽笛镇以南1.6公里处的铁道旁发现一具年龄七十五岁上下、身份不明的白人男性尸体。受害者身上只穿着薄夹克和工装裤,显然是夜间受冻而死。除了一张女人照片,没有在尸体上找到任何身份证明。人们认为他只是临时路过的人。

威姆斯周报

（亚拉巴马州汽笛镇的每周简报）

1956年12月9日

邮局要关门

如今咖啡馆和美发店都已关闭，我知道接下来就该轮到我了。我收到了邮件通知。邮局要关门，信件收发将转往盖特市邮局。这一天终将到来，让我感到难过。但是目前我仍在跟进最新消息，所以，请给我致电或者到我家告诉我消息，如果你在镇上见到我的另一半，告诉他也可以。

埃茜·鲁自从得到在北伯明翰的"梦想之地室内溜冰场"演奏管风琴的工作，就跟丈夫比利商量搬去那里。我不希望她搬走……朱利安和奥珀尔已经离开，到时候老一辈人就只剩下我、妮妮·特雷德古德和比迪·路易丝·奥蒂斯了。

我很遗憾地向大家报告，本周有人闯入维丝塔·阿德科克家，盗走了瓷器柜里的小鸟雕像和抽屉里的一些零钱。

不仅如此，圣诞节当天我去扫墓，把鲜花摆放在母亲的墓碑前，有人偷走了我放在车里的手提包。时代变了。我很纳闷，究竟是什么人会做这种事?

　　顺便说一句,还有什么比在墓地看到玩具更让人伤心的吗?

多特·威姆斯

玫瑰露台养老院

旧蒙哥马利高速公路
亚拉巴马州 伯明翰

1986年10月12日

伊夫琳大清早起来，走进厨房，给特雷德古德太太准备美食。他们出发去养老院之前，她加热餐盘，用铝箔包起来，装入保温袋，这样饭菜吃起来就会热乎乎、香喷喷。她再次催促埃德快点儿开车赶过去。

老妇人在等着她。伊夫琳让她闭上眼睛，自己取出餐盘打开锡箔纸，掀开薄荷冰茶的罐盖。

"好了。可以睁开眼睛了。"

特雷德古德太太看到餐盘里的美食鼓起掌来，兴奋得像个欢度圣诞节的孩子。她眼前摆放着一盘色香味俱全的油炸绿番茄，一根乳白色鲜玉米，六片培根肉，一碗嫩青豆和四大块轻薄松软的酪乳饼干。

伊夫琳看到朋友这么开心，高兴得差点儿掉眼泪。她让特雷德古德太太趁热吃，自己抽身离开，穿过大厅去找吉妮。她把装有一百美元的信封交给吉妮，给了吉妮二十五美元；她请吉妮在自己离开期间，一定要满足特雷德古德太太的口腹之欲和其他愿望。

吉妮说："别给我钱，亲爱的，我很喜欢这个老太太。别担心，库奇太太。我会替你照顾她的。"

她回来时，朋友的餐盘已经干干净净。

"噢，伊夫琳。真不知道我做了什么让你这样宠我。这是咖啡馆关门以来我吃得最香的一顿饭。"

"你应该受宠。"

"嗯，这我可说不好。真不知道你为什么对我这么好，我很感谢你。你知道我说的是心里话。我每天晚上都感谢上帝，请他每天关照你。"

"我相信。"

伊夫琳挨着特雷德古德太太坐下，握着她的手，对她说自己要外出一段时间，回来后要给她一个惊喜。

"噢，我喜欢惊喜。是比面包盒大的惊喜吗？"

"不能告诉你。那样就不是惊喜了，对不对？"

"我想是的……好吧，那就快去快回，你知道我在等着你。是贝壳吗？你要去佛罗里达？奥珀尔和朱利安从佛罗里达给我寄过一只贝壳。"

伊夫琳摇摇头。"不，不是贝壳。唉，你别问了。等一下就知道了。"

伊夫琳递给她一张字条，说："这是我要去的地方的电话号码和地址，你要是需要我，就联系我，好吗？"

特雷德古德太太答应着，握住她的手，依依不舍。伊夫琳该走了。两个女人走到前门，埃德在等她。

他问道:"你今天还好吗,特雷德古德太太?"

"噢,我很好,亲爱的……咱们的姑娘给我带了油炸绿番茄和青豆,我吃得饱饱的。"

伊夫琳跟她拥抱告别。这时候,一个胸脯高耸的女人穿着睡衣、裹着狐皮围巾走到她们跟前,大声宣布:"你们赶快走开。我和丈夫刚刚买下了这里,六点前都给我走人!"

她继续向大厅走去,恐吓玫瑰露台养老院的其他老太太。

伊夫琳看着特雷德古德太太。"维丝塔·阿德科克?"

特雷德古德太太点了点头。"就是她,没错。我跟你说什么来着?这个可怜的家伙,脑子彻底糊涂了。"

伊夫琳笑了笑,挥手道别。她的朋友也挥着手,大声喊道:"早去早回……噢,听着……有空给老太太寄张风景明信片,好吗?"

联合航空公司，763航班

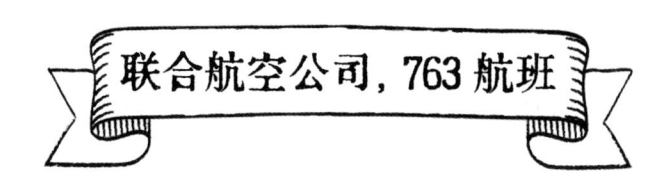

伯明翰—洛杉矶

1986年10月14日

七年前，伊夫琳·库奇去购物中心逛街，路过戈尔兹伯勒广播电视中心，在橱窗里的电视屏幕上看到一个胖女人，看上去有点儿面熟。她使劲回想这女人是谁，参加过什么节目。女人似乎也在直勾勾地盯着她看。接着她恍然大悟：天哪，原来就是我自己。她在电视屏幕上看到的人是自己。她心中一阵骇然。

她第一次意识到自己多么胖。肥胖是一年一年缓慢累积的，她巍巍然站在那里，体态跟她母亲一模一样。

从那以后，她尝试了人类已知的各种节食手段，却总是半途而废。她连"节食的最后机会"也没坚持下去。试过两次都以失败告终。

她参加过健身俱乐部，等她好不容易把那身可怕的紧身连衣裤穿好，已经累得直不起腰，干脆回家睡觉去了。

她在《时尚》杂志读过一篇文章，说是现如今医生能把体内的脂肪吸出来，若不是她对医生和医院心有余悸，也会去吸脂减肥。

于是她只在"胖子商店"购物，看到店里的女人比自己还胖，每每让她心情愉快。为了庆祝这个事实,她往往去两个街区外的松饼店犒赏自己一顿。

食物成了她唯一的期待,糖果、蛋糕和馅饼成了她生活中仅有的亮光……

现在,经过连续几个月每个星期陪伴特雷德古德太太,情况开始发生变化。妮妮·特雷德古德渐渐地让她觉得自己还很年轻,还有半辈子要活。她的朋友由衷地相信,她有能力推销玫琳凯化妆品。以前没有人相信她能做什么事,对她也没有信心,伊夫琳自己尤其如此。特雷德古德太太聊得起劲,她仔细思考之后,托旺达渐渐退隐,不再在她脑海中横行霸道,对这个世界穷追猛打。她仿佛看到了苗条、快乐的自己——手握方向盘坐在粉红色的凯迪拉克里。

接着,那个星期日她去了马丁·路德·金纪念浸信会教堂,奇迹发生了:数月以来她第一次不再惦记自杀或杀人,意识到自己想活下去。于是,趁着在教堂激起的兴奋劲儿,又服用了两片五毫克的安定片,她终于鼓起勇气去看了医生。医生竟然是个风度翩翩的年轻人,他给她做了检查,具体内容她没太记清,只记得没发现什么严重的问题。特雷德古德太太的猜疑得到了证实,她的雌激素水平很低。这天下午,她第一次拿到能缓解更年期症状的倍美力片的处方,顿时感觉神清气爽。

一个月后,她高潮迭起,差点儿把可怜的埃德吓死。

十天后,埃德参加了基督教青年会的健身项目。

在接受玫琳凯美容培训两个星期后,伊夫琳学完了《完美开端工作手册》,签下《玫琳凯美容顾问协议》,开设了护肤课程。不久,在一次特别仪式上,玫琳凯区域总监给她颁发了一枚特制的"完美开端"胸针,她骄傲地把它别在胸前。有一次,她竟然忘记了吃午饭……

事情发生得很快。但是伊夫琳还觉得不够快,于是她从存款中取出五千美元,收拾好行李。此刻她坐在前往加利福尼亚州一家减肥中心的飞机上,读着他们寄给自己的小册子,像第一天上学那么激动。

水疗客人的一天

上午7点:快走一个小时,在市区和大自然中交替行走

上午8点:喝咖啡和85克无盐番茄汁

上午8点半:唤醒练习,跟着"指针姐妹组合"的录音《我太激动了》练习

上午9点:伸展和关节运动课,使用球、杆和呼啦圈作为辅助工具

上午11点:戏水,使用球和水环作为辅助工具

中午12点:午餐……250卡路里

下午1点:按摩和面部护理的自由时间……提供"靴子手套"——一种护理手脚的热油

下午6点:晚餐……275卡路里

晚上7点半:手工艺课……杰米·希格顿夫人教授静物绘画(仅使用仿真水果)

仅限星期五:亚历山大·巴格夫人教我们用面团制作篮式罐(不可食用)

亚拉巴马州 汽笛镇

1967 年 11 月 7 日

汉克·罗伯茨刚满二十七岁，自营一家建筑公司。今天早上，他和留着长发的伙伴特拉维斯刚刚启动了一项新任务。黄色的大型推土机隆隆作响，把第一街上特雷德古德家旧址旁边的空地翻起来。他们准备给浸信会教堂添一座红砖附属建筑。

特拉维斯今天上午抽了两支大麻烟。他四处走动，用靴子踢着地面，不由得喃喃自语起来。

"嘿，兄弟，瞧瞧这个破玩意。这东西很沉、很恶心，兄弟……"

很快，汉克停下推土机，跳下来吃午饭。特拉维斯叫住他："喂，兄弟，瞧瞧这些破玩意！"

汉克走过去，看着自己刚翻过的地。地上全是鱼头，一排排细小锋利的牙齿清晰可辨，还有干枯的猪头和鸡头，当年它们是别人的盘中餐，如今吃饭的人早已被人遗忘。

汉克是个乡下小伙，对地里挖出的骨头见惯不怪。他淡淡地瞅了一眼，说："是啊，瞧。"

他走回原地坐下，打开黑色的锡制午餐桶，吃起了自带的四个三明治。特拉维斯依旧对挖出来的东西惊奇不已，继续四处翻找。

他脚下不断地踢到头骨、牙齿和长短不一的断骨。"天哪！这些玩意足有成百上千个！他们在干什么？"

"我他妈怎么知道？"

"妈的，兄弟，这太诡异了。"

汉克觉得厌烦，大声喊道："只是几个猪头罢了，妈的！别在我面前阴阳怪气！"

特拉维斯踢到了什么东西，突然停住脚步。过了一会儿，他语气古怪地叫道："嘿，汉克。"

"怎么了？"

"你听说过长着玻璃眼的猪吗？"

汉克起身走过去细看究竟。"好吧，"他说，"真是活见鬼了。"

汽笛站咖啡馆

亚拉巴马州 汽笛镇

1930 年 12 月 13 日

露丝和艾姬从咖啡馆出来,去老房子看望生病的特雷德古德妈妈。像往常一样,西普塞过来看护婴儿。今晚她带来了十一岁、肤色黑得发蓝的双胞胎孙子阿蒂斯,到时候好让他陪自己走路回家。虽然他是个淘气包,她对他的爱却绵绵不绝。

八点钟,阿蒂斯在床上睡熟了。西普塞一边听收音机,一边吃着平底锅里剩下的面包和糖浆。

"……现在,本公司最新的含钠洗涤剂产品将给你……"

屋外万籁俱寂,只有树叶窸窸窣窣。一辆挂着佐治亚州牌照的黑色小型轻便卡车黑着灯驶向咖啡馆后面。

两分钟后,醉醺醺的弗兰克·本内特一脚把后门踹开,穿过厨房走进里屋。他用枪指着西普塞,向婴儿床走去。她站起来,想去抱孩子,可是他揪住她的衣裙后摆,把她甩到房间一边。

她又跳起来,向他扑过去。"别碰那娃儿!那是露丝小姐的娃儿!"

"滚开,黑鬼。"他用枪托使劲地砸她,把她砸昏过去,鲜血从她的耳朵里流出来。

阿蒂斯醒过来,喊着"奶奶"向她跑去。弗兰克·本内特一把抱起孩子向后门走去。

这天晚上,天上挂着一轮新月,夜色朦胧,弗兰克勉强能够看清脚下的路,走回到卡车边。他打开车门,把婴儿——孩子不哭不闹——放到前座,自己正要钻进去,忽然听到身后传来响动……好像有什么重物砸到了用被子包裹的树桩上似的。他听到的动静是一只四斤半重的平底锅砸在自己生着浓密头发的脑袋上,他的头骨应声碎裂。他还没倒地就咽了气,西普塞抱着孩子回到屋里。

"没人能把咱娃抱走,只要我还有一口气,想都别想。"

弗兰克·本内特想不到她还能从地上爬起来。他也想不到,这个精瘦矮小的黑人妇女从十一岁起就在挥舞四斤半重的平底锅,而且左右开弓。他失策了,大错特错。

西普塞从愣在原地一动不动的阿蒂斯身边走过,他看到她双眼圆瞪。她说:"快去找大块头乔治。我杀了个白人,我杀了人。"

阿蒂斯蹑手蹑脚地走到弗兰克栽倒在地的卡车旁边。他俯身想仔细看个究竟,只见月光下那只玻璃眼莹莹发亮。

他沿着铁轨撒腿飞奔,连气都来不及喘,跑到家时差点儿晕厥。大块头乔治睡得正酣。他看到奥泽尔还没睡,正在厨房里忙碌。

他风也似的闯进门,按着自己刺疼的小肚子,气喘吁吁地说:"我找爸爸!"

奥泽尔说:"最好别把你爸吵醒,孩子,小心他把你打个半死……"阿蒂斯已经跑进卧室,用力地摇晃爸爸庞大的躯体。

"爸爸!爸爸!快起来!跟我走!"

大块头乔治惊醒过来。"啥？你咋了，儿子？"

"我不能说。奶奶叫你去咖啡馆！"

"奶奶？"

"对！赶快！她说让你赶紧过去！"

大块头乔治穿着裤子。"你最好不要开玩笑，小兔崽子，小心老子揍你。"

奥泽尔站在门口听父子俩说话。她走过去取自己的毛衣，要跟他们一起过去，大块头乔治让她待在家里。

"她不会是病了吧？"奥泽尔说。

大块头乔治说："没有，宝贝，没有，她没生病。你就好好待着吧。"

贾斯珀睡眼惺忪地走进客厅。"怎么了……"

奥泽尔说："没事，亲爱的，快回去睡觉吧……别吵醒'威利小子'。"

他们出门走远了，阿蒂斯才说："爸爸，奶奶杀了个白人。"

月亮躲在云层后面，大块头乔治看不见儿子的表情。他说："小兔崽子，要是你搞鬼，没命的就是你了。"

他们到了咖啡馆，西普塞站在院子里。大块头乔治弯下腰摸了摸弗兰克冰冷的胳膊，西普塞用床单把他盖住，一只胳膊从床单下探了出来。大块头乔治站起身，双手放在屁股上。他又俯身看了尸体一眼，摇了摇头。"嗯……这一次你做到了，妈妈。"

他在摇头的瞬间，心里有了主意。在亚拉巴马州，黑人杀死白人是死罪，毫无回旋余地，所以，除了眼下该做的事情之外，别无他想。

他拖起弗兰克的尸体,将其甩在肩上,说了声"来吧,小子",一路扛到院子后面的木棚里。他把尸体丢在泥地上,对阿蒂斯说:"儿子,你留在这里别动,等我回来。我得把那辆卡车处理掉。"

大约过了一个小时,艾姬和露丝回到家,婴儿在小床上睡得很香。艾姬开车送西普塞回家,对她说,特雷德古德妈妈病得厉害,自己心里急得不得了。但西普塞只字未提刚才她们差一点儿就丢了孩子。

阿蒂斯在木棚里等了整整一夜,既紧张,又兴奋,躁动不安。四点左右,他再也按捺不住,打开折叠刀,在漆黑中刺向床单下的尸体——一下、两下、三下、四下——继续,继续。

日出时分,门嘎吱一声打开,阿蒂斯吓得尿了裤子。爸爸回来了。他把卡车开到河里,离"车轮河俱乐部"不太远,再一路走回来,走了大概十六公里。

大块头乔治扯掉床单说:"我们得把他的衣服烧掉。"接着,他们愣在原地,面面相觑。

阳光透过木板条的缝隙照射进来。阿蒂斯看着大块头乔治,两只眼睛瞪得足有瓷盘那么大,张口结舌地说:"爸爸,这个白人没有脑袋。"

大块头乔治又摇了摇头。"嗯……"他母亲砍下了这人的脑袋,埋在了别处。

他稍事停顿,接受了这个可怕的事实,立刻就说:"儿子,帮我脱衣服。"

阿蒂斯没见过白人的裸体。这人浑身发白,泛着粉红,活像一只煮熟后毛发脱落的猪。

大块头乔治把床单和血衣递给他，叮嘱他去树林深处把它们埋起来，然后回家去，一个字也别提。无论对谁，无论何时何地，永远守口如瓶。

阿蒂斯在挖坑掩埋的时候脸上不由得漾起笑意。他有了一个秘密，一个他有生之年要保守的强有力的秘密。在他感到脆弱时为他注入力量的事物。只有他和魔鬼知晓的事情。想到这一点，他心情舒畅，绽开了笑脸。他再也不必承受别人的愤怒、伤害和羞辱。他与众不同。他特立独行。他亲手用刀捅过一个白人……

每当白人给他带来悲伤，他都在心里发笑。"我手刃过你们当中的一个人……"

七点半，大块头乔治动手杀猪。黑色的大铁锅里，开水冒着气泡——今年的猪杀得有些早，但也不算太早。

这天下午晚些时候，格雷迪和两位佐治亚州的侦探向爸爸询问失踪白人的情况，其中一个侦探走到锅边端详，阿蒂斯差点儿晕过去。他相信此人一定看到了弗兰克·本内特的胳膊在沸腾的肉块中翻滚。但是很明显，他没看到，因为过了两天，这个佐治亚州的胖子对大块头乔治说，这是他吃过的最香的烤肉，还问乔治秘诀是什么。

大块头乔治笑着说："谢谢，噢，我得说，秘诀在调味汁里。"

威姆斯周报

（亚拉巴马州汽笛镇的每周简报）

1967年11月10日

花园里发现头骨

我们向新任女州长露琳·华莱士夫人表示祝贺，她以压倒性优势战胜了另一位候选人。她在就职典礼上显得亲切友好，还承诺以年薪一美元聘请丈夫担任自己的头号顾问……祝你好运，露琳。

几乎跟新任州长同样激动人心的是，周四早上，特雷德古德老宅旁边的空地出土了一颗人类头骨。

伯明翰的验尸官说，它不是印第安人的头骨。头骨的年代不够久远，上面有一只玻璃眼，不管它属于谁，脑袋都被砍掉了。验尸官说，怀疑是谋杀。请装有玻璃眼的失踪人口的家属与《伯明翰新闻报》联系，或者致电给我，我会帮忙转达。对了，玻璃眼珠是蓝色的。

上周六，我的另一半让我受了一场虚惊。他心脏病发作，差点儿把自己可怜的妻子吓死。医生说没有大碍，但他必须戒烟。所以我家里养了一只低声嘶吼的"大熊"，我还得事无巨细地照顾他。

威尔伯·威姆斯先生过去一周都在床上吃早餐。你们这些老家伙谁想帮我让他振作起来,就请过来吧……但是千万不要带烟,他会千方百计地把它从你身上弄走。我之所以知道,是因为他偷了我一包烟。我想,我自己也要戒烟了。

等他身体好转,我要带他去度假。

多特·威姆斯

旅馆的男士房间

第八大道北
亚拉巴马州 伯明翰

1979年7月2日

一位黑人男士正打听着坐在大堂里放声大笑的另一位黑人男士的情况。

"那个黑鬼是疯了还是怎么?他在笑啥?没人跟他说话。"

桌子后面棕色皮肤、满脸麻子的男人回答说:"噢,他不需要找人说话。他的头脑早就糊涂了。"

"他在这里干啥?"

"两年前有个女人把他送了过来。"

"谁买单?"

"那女人。"

"噢……"

"她每天早上过来给他穿衣服,晚上哄他睡觉。"

"日子不好过啊。"

"可不是。"

二人口中谈论的人物阿蒂斯·奥·皮维坐在红色人造革沙发

上。沙发破旧不堪,伤痕累累,棉絮从大大小小的裂缝里鼓出来。他浑浊的褐色眼睛似乎直愣愣地盯着墙上的挂钟,挂钟的外缘嵌着一圈粉红色的霓虹灯。墙上仅有的另一件装饰物是一张香烟广告,画着一对风流倜傥的黑人夫妇在享用塞勒姆牌香烟,还评价称这种烟如山泉般凉爽宜人。阿蒂斯仰起头,再次放声大笑,露出光秃秃的蓝色牙床,那里曾经有几颗金牙闪闪发光。

在世人眼中,皮维先生坐在破败的廉价旅馆大堂里,捂着管理层提供的毛巾,众所周知,他经常尿在女人每天早上给他穿上身的橡胶裤子里。可是对于阿蒂斯·奥·皮维先生本人而言,一切重新回到了一九三六年……此刻,他穿着紫色鲨鱼皮绒西装,脚穿五十美元的石灰绿硬底鞋,刚刚拉直的头发用发油涂抹得好似黑冰,正漫步行走在第八大道北。本周六晚上,挽着他胳膊的人是贝蒂·西蒙斯小姐,据《炉渣镇新闻报》的社交专栏报道,她是伯明翰黑人名流圈的当红人物。

二人走过共济会堂,显然要乘坐午夜街车途经恩斯利街区前往燕尾服舞厅,贝西伯爵[1]还是凯伯·凯洛威[2]来着,要在那里现场演出。

怪不得他开怀大笑呢。上帝保佑,让他忘记了坎坷挫折,周六晚上做个黑鬼可一点儿也不好玩。他在基尔贝度过的夜晚漫长难熬,看守和囚犯对他拳打脚踢,持刀相向,就连晚上睡觉也得睁着

---

[1] William James Basie(1904—1984),美国爵士乐钢琴家。
[2] Cab Calloway(1907—1994),美国爵士歌手。

一只眼睛，随时准备出手杀人或者眨眼间被人杀死。近些天，阿蒂斯的思绪活像"嬉闹剧院"：它选择只上映轻喜剧和爱情片，他自己和若干名深肤色的美女担任主角，她们摇曳生姿，眉目传情……

他猛地一拳砸在沙发曾经锃亮、如今灰不溜秋的铬合金扶手上，又笑了起来。这时候，他脑海中上映的是由自己主演的电影，他在芝加哥逗留，翻来覆去地讲述自己见过的知名表演家——埃塞尔·沃特斯、墨迹斑斑乐团、莱娜、路易斯，他也沾光成为一位举足轻重的人物……他得以忘却自己受过的侮辱，忘却白人发自内心对他阳刚之气的鄙薄和无视。但是不知何故，正是这种鄙薄和无视，让他的阳刚之气喷薄而出，反而证明他身为一个男人真真切切地存在于世。

想要个白人女人？

"我从没追求过白人女性！我顶多只愿意追求肤色浅的混血儿。"

他喜欢黑人，事实上，他喜欢高大黝黑的女人……浆果越黑，果汁越甜。他可以让很多孩子管他叫爸爸，多到他懒得承认的地步。他可以面带微笑，拖着腿走路，这对他不会造成困扰，因为他有个秘密……

是的，生活很美好。女人，推心置腹的交谈，皮提亚骑士团，至高无上的统治者，昂首阔步的权利，规定门廊高低的权利，最好的男士古龙水，穿着桃色缎袍和浑身珠光宝气、长裙曳地的女人，棕色圆顶礼帽和大衣、衣领上装饰紫色、栗色和绿色的毛皮，黑黝黝的女人吻你道晚安，从古巴远道而来的雪茄，为了看时间或者为了炫耀而掏出的金表……摇摆……在黑影酒廊度过的醉人时光。漂白皮肤，让我们的肤色更接近。你如果是白人，行，没问题！你如果是棕色皮肤，可以待在外围。黄皮肤？你是个好人。可你如果是黑人，退回去……退回去。

此时，影片回到了二十世纪五十年代。他站在共济会寺庙药店前，口袋里的零钱叮当作响。把钞票折起来的感觉和声音对他始终缺乏吸引力。他没有受到诅咒，在强烈欲望的驱使下卖力干活，拼命挣钱。他衣兜里装满亮晶晶的十分和二十五分硬币也一样乐呵呵，硬币是他玩一种变化莫测的赌博游戏赢来的，后巷的人管它叫作"奔腾点""七点十一点""蛇眼"等。更多的时候，这些零钱是心怀感激的伙伴一时兴起的馈赠。

等他到了耄耋之年，由于自然退化和正常衰老，身体失去了机能，炉渣镇许多女士黯然神伤。他是那种稀有而珍贵的商品：一个女人缘好得出奇的男人。

影片的播放速度加快，画面和声音一闪而过。一百四十公斤重的女人，在教堂……在床上扭动身体，高声尖叫……"天哪，我要死了！"……阿蒂斯·奥·皮维先生先后跟数位女性互道结婚誓言……坐在咖啡馆里，跟他的谢泼德小朋友聊天……"那女的打破了我的脑袋"……"我听说是那个丈夫干的"……"我本该为了你去干仗，欧蒂塔，可是他手里握着家伙事儿，装好了子弹，随时准备开枪，这种时候不能犯傻"……"给我来个猪蹄，再来瓶啤酒"……"我把世界装在罐子里，瓶塞就握在手心"……"不是只有你一个人不好过"……幽蓝的阴影和洁白的栀子花……琥珀色的塑料雪茄烟嘴……费斯·沃特利教授的爵士乐演奏示范……感到痛苦吗？比沙可啶……侏儒公主皮威……仙境公园舞厅……哈特利·图茨在公交车上遇害……可以说，我未经自己同意跟她结了婚……"那女人在我面前盛气凌人"……你落魄时，没人认识你……小心……不要到这里来……噢，不，你会把白人惹毛的……全都气得冒烟……不，不，我跟他们不是一伙的，老板，他们都是捣乱分子……是，嗯……"滚下车去！"

阿蒂斯用脚尖在地上点了三下，电影奇迹般地换成了另一部。这时候他是个小男孩，妈妈在咖啡馆后面的厨房做饭……噢，别碍她的事，小心她扬起手把你丢到门外……"淘气鸟"和"威利小子"……还有可爱的贾斯珀……奶奶西普塞也在，蘸着蜂蜜吃玉米面包……艾姬小姐和露丝小姐……她们把你当白人对待……还有墩子……"孤客"斯莫金……

这时候，刚才还兀自激动的老人露出微笑，放松了下来。他在咖啡馆后面的院子里帮爸爸做烤肉……他很开心……我们共有一个秘密。

爸爸递给他一块烤肉，一杯葡萄汁饮料，他跑回树林里去享用。树木郁郁葱葱，林间清凉宜人，脚下的松针柔软疏松……

旅馆大堂里那个麻子脸走过来晃了晃面带笑容的阿蒂斯·奥·皮维的身体，他一动不动。"你没事吧？"

麻子脸一个激灵跳了起来。"天哪！这个黑鬼死了！"他转身对柜台边的朋友说，"还有，他尿了一地！"

阿蒂斯还在树林里，手里抓着烤肉。

苗条永久居

加利福尼亚州 蒙特斯托

1986年12月5日

伊夫琳在苗条永久居待了近两个月，减掉了十公斤。但她在另一方面颇有增益。她找到了归属，寻寻觅觅一辈子的归属。她们汇聚在这里——嗜吃糖果的人：胖墩墩的家庭主妇、离婚人士、单身教师和图书管理员，大家都希望脱胎换骨，变得苗条、健康。

她没想到减肥这么好玩。对于伊夫琳·库奇和她的吨位庞大的姐妹们，她们心目中的头等大事是厨师今晚会推出什么振奋人心的低热量甜点？会是每份五十五卡路里的戚风南瓜饼吗？还是只有五十卡路里的脱脂水果点心？也许今天的晚餐是她最爱吃的健身果酱馅饼，每份八十卡路里。

伊夫琳压根想不到，仅仅知道今天是"靴子手套日"就足以让她欢欣鼓舞，也想不到她每每第一个到场参加戏水。

这里还发生了一件她做梦也想不到的事。她成了炙手可热的人物，人缘好得不得了！新人前来报到，很快就有人询问："你见过亚拉巴马州来的那个可爱女人了吗？等一下听她说话，她的口音可好听了，她真是个人物！"

伊夫琳从不觉得自己口吐莲花，声音悦耳动听，但是好像她只要开口说话，女人们就乐不可支，笑得前仰后合。伊夫琳很享受这种被众星捧月的感觉，把它发挥到极致，晚上围着壁炉畅谈时滔滔不绝。她的闺蜜是三位来自千橡城的家庭主妇，一位叫多萝西，另外两位都叫斯特拉。她们私下成立了减肥俱乐部，发誓余生每年聚会一次。伊夫琳知道，她们会说到做到。

上完伸展和柔韧性训练课，她换上新买的宝蓝色慢跑服，在办公桌前停下脚步去收邮件。埃德尽职尽责地把所有垃圾邮件都转寄过来，往往没什么要紧事。可是今天，她看到一封盖着亚拉巴马州汽笛镇邮戳的信。她打开信封，纳闷谁会从汽笛镇给她来信呢？

亲爱的库奇夫人：

我很遗憾地告诉你，上星期六早上六点半左右，你的朋友克利奥·特雷德古德夫人在家中去世。她有几样东西托我交给你。我和丈夫很乐意把它们送到伯明翰，方便时你也可以自己来取。请致电555-7760。我全天在家。

真诚的琼尼·哈特曼夫人

邻居

伊夫琳顿时不再觉得自己俊俏可爱，她想回家。

亚拉巴马州 汽笛镇

1986年4月8日

伊夫琳等到暖春来临，才给哈特曼太太打去电话。不知怎的，她受不了对汽笛镇的第一印象是隆冬时节满目萧瑟的样子。伊夫琳按下门铃，一个和颜悦色的棕发女人来应门。

"噢，库奇太太，进来吧。很高兴见到你。特雷德古德太太跟我讲了很多关于你的事情，我觉得好像已经认识你很久了。"

她把伊夫琳领到纤尘不染的厨房，厨房里已经备好两套咖啡杯碟，还有一块新鲜出炉的奶油蛋糕摆放在绿色的餐桌上。

"很抱歉给你写了那封信，我知道是你关心的消息。"

"非常感谢你能写信给我。我不知道她从玫瑰露台养老院搬回来了。"

"我知道你不知道。她的朋友奥蒂斯太太在你走后一个星期左右去世了。"

"噢，不，我不知道……我想知道她为什么不告诉我。"

"哎呀，我跟她说，她应该告诉你，可是她说，你在度假，她不想让你担心。她就是这样，事事替别人着想……

"她丈夫去世后，我们就搬到了隔壁，算起来我认识她已经三十多年了。我从没听她诉过苦,一次也没有,她的日子过得并不轻松。她的儿子阿尔伯特像个孩子。她每天起床给他刮胡子、洗澡、扑粉,系上疝气带——待他像个小宝宝,哪怕他已经长成大人……哪个孩子都比不上阿尔伯特·特雷德古德受宠爱。上帝保佑,我很怀念她,我知道你也一样。"

"对,我也是,我只是觉得自己不在场,心里很难过。也许我本来可以做点儿什么,比如带她去看医生。"

"没关系,亲爱的。你没什么可做的。她没有生病。星期日我们总带她上教堂,她往往穿戴整齐,坐在前门廊等着。那个星期天早上,我们准备出发了,她没出来,这很反常。于是我丈夫雷就走过去敲她家的门,她没有应声,他就进了屋,过了一会儿,他一个人出来了。我说:'雷,特雷德古德太太在哪儿?'他说:'亲爱的,特雷德古德太太死了。'他坐在台阶上哭起来。她是在睡梦中离开的,很安详。我真觉得她知道自己离开的日子快到了,因为我每次去看她,她都说:'唉,琼尼,要是我有个三长两短,我希望你把这些东西交给伊夫琳。'她很喜欢你。她一直夸你,说她相信有一天你一定会开着崭新的凯迪拉克带她去兜风。可怜的老太太,她去世时,除了几样小摆设,名下几乎什么都没有。说到这里倒让我想起来,我去给你取东西。"

哈特曼太太拿着几样东西回来:一张裸女荡秋千的画,背景是蓝色泡泡;一个鞋盒;还有一个玻璃罐,里面装着像是砾石的东西。

伊夫琳接过罐子。"里面装的是什么?"

哈特曼太太笑了。"她的胆结石。天知道她怎么会觉得你想收藏这东西。"

伊夫琳打开鞋盒。她看到里面装着阿尔伯特的出生证明，克利奥一九二七年在艾奥瓦州达文波特的帕尔默脊椎指压治疗学校的毕业证书，还有十五条左右的葬礼计划。接着她发现一个信封里装满了照片。第一张照片是一个男人和一个身穿水手服的小男孩坐在半个月亮上。第二张是一个金发小男孩摄于一九三九年的学年照，背面写着墩子——十岁。接着她拿起特雷德古德家的全家福，照片拍摄于一九一九年。伊夫琳觉得似曾相识。她一眼认出了巴迪，他眼睛明亮，笑容灿烂。还有埃茜·鲁和双胞胎，利昂娜俨然一副女王的架势……小艾姬和她的玩具公鸡。后排稍远些是系着白色长围裙的西普塞，认认真真地摆出拍照的姿势。

在这张全家福下面，她看到一张照片，一位白裙飘飘的年轻女子站在院子里，抬起胳膊遮挡阳光，笑眯眯地看着拍照的人。她睫毛忽闪，笑意盈盈，伊夫琳觉得她绝代风华。可是她认不出这个女人是谁。她向哈特曼太太请教。

哈特曼太太戴上挂在脖子上的眼镜，仔细地端详片刻。"噢，我想起来她是谁了！是特雷德古德太太的朋友，在这里住过一阵。她是佐治亚州人……叫露丝还是什么。"

我的上帝。伊夫琳心里想。露丝·贾米森。这张照片一定是她来汽笛镇那年夏天拍的。她又看了一遍照片。想不到露丝这么美。

下一张照片是个头发花白的女人，戴着狩猎帽坐在圣诞老人的膝盖上，背景写着"一九五六年节日问候"。

哈特曼太太接过照片笑了起来。"噢，这就是傻呵呵的艾姬·特雷德古德。过去她在这里经营咖啡馆。"

"你认识她吗？"

"谁不认识她呢！噢，她真让人犯怵，谁也说不准她会捅什么篓子。"

"瞧，哈特曼太太，这里有张特雷德古德太太的照片。"这张照片大约二十年前摄于市中心的洛夫曼百货商店，特雷德古德太太头发已经灰白，样貌与伊夫琳最后见到她时差别不大。

哈特曼太太把照片拿在手中。"上帝保佑她，我记得这件裙子。深蓝色，有白色圆点花纹。这件裙子她穿了足有三十年。她说，她想在死后把衣服全都捐给慈善机构。她其实没什么值得留存的东西，可怜的人儿，只有一件旧大衣和几件家居服。他们挑走了仅剩的几件家具，除了前门廊边的滑翔秋千。我实在不忍心把滑翔秋千也让他们带走。过去她整天整夜地坐在上面等火车经过。送给陌生人好像不合适。她把房子留给了我们的女儿特里。"

伊夫琳继续把盒子里的东西取出来。"看，哈特曼太太，这是汽笛站咖啡馆的旧菜单。一定是二十世纪三十年代的，价格便宜得让人不敢相信！一份烤肉十美分……花上三十五美分就能吃一顿丰盛的晚餐！馅饼五分钱！"

"可不是嘛。如今，吃一顿像样的饭至少要花五六美元，连自助餐厅也不例外，饮料和馅饼还额外收费。"

她还没说完，伊夫琳又找到一张照片。艾姬安着假鼻子，戴着眼镜，跟四名奇装异服的傻大个儿并排站立，下面写着"莳萝泡菜俱乐部"……"一九四二年'冰箱闹剧'"……还有克利奥寄来的复活节贺卡，伊夫琳从加利福尼亚州寄给她的明信片，一份二十世纪五十年代的南方铁路公司卧铺车厢菜单，半支口红，一本油印的《赞美诗九十首》和一根医用臂带，上面写着：

克利奥·特雷德古德夫人
八十六岁的老妇人

伊夫琳在鞋盒最底层找到一个收信人为"伊夫琳·库奇夫人"的信封。

"看,这封信一定是写给我的。"她把信封打开,开始读着里面的字条:

伊夫琳:

下面是我记下的西普塞自创的几道菜谱。这些美食让我倍感愉悦,我觉得应该把它们传给你,特别是油炸绿番茄。

我爱你,亲爱的小伊夫琳。开心点儿。我很幸福。

你的朋友

克利奥·特雷德古德夫人

哈特曼太太说:"好啦,上帝保佑她,她想把这些东西送给你。"

伊夫琳细心地折好字条,把东西一样样放回原处,不由得一阵伤感。她想,上帝啊,一个有血有肉、生机勃勃的人在世间活了八十六年,离开时只留下这些东西,一鞋盒旧纸片。

伊夫琳问哈特曼太太咖啡馆怎么走。

"沿着这条路往前走几个街区就到了。要是你想让我带你去,我很乐意奉陪。"

"可以的话,那太好了。"

"噢,当然可以。我煮着豆子呢,让我把火关掉,把烤肉放进烤箱,马上就来。"

伊夫琳把画和鞋盒放进车里,趁着等哈特曼太太出来的工夫,在特雷德古德太太的院子里随便走走。她抬头一看,不禁哑然失笑。一年多前特雷德古德太太用来吓唬冠蓝鸦的那把扫帚还高高地挂在银桦树上,电话线上站着一排特雷德古德太太以为偷听她打电话的乌鸦。这栋房子跟特雷德古德太太描述的一模一样,从盆栽天竺葵,到前院里叶片卷曲的荚蒾。

哈特曼太太出来了。她们开车驶过几个街区,她把咖啡馆的旧址指给伊夫琳看,距离铁轨不到六米。紧挨着咖啡馆的是一座小砖楼,也已经人去楼空,伊夫琳依稀认出窗户上褪色的标牌"奥珀尔美发店"。一切都跟她的想象完全吻合。

哈特曼太太指给她看特雷德古德爸爸的商店旧址,现在是雷萨尔药店,二楼是"麋鹿俱乐部"。

伊夫琳问能不能去特劳特维尔看看。

"当然可以,亲爱的,就在铁轨对面。"

她们驾车穿过这个小小的黑人聚居区,它的面积之小让伊夫琳颇为意外——棚屋矮小破败,只有几个街区。哈特曼太太指着其中一栋小房子,前门廊边放着几把褪了色的绿色锡制休闲椅,告诉她,那是大块头乔治和奥泽尔住过的地方,后来他们去伯明翰投奔儿子贾斯珀。

她们快要驶出这里时,伊夫琳看到了奥西杂货店,它紧贴着一栋存放猎枪的木屋,当年木屋用浅蓝色油漆刷过。商店正面贴满了二十世纪三十年代褪了色的旧广告,敦促顾客去"喝水牛岩姜汁汽水……香醇陈酿"。

伊夫琳突然想起了童年往事。

"哈特曼太太,你觉得他们卖草莓苏打吗?"

"我敢打赌,肯定卖。"

"我们可以进去吗?"

"噢,当然,许多白人来这里买东西。"

伊夫琳停好车,她们走了进去。哈特曼太太走到身穿白衬衫和吊带裤的老人面前,对着他的耳朵大声喊道:"奥西,这位是库奇太太。她是妮妮·特雷德古德的朋友!"

奥西一听特雷德古德太太的名字,顿时眼睛一亮。他站起身跑过去拥抱伊夫琳。伊夫琳这辈子从来没有跟黑人拥抱过,有些猝不及防。奥西叽里咕噜地跟她说话,她一句也没听懂。他牙齿掉光了。

哈特曼太太又对他喊道:"不对,亲爱的,不是她女儿!是她的朋友库奇太太,从伯明翰来的……"

奥西依旧咧着嘴冲她微笑。

哈特曼太太在冷饮箱里翻找半天,取出一瓶草莓苏打。"瞧!给你。"

伊夫琳要付钱,奥西不停地跟她说话,她还是听不懂。

"他要你把钱收起来,库奇太太。这杯饮料算他请你的。"

伊夫琳有点儿慌张,她谢过了奥西。他送她们走出店外并坐到车里,一路上说个不停,喜笑颜开。

"再见!"哈特曼太太喊道,随即转身对伊夫琳说,"他彻底聋了。"

"我猜到了。他那样拥抱我,我还没缓过来。"

"嗯，你知道，他心里想的是特雷德古德太太活着时的情形。他们从小就认识。"

她们开车穿过铁轨返回来，哈特曼太太说："亲爱的，要是在下一条街右转，我可以把特雷德古德家的老房子指给你看。"

一转过街角，伊夫琳就看见了：一栋高大的白色二层木楼，楼前环绕着门廊。她看过照片，一眼就认了出来。

伊夫琳把车停在门前，她们下了车。

门窗大多破损，用木板封了起来，前门廊的木梁断裂腐坏，她们不能走上前去细看究竟。整栋房屋看起来摇摇欲坠。她们绕到了楼后。

伊夫琳说："听任这地方荒废真是太可惜了。我敢打赌，这里以前一定很漂亮。"

哈特曼太太表示认可。"以前这是汽笛镇最气派的楼房。如今特雷德古德一家都不在了，我猜早晚要拆掉的。"

伊夫琳和哈特曼太太走到后院，眼前的一幕让她们啧啧称奇。靠着后墙的旧篱笆上开满了玲珑可爱的粉红色甜心玫瑰，花团锦簇，肆意绽放，仿佛浑然不知世事沧桑，酒阑人散。

伊夫琳透过破损的窗户向里窥探，看到一张裂了缝的白色搪瓷桌。她暗自感慨，不知道这张桌子上切过多少块饼干。

她送哈特曼太太回家，感谢对方一路相伴。

"噢，别客气。火车停运以后，就很少有人再到我们这里来了。很遗憾我们不得不在这种悲伤的情况下见面，但我还是很高兴认识你，欢迎你随时再来。"

时间不早了，但伊夫琳还是决定再去老房子附近转一圈。天色暗下来,她开车驶过街道,车灯照在窗户上,让她恍然觉得屋里人来人往……有一个瞬间,她赌咒发誓自己听到了埃茜·鲁在客厅里使劲地敲打那架旧钢琴……

"水牛女孩,今晚相约吧,今晚相约吧……"

伊夫琳把车停下,她感到心碎,不由得呜咽起来。她很不解,人为何要经历生老病死。

威姆斯周报

（亚拉巴马州汽笛镇的每周简报）

1969年6月25日

难说再见

　　很遗憾地报告大家，这是本报的最后一期。我带着另一半去亚拉巴马州南部度假，回来以后他一直闹着要搬去那里生活。我们在海湾边上找到了住处，打算过几个星期就搬家。这样这个老傻瓜就可以随心所欲、没日没夜地钓鱼了。我知道自己把他宠坏了，不过他虽然脾气暴躁，倒还是个不错的老头。离开时不知道该说些什么，就不多说了。我们俩都在汽笛镇长大，曾经呼朋引伴，把酒言欢。如今物是人非，风流云散。这地方的面貌发生改变，现在高速公路条条贯通，伯明翰和汽笛镇的分界不再清晰。

　　回顾过去，依我看，咖啡馆关闭后，小镇的"心脏"就停止了跳动。这么一间人来人往的小房子把众人凝聚起来，想来真是有趣。

　　至少我们都留下了记忆，我的老情人还陪在身边。

多特·威姆斯

附注：大家如果前去亚拉巴马州的费尔霍普市，就来看我们吧。我会坐在后院门廊，把所有的鱼都收拾好。

汽笛镇墓地

亚拉巴马州 汽笛镇

1988 年 4 月 19 日

特雷德古德太太去世后第二年的复活节,伊夫琳决定去扫墓。她买了一束美丽的复活节白百合,开着崭新的粉红色凯迪拉克出了门。她胸前佩戴着十四克拉、眼睛用绿宝石镶嵌的大黄蜂胸针,胸针也是奖品。

今天早些时候,她跟自己的玫琳凯团队聚会吃过早午餐,动身时已近傍晚。墓地大多被祭扫过,扫墓人已经离去,墓园里琳琅满目,随处可见颜色各异的复活节饰品。

伊夫琳开着车转悠半天,好不容易才找到特雷德古德家的墓地。她最先看到的是露丝·贾米森的坟墓。她接着往前走,找到一块饰有天使的双人大墓碑:

威廉·詹姆斯·特雷德古德

1850—1929

艾丽斯·李·克劳德·特雷德古德

1856—1932

> 敬爱的双亲
> 不是走失
> 而是先于我们前往
> 再次相会之地

紧挨着他们的是:

> "巴迪"詹姆斯·李·特雷德古德
> 1898—1919
> 英年早逝的年轻人
> 永远活在我们心中

她找到了爱德华、克利奥和米尔德丽德的坟墓,就是找不到自己的朋友,她有点儿着急。特雷德古德太太在哪里?

最后,在右边靠后一排,她看到:

> 阿尔伯特·特雷德古德
> 1930—1978
> 人间天使
> 终于在耶稣的怀抱中安息

在阿尔伯特的坟墓旁边,她看到:

> "妮妮"——弗吉尼亚·特雷德古德夫人

1899—1986
归家

对这个老太太的美好记忆瞬间涌上心头,她蓦地醒悟自己有多么想念她。她摆好鲜花,泪水顺着脸颊流下,她伸手拔去长在墓碑周围的杂草。她这样安慰自己,有一点确定无疑,如果真有天堂,特雷德古德太太一定在那里。不知道人世间还有没有像她那样纯洁无瑕的灵魂……她心存怀疑。

真有意思,伊夫琳心里想。因为认识了特雷德古德太太,她不再像以前那么害怕衰老与死亡,死亡似乎并不遥远。比如今天,特雷德古德太太与她仿佛只隔着一道门而已。

伊夫琳跟朋友轻声细语起来。"很抱歉,我没有早点儿来,特雷德古德太太。你绝对想不到我有多少次想到你,希望能和你说话。你去世前我没能见到你,心里很难过。我做梦也没想到,我会再也见不到你。我一直没机会感谢你。要不是你每个星期跟我聊天,我真不知道自己该怎么办。"

她停顿片刻,接着说道:"我给咱俩赚到了一辆粉红色的凯迪拉克,特雷德古德太太。我以为自己会很开心,但是你知道,没有你陪我兜风,它的意义少了一半不止。我经常盼着开车来接你,我们星期日出去兜风,去买烤肉。"

她走到墓碑另一面,继续一边拔草,一边说话。"有人请我去大学医院的心理健康小组做些工作……我可能会去。"她笑了,"我告诉埃德,我倒像是去参与治疗自己得过的病。

"你不相信吧,特雷德古德太太,现在我当了外婆。有两个孙辈了。贾尼丝生了一对双胞胎女儿。你还记得埃德的妈妈吧？我们把她安顿在梅多拉克公寓，她心满意足，我也很开心……你去世以后，我很不情愿再去玫瑰露台养老院。我最后一次去的时候，吉妮告诉我，维丝塔·阿德科克还是疯疯癫癫的，为达纳韦先生的离开感到难过。

"大家都想念你：吉妮，你的邻居哈特曼一家……我去她家取了你留给我的东西，那些菜谱我天天使用。噢，顺便说一下，从你最后一次见到我算起，我已经瘦了将近二十公斤。只要再减四公斤就够了。

"还有，让我想想，你的朋友奥西上个月去世了，不过我猜你已经知道了。噢，我还有一件事要告诉你：

"还记得你在洛夫曼百货商店拍的那张照片吗，你穿着蓝底白点的连衣裙？我给照片装了框，摆在客厅的小便桌上。我的一个顾客看到后说：'伊夫琳，你长得真像你妈妈！'是不是很奇妙，特雷德古德太太？"

伊夫琳把她想得到的过去一年发生的凡此种种向朋友倾诉，直到她笃信特雷德古德太太知道自己真的一切都好，才起身离去。

伊夫琳心情舒畅，微笑着向汽车走去，她经过露丝的坟墓时停下了脚步。

墓地前多了些什么。墓碑前摆放着一个玻璃罐，罐子里插满鲜切的粉红色甜心玫瑰。罐子旁边有一封信，上面用潦草的字迹写道：

献给露丝·贾米森

伊夫琳觉得奇怪，就捡起了信封。里面是一张老式复活节贺卡，卡片上画着一个小姑娘捧着一篮彩蛋。她翻开了卡片：

献给如你这般美好的人，
你的一举一动都温和体贴，
公平，正直，
关爱，真实，
这一切构成了
奇特的你！

卡片上的签名是：

我永生难忘。
你的朋友，
御蜂人

伊夫琳站在原地，手拿卡片环顾墓园。四周空无一人。

伯明翰新闻报

1988 年 3 月 17 日

一位老妇失踪

　　玫瑰露台养老院八十三岁的住户维丝塔·阿德科克夫人宣布，她要呼吸新鲜空气，于昨日从养老院出走，迟迟未归。

　　人们最后见到她时，她身穿粉色毛绒狐皮领礼袍，宝蓝色毛绒拖鞋，可能戴着红色针织绒线帽，手拿黑色珠饰手袋。

　　一位公交车司机记得，昨天晚些时候有符合上述特征的人士在他家附近上了公交车，并要求换乘其他车辆。

　　如果有人看到符合上述特征者，请致电 555-7607，联系养老院院长弗吉尼亚·梅·施密特夫人。

　　这位失踪女士的儿子、新奥尔良州的小厄尔·阿德科克先生说，他母亲可能思维混乱。

伯明翰新闻报

1988 年 3 月 20 日

老妇在情侣幽会处找到

八十三岁的妇女维丝塔·阿德科克夫人四天前从玫瑰露台养老院走失,今被发现住在东湖的巴玛汽车旅馆。她的男伴、伯明翰市八十岁的沃尔特·达纳韦先生轻度中风,今天早些时候入住大学医院进行观察。

阿德科克夫人要求返回养老院,她心灰意冷,如她所说:"沃尔特跟我想的不一样。"

达纳韦先生的身体状况令人满意。

90号公路

佛罗里达州 玛丽安娜

1988年5月22日

比尔和玛丽昂·尼尔夫妇带着八岁的女儿帕茜在路上行驶了一整天,这时候他们路过一个路边摊,广告牌上写着:鲜鸡蛋、蜂蜜、新鲜果蔬、鲜鲶鱼、冷饮。

他们都觉得口渴,于是比尔掉头把车开了回来。三个人下了车,摊位前却无人值守,只见两个身穿工装裤的老头坐在摊位后面一棵遮天蔽日的水栎树下。一个老头站起身向他们走过来。

"嘿,你们好。有什么事要我帮忙吗?"

玛丽昂听到声音才反应过来,"他"不是老头,而是一个头发雪白的老太太,因为风吹日晒,脸庞呈咖啡色。"请给我们来三杯可口可乐。"

帕茜目不转睛地盯着架子上排列的蜂蜜罐。

老妇人打开三罐冰镇可乐。帕茜指着一罐蜂蜜问道:"罐子里装的是什么?"

"噢,蜂巢,刚从蜂群中摘的。你以前没见过吗?"

帕茜被吸引住了。"没见过,夫人。"

"你们是哪里人?"

玛丽昂说:"伯明翰来的。"

"嗯,我也要去伯明翰。我以前住在伯明翰另一边的小镇上。你们可能没听说过:一个叫汽笛镇的小地方。"

比尔说:"噢,听说过。以前铁路站场在那边。我记得那里有家烤肉店。"

老妇人笑了。"没错。"

比尔指了指她的广告牌。"想不到这么远的地方还有鲶鱼。"

"当然有,不过今天没有。"

她看了一眼金发小姑娘,看她是不是在听自己说话。"上个星期我钓到一条,太大了,怎么也钓不起来。"

帕茜说:"真的?"

老妇人的蓝眼睛亮起来。"噢,是真的。事实上,那条鲶鱼太大了,我们给它拍了照片,光照片就有十八公斤重。"

小姑娘脑袋一歪,想不明白。"你确定?"

"当然确定。你要是不信……"她转身向树下的老人喊道,"嘿,朱利安!你进屋去把我们上个星期钓到的那条鲶鱼的照片拿给我。"

他懒洋洋地回答道:"办不到……太沉了,我拿不动。怕把我的后背扭伤……"

"看,我就说嘛。"

比尔笑了,玛丽昂付了饮料钱。他们要走了,帕茜揪住妈妈的裙子。"妈妈,我们可以买一罐蜂蜜吗?"

"宝贝,我们家里有很多蜂蜜。"

"求你了,妈妈,我们没有带蜂巢的蜂蜜,行吗?"

玛丽昂看着女儿，旋即让步。"蜂蜜多少钱？"

"蜂蜜？嗯，我来看看。"老妇人掰着手指数了数，说，"你们不会相信吧，今天你们中了彩，因为今天……全都白送。"

帕茜睁大了眼睛。"真的吗？"

"真的。"

玛丽昂说："噢，不给钱我心里过意不去。至少让我给你点儿什么吧？"

老妇人摇摇头。"不用，白送。你中了彩，光明正大。你不知道，你女儿碰巧是我这个月的第一百万名顾客。"

"我吗？"

"没错，我的第一百万名顾客。"

玛丽昂笑吟吟地看着老妇人。"好吧，既然你这么坚持。帕茜，你觉得呢？"

"谢谢你。"

"不客气。听着，帕茜，你要是再到这一带来，一定要来看我，听见了吗？"

"好的，夫人，我会的。"

他们驾车离去，比尔按了按喇叭，小女孩挥手告别。

老妇人站在路边向他们挥手，直到汽车消失得无影无踪。

西普塞的菜单
伊夫琳·库奇敬赠

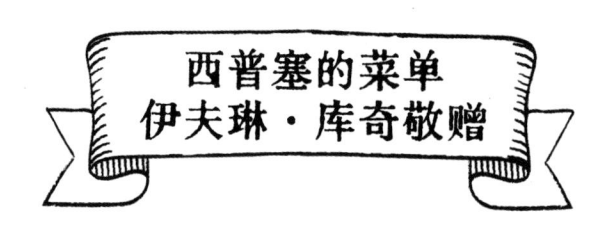

酪乳饼干

2 杯面粉　　　　　　1/4 茶匙苏打

2 茶匙发酵粉　　　　半杯起酥油

2 茶匙盐　　　　　　1 杯酪乳

将粉末状原料混合,过筛。加入起酥油,搅拌均匀至细腻丝滑。加入酪乳,搅拌。擀成薄片,切成大小适中的饼干块。在涂了油的平底锅中以 230 度煎烤至颜色金黄。

"淘气鸟"的最爱!

平底煎锅玉米面包

3/4 茶匙小苏打　　　　1 茶匙盐

1.5 杯酪乳　　　　　　1 个鸡蛋

2 杯过筛的玉米粉　　　1 汤匙融化的培根油

把苏打倒入酪乳中溶解。把玉米粉与盐、鸡和酪乳混合。加入融化的热培根油。倒入涂了油的平底煎锅,以 190 度煎烤至熟透。

好吃得要命。

椰蓉奶油派

3 个蛋黄	2 杯煮过的牛奶
1/3 杯糖	1 杯碎椰蓉
1/4 茶匙盐	1 茶匙香草或朗姆酒
2.5 汤匙玉米淀粉	1/4 茶匙肉豆蔻
1 汤匙融化的黄油	23 厘米的馅饼托盘,需要预先烤过

打蛋黄。渐次加入糖、盐、玉米淀粉和黄油搅拌。倒入牛奶,搅拌。用水煮开,不断地搅拌直到变得黏稠。加入椰蓉,晾凉。加入调味料和肉豆蔻,倒入托盘。浇一层蛋白酥。在烤箱里以 150 度烘烤 15 到 20 分钟。

香,真香。

山核桃派

23 厘米的馅饼托盘,无需预先烤过
1 茶匙香草   2 杯山核桃,切碎

1/4 茶匙盐	1 杯糖，红糖或白糖
3 个鸡蛋	1 杯玉米糖浆
2 汤匙黄油	1 汤匙面粉

把切碎的山核桃摆在馅饼托盘上。把糖、玉米糖浆、面粉、香草和盐混合，搅拌均匀。一次打一个鸡蛋，挨个搅拌均匀。倒入摆好坚果的馅饼托盘，滴几滴黄油。以 180 度烘烤至面团变硬——约 1 个小时。

好吃到让人罪恶感满满——墩子的最爱。

西普塞的南方炸鸡

1 只大小适中的鸡	牛奶
盐和胡椒	两杯筛过的面粉

把鸡肉切成小块，用盐和胡椒抓匀，静置片刻。再在牛奶中浸泡约半个小时。把面粉、少许盐和胡椒、鸡肉装入袋中摇晃，直到把每块鸡肉涂抹均匀。在 200 度的热油中炸至金黄色。大鸡块炸的时间比小鸡块略长。

别了，鸡先生。

美式鸡肉饺子汤

两杯白面粉　　　　2/3 杯牛奶
3 茶匙小苏打　　　1/3 杯起酥油
1 茶匙盐　　　　　1 锅炖鸡

把面粉、小苏打和盐混合。加入牛奶和油。用勺子滴入炖锅中,煮 15 分钟,不时翻动汤团。

从刀叉上一口吸溜进肚子。

红眼肉汁煎火腿

把火腿切成约半厘米厚。在大煎锅里慢煎,直到两面呈均匀的褐色。煎炸时在两面各撒一点儿糖。取出火腿,保温。加入约半杯冷水或 1 杯咖啡。煮沸到肉汁变红。搅拌后浇在火腿上。

好吃!

粗玉米粉

2 汤匙黄油　　　　5 杯开水
1 茶匙盐　　　　　1 杯玉米渣

在沸水中加入大量黄油和盐。慢慢地搅拌粗玉米粉。盖上锅盖并用小火炖 30 到 40 分钟左右，搅拌至合适的黏稠程度。

让你保持排便规律。

油炸鲶鱼

2 磅鲶鱼，去皮洗净待用　　适量盐和胡椒粉
1/2 杯玉米面粉　　　　　　1/2 杯筛过的面粉
3 汤匙培根油或起酥油

用湿布擦鱼。混合面粉、盐、胡椒和玉米粉。给鲶鱼先生裹一层面糊，在培根油中炸至一面呈金黄色。翻过来，把另一面也炸成金黄色。烹饪时间总计约 8 至 10 分钟。

为了鲶鱼，感谢上帝！

牛奶肉汁

用鸡肉或猪排滴落的热油。每 3 汤匙的油滴，加入 3 汤匙的面粉，搅拌均匀。煮至淡黄色，不时搅拌。慢慢倒入 1 杯半到 2 杯热牛奶。煮到变稠，不时搅拌。

百搭菜品。

猪排肉汁

4 片咸肉　　　　　盐和胡椒
4 大块厚猪排　　　1.5 杯牛奶
1/3 杯面粉

先煎咸肉,再把排骨蘸上面粉,加盐和胡椒。剩下的面粉不要倒掉。把排骨放在咸肉油中煎至两面金黄。把火调小,盖上锅盖并煮到排骨变软、熟透——约 30 分钟。把剩下的面粉拌入油脂,煮至金黄色。把牛奶倒在排骨上,煨至肉汁黏稠。

大块头乔治一顿能吃 8 块。

四季豆

1 块火腿骨,煮好　　少量干红辣椒籽
2 斤四季豆　　　　　适量盐
1 茶匙糖,红糖或砂糖

把火腿骨放入锅中,加水,盖上锅盖煮沸。把四季豆理顺,折断或切成长短合适的小段。与糖和辣椒籽一起放入锅中。中火炖 1 个小时。

开心豆……吃得津津有味。

西普塞的黑豌豆

1¼ 杯晒干的黑豌豆　　　1 块盐猪肉或 8 片咸肉
4 杯水　　　　　　　　　少许红辣椒
1 个洋葱，切碎

把食材全部放入锅中，慢火煮至软烂——约 3 个小时。

放到第二天吃更美味！

奶油玉米

6 个甜白玉米　　　　　　1/2 至 1 杯牛奶和水
2 汤匙黄油　　　　　　　盐和胡椒

把玉米棒切下，用刀背顺着纹路去掉外皮。加黄油小火慢炖，慢慢地加入牛奶、水、盐和胡椒至味道适中。搅拌 10 分钟直至恰到好处。

有益身体健康。

青豆和黄油豆

1 升鲜豆　　　　　　　　1 块盐猪肉或 6 片熏肉

适量盐和胡椒

加水没过豆子。煮沸。小火炖至豆子软烂。加入盐和胡椒至味道适中。

从"胜利"花园现摘的豆子。

蜜饯番薯

1/3 杯黄油　　　　　1/2 茶匙盐

2/3 杯红糖，压实　　1/3 杯水

6 个中等大小的红薯，煮熟去皮，切片

2 撮肉桂粉

在大煎锅或平底煎锅里把黄油和红糖加热至融化，搅拌均匀。加入切好的红薯片，翻面，让两面都裹上糖浆变成褐色。加入盐、水和肉桂粉，盖上锅盖，小火慢炖至红薯变软。

比糖果还甜。

油炸秋葵

把秋葵洗净切蒂，切成约 1 厘米长的段。裹一层玉米粉，用热培根油和猪油煎至表面呈香脆的金黄色。用纸巾擦去油渍，撒上盐和胡椒,趁热食用。

比爆米花好吃。

芜菁甘蓝

把绿菜洗净,摘下甘蓝的叶子和根茎。煮一根带肉的骨头,也可以使用猪油或者熏肉。加入绿菜、红辣椒荚、盐、胡椒和糖调味。盖严锅盖,煮到绿菜变软。沥干水分,盛入菜盘。保留菜汁。把菜汁作为"锅底"用来蘸玉米面包吃。

包治百病!

油炸绿番茄

1个中等大小的绿番茄(一人份)

胡椒　　　　　　　白玉米粉
盐　　　　　　　　培根油

把番茄切成半厘米厚,用盐和胡椒调味,两面都涂好玉米粉。在大平底煎锅里烧热足量的培根油,使之覆盖锅底,把番茄片煎至两面变成淡黄色。

陶然若醉,飘飘欲仙!

牛奶肉汁油炸绿番茄

3 汤匙培根油　　　　　面粉

4 个硬的绿番茄，切成约 1.3 厘米厚

牛奶　　　　　　　　　盐

打好鸡蛋　　　　　　　胡椒

干面包屑

在大煎锅里加热培根油。番茄蘸鸡蛋，再蘸面包屑。把番茄片在培根油中慢慢地煎至两面金黄。把番茄片盛入盘中。锅里剩下一些油，每 1 汤匙油加 1 汤匙面粉，搅拌均匀。再加 1 杯温牛奶，搅拌，煮至汤汁黏稠。加入盐和胡椒，味道适中即可。把汤汁浇在番茄片上，趁热食用。

本店招牌菜。